The Looking Glass War

John le Carré

鏡子戰爭

約翰．勒卡雷

宋瑛堂 譯

專文推薦・一

他們躺臥奇境裡：鏡子戰爭

路那（台灣推理作家協會理事、台大推研社顧問）

「這是個正在進行中的大棋賽——正在全世界進行著，假如這就是整個世界的話。喔，真好玩！真希望我是其中的一份子！只要能加入，當卒子我也不在乎……不過，我還是最喜歡當皇后。」

——《鏡中奇緣》，路易斯・卡羅爾（Lewis Carroll）

讀勒卡雷，從來不是件簡單的事。

不同於伊恩・佛萊明（Ian Fleming）〇〇七系列的刺激喧騰，以及保證主角戰勝一切的娛樂至上姿態，勒卡雷繼承了毛姆（W. Somerset Maugham）以降的寫實主義傳統，以書寫作為編織／拆穿謊言為生之人所必然面臨的認識論危機為職志，簡直保證了一切佛萊明讀者群所厭惡鄙棄的閱讀體驗：模糊不清的事件輪廓、「真實」的難以掌握、令人沮喪的角色經歷，以及讀完後那讓人不知如何是好的苦澀餘味。而彷彿嫌個體的處境還不夠艱難，勒卡雷更進一步地悍然拒絕了「敵惡／我善」的（簡易）二分法，而是透過編織／拆穿謊言的母題，展現出個體與組織間切實存在著的利益衝突——其典型的手法，不僅在於呈現出間諜遭到組織背叛的情狀，更進一步揭露源於層層組織各懷心計的算計，而使得「背叛／逆轉」的局勢扭轉得如此複雜，以至於到了最後，極難有人能確切指出這一切計策最初的目的之所在與使用的手段——而這樣的層層算計，揭盅時，讀者往往愕然地發現，下達命令的並非「邪惡的敵人」，而更可能是「正義的自己人」。藉此，勒卡雷除去了名為共產主義與資本主義的意識形態外衣，顯現出此二意識形態所共享之組織結構，以及懷有不同信念，卻在同樣組織結構下犧牲的諜報員。換言之，較諸描寫「敵我有別」（而此「別」的顯現，正是在共產／資本主義之正／邪區分）的佛萊明式小說，勒卡雷更傾向於書寫「敵我無差」的尖銳探問。讀勒卡雷，到最後，往往剩下難以回答的兩個問題——耗費了層層資源，但所獲得的，真是以「保家衛國」為目的的「國家安全」嗎？而在這樣複雜詭譎的世界中，能有不混淆手段與目的之人存在的可能嗎？

後一個問題，將引領我們到勒卡雷最著名的「史邁利—卡拉三部曲」。前一個問題，則早於勒卡雷成名作《冷戰諜魂》（*The Spy who came in from the Cold*, 1963）中便已提出。而兩年後出版的《鏡子戰爭》（*The Looking Glass War*），儘管在主題上延續著《冷戰諜魂》所提出的問題，然而，在寫作上，勒卡雷卻巧妙地將之置換為令人哭笑不得的悲喜劇。是以，儘管在主題與架構上，《鏡子戰爭》都與獲高度評價的《冷戰諜魂》極為相似，卻並不因此而遜色幾分。卡維提（John G. Cawelti）即指出，本書是「勒卡雷小說中最荒謬而荒涼的作品……是勒卡雷對英雄式間諜小說傳統的告別演說。」這樣的告別，非但展現在勒卡雷在塑造「軍情科」時那總帶著嘲諷筆調的描寫上，更在全書的章節架構上即見端倪。在英雄式間諜小說的傳統中，「（含冤）逃亡」的母題早已深深雋刻，而《鏡子戰爭》則恰好被分為三個部分：泰勒的逃亡（Taylor's Run）、艾佛瑞的逃亡（Avery's Run）和萊澤爾的逃亡（Leiser's Run）。在英雄式間諜小說的傳統中，這樣的逃亡多半是成功的。然而作為「告別演說」，《鏡子戰爭》中的三場逃亡，最好的下場也不過「置身廢棄信念的荒原」。二戰間諜不復當年勇，其處心積慮的策劃，卻因為觀念與設備的雙重落後，而成為敵我雙方盡皆難以置信的荒謬劇場。結果，無論是作為導演的軍情科科長霍爾登、信差泰勒、菜鳥艾佛瑞，又或是「東山再起的間諜」萊澤爾，他們其實都「迫切希望藉敵人的打擊來證明自己的存在」。在此，小說呼應了書前對《鏡中奇緣》（*Through the Looking Glass*）的引述：「只要能加入，當卒子我也不在乎」。

《鏡中奇緣》，是路易斯．卡羅爾為《愛麗絲夢遊仙境》所寫的續作。不像《夢遊仙境》擁有許多大相逕庭的詮釋途徑，大部分學者傾向將《鏡中奇緣》視為「少女成長小說」。考慮到部分間諜小說帶有的成人童話性質，無論有意無意，這樣的引述實際上既巧妙地讓《鏡子戰爭》沾染上《鏡中奇緣》那（相較於《夢遊仙境》的）「有序的紊亂／荒誕」，更在一定程度上，藉由將傳統上被認為嚴肅的成人，與被認為無知的少女相提並論，從而隱諱地指出，成人並不比兒童要來的更理智／嚴肅／認真的事實。而當我們更深入地挖掘，則將會驚訝的發現，《鏡子戰爭》實際上幾乎可說是《鏡中奇緣》的男性間諜版本：《鏡中奇緣》描述愛麗絲自發性地進入鏡中國度，參與了由紅皇后和白皇后領軍的棋賽，並得預告，「到了第八格我們就會一起當皇后，那時全是宴樂！」而當愛麗絲一步步遵循預言／理想的棋盤路徑之時，她同時也遭遇了各種荒誕不經之事。而最終，儘管「宴樂」的允諾確實實現，但愛麗絲卻因無法掌握鏡世界的荒誕規則，而從根本上難以享受這場盛宴，最終華麗地搞砸了宴會，從夢中甦醒，回到了現實。

而《鏡子戰爭》呢？與「大棋賽」幾乎等義的「大博弈」（the Great Game），將全世界作為棋盤，那麼軍情科實際上是處於愛麗絲的位置——他們走入與現實大不相同的鏡世界，接受鏡世界中所有荒誕的規則（代號、安全口號、偽裝……），從「皇后」（間諜頭子）處習得成為「皇后」的方法（「走到第八格！」）小說中的每個角色，都是想要成為皇后的卒子，走在棋盤上的同時制訂著自己的計畫。而最終，他們的計畫完成了，他們都成了「愛麗絲皇后」，獲得了各自的盛宴——但那盛宴卻荒誕的難以入口。最終，他們只能甦醒，從鏡世界中醒來，回到現實——「最後一曲也結束了。」曲終人散，軍情科繼續致力於圖書編目。

而，這是誰的棋盤，誰的計畫，誰的夢想，誰的實踐？

「現在，貓咪，我們來想想，到底這些是誰做的夢。」愛麗絲說。

讀勒卡雷，從來不是件簡單的事。

專文推薦．二

敬曾經擁有而必須奉獻的人一杯

心戒（MLR推理文學研究會成員）

一九六五年，歷經兩年等待，引頸期盼曾藉《冷戰諜魂》將間諜小說再度拉回寫實基礎，更進一步往間諜個人信仰與道德抉擇迷惘深掘的約翰．勒卡雷，能為讀者帶來又一次驚心動魄旅程的英國評論家們，顯然對《鏡子戰爭》失去了熱情。至少，當時評論家們冷淡的反應，讓勒卡雷在《鏡子戰爭》首版發行的二十六年後，仍能以深刻的記憶，在簡潔的序文裡記錄彼時他在極大反差下所學到的教訓。

當年三十四歲的勒卡雷天真地以為，他在《冷戰諜魂》裡成功揭露了間諜行業神祕浪漫的面紗，讓讀者瞥見嚴酷現實的一面，彷彿也憑此獲得了權力，允許他深入真相核心，直指間諜人生中那一團亂帳和徒勞。但顯然英國評論家們想看的，是又一部《冷戰諜魂》的仿製品（勒卡雷帶著幽默地取了非常逗趣而且「標準」的續集書名），而非由沒落的單位、過氣的人員和二流的情資所共演的可笑掙扎。然而，極具暗喻性的角色與情節安排，宛若你我周遭輕易可遇的荒繆，反讓《鏡子戰爭》成了勒卡雷小說中最易上手的黑色諷刺劇。

二戰過後，負責處理軍事威脅的軍情科榮光不再，相較於專長複雜政治與情資的姊妹單位「圓場」，軍情科徹底受到忽視。存亡之際，卻突然傳來派往芬蘭回收機密底片的「快遞」泰勒意外死亡，底片亦不翼而飛？難道當初「蘇聯在東德邊境部屬飛彈」這令所有人半信半疑的線報是真的？曖昧不明的情況立刻在軍情科內引起騷動——若真能掌握實證，必能重振雄風——為避免圓場搶功，軍情科決定召回二十年前的好手萊澤爾重施戰技訓練，並派他祕密潛往東德探究乾坤。但泰勒之死真的是一場謀殺嗎？一張不清晰的快照真藏有足以撼動紅藍兩大陣營的軍事祕密嗎？還是說，這一切都是瀕臨裁撤的遲暮單位，為了往昔的光輝與生存，所緊抓的救命稻草？

透過經常處在虛實相掩、已然模糊真假邊界的間諜，勒卡雷非常擅長引領讀者從存在主義的角度出發，正視人生無路可出時的困境，而後探問「人活著的理由和目的為何」？如果同樣身為人的間諜，和你我一樣都非火裡來水裡去的動作派英雄，而是同屬被生活所主宰，受命運所支配的個體，那麼，受操弄的人，又該如何做出選擇以捍衛自己的信念和自我價值？《鏡子戰爭》裡，已然被權力核心邊緣化的科長雷科勒克，見著了再握權柄的曙光，盲目飢渴地決意奮力一搏；時不我與的技術主管霍爾登，即便理性告訴自己這一切並不可行，無奈身陷泥沼也只能半推半就地試探重返榮耀的可能；懷抱著抱負理想卻早已錯過輝煌年代的新人艾佛瑞，竟也在感染下傻傻地編織著重返榮耀後的亮麗光景。當所有人為了一個基礎毫不穩固的推理而重燃希望與活力，究竟該為這群亟欲抓住迴光反照片刻、進行人生最後衝刺的人賦予深刻同情？還是該訕笑其耽溺於往昔榮光，為了鏡花水月而演出一場終虛的徒勞？

勒卡雷將這複雜難題的答案藏在對話的細節裡，送給了小說中為數不多的女性，如同他以老總簡短的一句回話，為讀者凝鍊出政治角力的腥風血雨。《鏡子戰爭》寫出了錯誤的忠誠和失卻純真信念時的窘境，但那不得不的妥協與掙扎，卻又很可能是你我面臨同樣處境時會做的相同抉擇，反成了殘酷的寫照。讓人忍不住想為這群欣然縱躍者，舉杯致意，共敬人生。

獻給James Kennaway

前言

本書描述之角色、俱樂部、機構或情報組織均不存在，據我所知，真實世界中亦從未存在過，謹此鄭重聲明。

容我在此感謝大英無線電學會、R.E. Molland先生、《航空週刊與太空科技》之編輯與工作人員、Ronald Coles先生。上述朋友提供給我寶貴的專業知識。我也要感謝祕書Elizabeth Tollinton小姐提供協助。

最深的謝意必須獻給內人，感謝她無怨無悔的合作。

約翰．勒卡雷

阿基尼可修道院，克里特島

一九六四年五月

「只要能加入，當卒子我也不在乎。」——《愛麗絲夢遊仙境》

目錄

「手提大型手提箱或行李箱等極沉重的物體後，如立即進行訊號發射，前臂、手腕、手指的肌肉將失去靈敏度，無法產生理想的摩斯電碼。」

——泰德（F. Tait），《摩斯電碼完全手冊》，Pitman 出版

一 泰勒出差記

曾計誘東方之愚人長眠於此。——吉卜林

1

小機場滿是雪。

迷霧中，這北方來的雪隨著夜風移動，聞起來有海的味道。整個冬季都將如此，灰色的土地上一片襤褸寒愴，是冰冷、刺骨的粉塵，既不融化，也不凍結，不變如沒有四季的一年。變幻的霧像戰爭的煙硝盤旋其上，一會兒吞噬機棚，一會兒吞噬雷達中心，或是機身，並一點點地放走它們、抽盡顏色，在白色的沙漠留下黑色的腐屍。

這是幅沒有縱深，沒有凹凸，沒有影子的景象；大地與蒼穹合而為一，冰封的人影與建築物有如浮冰裡的屍首。

小機場更遠處則什麼都沒有，沒有民房，沒有山丘，沒有道路，連圍牆、樹木也付之闕如，只有壓在雪堆上的天空，和從波羅的海泥岸升起的滾滾濃霧。內陸某處則是群山。

一群戴學生帽的小孩就圍在長長的觀景窗前，嘰嘰喳喳說著德文。其中一些穿著滑雪裝。泰勒戴手套的手握住杯子，兩眼無神地對他們視而不見。一個男孩轉身看他，臉紅起來，並對其他人說了悄悄話。他們安靜下來。

他動作很大地伸出手看錶，一方面是為了拉開外套袖子，一方面是個人風格使然。他希望給人留下一個印象：軍人、訓練精實、隸屬於高級俱樂部。見識過大戰風浪。

三點五十分。飛機已遲到一個鐘頭。他們很快就會透過擴音器宣布誤點原因。他在想他們會怎麼說：受濃霧影響。大概吧，或是起飛時間延誤。他們大概也一頭霧水——而且當然不會願意承認——這班飛機在航道外兩百英里，羅斯托克的南方。他喝完酒，轉身放下空酒杯。這些個外國烈酒，他不得不承認，在產地國喝起來也沒那麼壞。在這個節骨眼上，有好幾個小時得打發，窗外則是零下十幾度，杜松子酒不算最糟的選擇。等他回去，他要請「隱名俱樂部」訂一些來。想必會引起一陣騷動。

擴音器在嗡嗡作響；聲音突然變大、減弱，又再度響起，音量已調至適中。孩子們滿懷期望地盯著它。一開始，廣播說的是芬蘭文，然後是瑞典文，現在則是英語。北方航空對它們自杜塞爾多夫起飛的二九〇客機延誤感到抱歉。沒有提到還要等多久，或是為什麼。它們大概自己也不清楚。

但泰勒知道。他在想，要是他晃向玻璃亭裡那個精神抖擻的地勤人員、告訴她，不知道會發生什麼事：二九〇號航班還需要一點時間，小姐，她在波羅的海上空被強烈北風吹離航道，不知道飛去哪兒了。那女孩當然不會相信他，只會把他當成怪人。她稍後才會知道。她得明白他不只不尋常，更不只是特別。

外面天色已開始轉暗。如今地面比天空更亮；在雪地襯托下，清理過的跑道有如疏洪道般醒目，染上琥珀色的標示黃光。在最近的飛機棚裡，日光燈管照得人與飛機皆疲憊慘白；當管制塔臺的光束一閃一閃打在他前方，地面似乎短暫地恢復了生氣。一輛消防車從左邊的修理場駛出，加入已經停在中央跑道附近的三輛救護車。它們同時打亮旋轉的藍燈，耐心地排成一列閃著警示訊號。那些孩子指著它們，興奮地聒噪不休。

女孩的嗓音再度從擴音器中傳出，與上一次廣播可能僅隔數分鐘。孩子們再次噤口、傾聽。二九〇號客機至少還要一個鐘頭才會抵達，如有進一步消息將立刻通知。女孩的聲音不大對勁，介於驚訝與焦慮之間，坐在候機室另一頭的六、七個人似乎也聽出來了。一名老婦人對她丈夫說了些什麼，站起身，拎起手提包加入窗邊的孩子們。有一段時間她只是呆呆望著暮色。發現那無法提供慰藉，她轉向泰勒並以英文說：「杜塞爾多夫的飛機究竟是怎麼了？」她的嗓音帶有荷蘭女人那種喉音與憤慨的語調。泰勒搖搖頭。「可能是雪的緣故，」他回答。他是個乾脆的男人；這樣的回答符合他的軍人作風。

推開旋轉門，泰勒下樓到接待大廳。靠近大門處，他認出北方航空的黃色三角旗。櫃檯前的女孩非常漂亮。

「杜塞爾多夫的客機發生什麼事？」他容易取信於人；他們說他對年輕女孩很有一套。她微微一笑，聳聳肩。

「我想是因為大雪。秋季的班機滿常延誤的。」

「妳怎麼不問問主管？」他建議，同時對著她面前的電話點頭示意。

「他們會用廣播宣布，」她說：「一有最新消息的話。」

「誰是駕駛，小姐？」

「不好意思？」

「誰是駕駛；機長是誰？」

「藍森機長。」

「他很厲害嗎？」

女孩顯得很震驚。「藍森機長是位經驗非常豐富的駕駛。」

泰勒看了她一眼，露齒一笑，說：「他頂多是個運氣很好的飛行員，小姐。」他們說他懂的不少，而老泰勒的確是。他們在週五晚上的隱名俱樂部裡說的。

藍森。聽見別人直接把姓氏說出來，感覺挺怪的。在單位裡，他們單純就是不會這麼做。他們偏好迂迴、臥底的姓名，只要是真名以外什麼都行：亞契小子、我們的飛行員朋友、我們來自北方的朋友、負責拍照的老兄；他們甚至會拐彎抹角地用他出現在文件上的字母加數字代碼；在任何情況下，絕不指名道姓。

藍森。在倫敦時，雷科勒克曾讓他看過相片：孩子氣的三十五歲男人，金髮帥氣。他打賭那些空服員肯定為他瘋狂；不管怎麼說，她們本來就只是機長的砲灰。沒人在看他。泰勒右手很快伸進大衣外的口袋，只是想確定信封仍在那裡。他以前從沒帶過這種錢。飛一趟五千美元；一千七百英鎊，免稅，只要在波羅的海上空稍微迷個路。請注意，藍森可不是每天都在做這種事。這是趟特殊任務，雷科勒克說過。他在想，要是自己倚在櫃檯上、向女孩透露身分，她會有什麼反應；讓她看信封裡的鈔票。他從沒跟這樣的女孩交往過——真正的女孩，高眺，而且年輕。

他再度上樓走進酒吧。酒保已經開始認得他了。泰勒指著擺在中間酒架的杜松子酒瓶說：「可以再給我一點那個嗎？就是它，你正後方的那瓶；來點你們本地的穿腸毒藥。」

「這是德國酒，」酒保說。

他翻開皮夾，取出一張鈔票。膠膜後面有張小女孩的相片，九歲左右，戴了眼鏡並抱著洋娃娃。

「我女兒，」他向酒保解釋，酒保則給了他一個應付的微笑。

他的語調變化多端，像個旅行的生意人那樣說話。在與他同階級的人說話時，他虛假的尾音會拖得更誇張，只為強調一種根本不存在的優越感；又或像現在，當他感到緊張的時候。

他不得不承認，自己的確有些心虛。以他的歷練與年齡，從例行的快遞工作跨足情報領域，狀況確實有些弔詭。這是圓場那些豬玀的工作，根本不該落在自己的單位。這與他習以為常的普通例行公事完全是兩碼子事；困在這裡孤立無援，前不著村後不著店。他怎麼也想不透，這些人怎麼會在這種地方蓋機場。一般來說他還滿喜歡到海外出差的，像是上漢堡拜訪老吉米．哥頓，或是到馬德里狂歡一晚。離開瓊妮對他有益。他去土耳其出差過兩、三趟，儘管阿拉伯人不太合他胃口。但那些都不算什麼，和這趟根本不能比：搭頭等艙，行李擺在身旁的座位上，口袋裡是北大西洋公約組織的通行證；一個有身分的人，從事符合地位的工作；美好得就像那些外交人員——幾乎可以這麼說。但這趟畢竟不一樣，而他不太喜歡。

雷科勒克說過，這趟非同小可，泰勒也相信他。他們用另一個名字給了他一本護照。Malherbe，他們說正確的唸法是馬勒比。天才曉得這個姓是誰選的。泰勒甚至不會拼；今早入住旅館時，在櫃檯就出了一點洋相。津貼當然很理想，行動開支一天十五英鎊，而且不必要收據。他聽過圓場給到十七英鎊。他可以好好利用這筆錢，買點東西送瓊妮。她大概寧可收到現金。

他當然告訴她了：其實他不該這麼做，但雷科勒克並不認識瓊妮。他點起一支菸，吸了一口，像哨兵值勤時那樣捧在手心。大老遠跑到北歐，怎麼可能不告訴他老婆？

他在想那些孩子為什麼老是這麼巴著窗戶。他們應付外語的方式真是令人驚訝。他又看了一次手錶，幾乎沒有注意時間，碰了一下口袋裡的信封。最好別再喝了；他得保持一顆清醒的腦袋。他試著猜想瓊妮現在正在做什麼。大概正坐著喝琴酒還什麼的。整天上班也可憐她了。

他突然發現一切都安靜下來。酒保靜靜站著聆聽。餐桌前的老人也在聽，他們發傻的臉轉向觀景窗。然後他相當清楚地聽見了：是飛機的聲音，仍在遠方，但是朝小機場接近中。他趕緊走向窗戶，半途上擴音器就響起，才以德文廣播了幾個字，那些孩子就宛如一群鴿子那樣紛紛飛向接待廳。桌前的那群人也站起來，女人拿她們的手套，男人拿外套與公事包。最後是英文廣播。藍森準備降落了。

泰勒盯著夜色。飛機一點影子也看不到。他等著，感到愈來愈焦慮。簡直像是世界末日，他想，外頭簡直就像該死的世界末日。萬一藍森墜毀了；他們可能會找到照相機。他希望是別的人來處理這種事。伍德夫，伍德夫為什麼不把這差事接走？或是那個聰明的大學畢業生艾佛瑞？風變強了；他敢發誓，風比剛才強很多，從它吹攪雪地、將雪塊颳上跑道的方式，它在照明燈下拉扯的樣子，像充滿恨意地在地平線上創造雪柱又猛然衝開的模樣就看得出來。一股陣風忽然打在他眼前的窗戶，令他向後一退，接著是雪花的沙沙聲，以及木框急促短暫的呻吟。他再看了錶一次；這已經成了他的習慣。知道時間似乎有助心情安穩。

這種天候，藍森不可能成功的。絕不可能。

他的心跳像是暫停了。起初輕柔，隨後急升轉為嗚咽，他聽見警笛聲——四輛車同時——在這個被上帝遺棄的小機場上呻吟，彷彿飢餓動物的嗥叫聲。失火了……飛機肯定是著火了。他著火了，依然試著降落……他激動地想找人問清楚。

酒保站在他身邊，一面擦拭杯子，一面望向窗外。

「怎麼回事？」泰勒大喊。「這些警笛是在響什麼？」

「壞天氣時警笛都會鳴響，」他回答。「法律規定。」

「他們幹麼讓他降落？」泰勒追問。「為什麼他們不改變他的航線，讓他去南邊一點降落？這裡太小了；他們幹麼不讓他去大一點的機場？」

酒保漠不關心地搖搖頭。「這天氣又不算太差，」他邊說邊指著小機場。「何況他誤點太久。搞不好他沒有汽油了。」

他們看見飛機低飛在小機場上方，她的燈光在照明燈上方交替閃爍；她的大燈掃瞄著跑道。她下降，安全著陸，而在她向抵達站展開漫長的滑行之際，他們聽見她推進器的低吼聲。

★

酒吧已經空了。只剩他一個。泰勒點了一杯酒。交代事項他都熟記在心。待在酒吧裡，雷科勒克吩咐過，藍森會和你在酒吧碰面。他要多花一點時間；飛航文件需要他處理，以及取出照相機內的底片。泰勒聽見孩子們在樓下唱歌，一個女人領頭。為什麼他非得和這些婦孺待在一塊兒？他在做的不是男人的工作嗎？口袋裡還裝了五千美元與一本假護照？

「這是今天最後一班飛機，」酒保說。「現在開始禁止任何起降了。」

泰勒點頭。「我知道。外面情況很嚇人，真的很嚇人。」

酒保收起酒瓶。「不會有事的，」他以安慰的口吻接著說：「藍森機長是個非常優秀的飛行員。」

他遲疑了一下，不知是否該收起杜松子酒。

「當然不會有事，」泰勒口氣很衝。「誰說會有事了？」

「再來一杯？」酒保說。

「不用，但你該來一杯。喝啊，給你自己倒一杯。」

酒保不情願地替自己斟酒，然後將酒瓶鎖進酒櫃。

「話說回來，他們是怎麼辦到的？」泰勒說。他用安撫的語氣，想和酒保言歸於好。「在這麼糟的天氣裡，他們什麼該死的東西也看不見。」他若有所思地微笑。「你坐在機鼻裡，閉著眼睛開說不定還比較好。我見識過。」泰勒接著說。他雙手鬆鬆地在前方握成杯狀，彷彿正在駕駛飛機。「我很清楚……要是真的出了什麼差錯，首當其衝的就是那些飛行員。」他搖搖頭。「他們問心無愧，」他高聲說：「他們掙的每一分錢都理所當然。特別是在這種尺寸的風箏裡。它們全都是用細繩子串起來的；細繩子。」

酒吧疏遠地點點頭，喝乾剩下的酒，洗過空酒杯、擦乾，然後放在櫃檯下的架子上。他解開他的白色夾克。

泰勒動也不動。

「嗯，」酒保皮笑肉不笑。「我們得回家了。」

「我們？什麼意思？」泰勒問，眼睛睜得很大，頭向後仰。「你在說什麼？」現在他可以跟任何人單挑；藍森已經降落了。

「我得打烊了。」

「回家個頭。得了吧，再幫我們倒一杯。你想回家的話請便。我家可是在倫敦。」他的語調有挑彆意味，半是開玩笑，半是憎惡，音量也愈來愈大。「既然你們的航空公司直到明天早上以前都沒辦法送我回倫敦，還是其他什麼鬼地方，你叫我回家這件事是不是有點蠢啊，老兄？」他仍保持微笑，卻顯得短促且憤怒，是那種緊張的人快要發脾氣時的笑容。「下一次，當我請你喝一杯，麻煩你有禮貌一點……」

門打開，藍森走了進來。

★

原本預期的情況不該是這樣的；這完全不符合他們描述的方式。待在酒吧裡，雷科勒克說，坐在靠角落的桌子，喝酒，既然你在等人，就把帽子和外套放在另一張椅子上。藍森打卡下班時總會來點啤酒。藍森個人偏好公眾交誼廳。那裡太人來人往了，雷科勒克說。儘管是個小地方，這些機場卻總是不缺生意。他會四處看，想找個地方坐下——相當開明且光明正大——然後他走過來，問你這邊有沒有人坐。你會說，原本是為朋友留的，不過那人卻沒出現。藍森會問他可不可以坐這兒。他會點啤酒，然後說道：「男朋友還是女朋友？」你會對他說別問得這麼失禮，接著你們倆就大笑一陣，開始聊天。要問兩個問題：高度與航速。研究處一定要知道高度與航速。把錢留在你的大衣口袋裡。他會拿起你的大衣，把自己的掛在旁邊，不動聲色地拿走信封並將底片放進你的大衣口袋。你喝完酒，和對方握手，一切順利。隔天上午你就可以飛回家了。雷科勒克說起來就是這麼容易。

藍森漫步走過空盪的酒吧，朝他們走來。高大、健壯，身穿藍色防水衣、戴著帽子。他短暫看了泰勒一眼，然後對著泰勒背後的酒保說：「彥斯，給我一杯啤酒。」他轉頭問泰勒，「你喝什麼？」

泰勒淡淡一笑。「你們本地的東西。」

「隨便他想喝什麼。都多加一份。」

酒保迅速扣上夾克鈕釦，打開酒櫃的鎖，倒了一大杯杜松子酒。他從冰箱取出啤酒給藍森。

「你是雷科勒克的人？」藍森問得唐突。誰都有可能聽到。

「對。」他無精打采地接上，但接得太遲。「倫敦的雷科勒克公司。」

藍森端起啤酒，走到最近的桌子。他的手在抖。兩人坐下。

「那你告訴我，」他口氣十分嚴厲。「是哪個混帳要我做這種事？」

「我不知道。」泰勒大吃一驚。「我連他們要你做什麼都不清楚。這不是我的錯。我只是奉命來這裡拿底片而已。這種事甚至不該是我的工作。我是檯面上的人——快遞。」

藍森傾身向前，一手放在泰勒手臂上。泰勒感覺得到他在顫抖。「我也是檯面上的人，直到今天以前。飛機上有小孩。二十五個放寒假的德國小學生。整架飛機上都是孩子。」

「是。」泰勒勉強一笑。「是，剛剛在接機室裡有歡迎團。」

藍森動了火氣，「我們到底要找什麼？這是我搞不懂的地方。羅斯托克究竟有什麼好東西？」

「跟你說過了我跟這事無關。」他說出前後矛盾的話：「雷科勒克說不是在羅斯托克，而是在羅斯托克南邊。」

「南方三角區：卡許達特、蘭朵恩、沃肯。你不說我也知道。」

泰勒神情焦慮地看著酒保。

「我們好像不該這麼大聲，」他說：「那傢伙有點喜歡跟人作對。」他喝了一點杜松子酒。

藍森做出一個好像在撥開面前東西的手勢。「結束了，」他說：「我不要再來一次。到此為止。如果我們按航道飛，拍拍下頭的東西，那沒關係；但這趟太過分了，你知道嗎？就是該死的太過分了。」他的口音濃厚笨拙，宛如語言障礙者。

「你有拍到任何照片嗎？」泰勒問。他該拿底片走人了。

藍森聳聳肩，一手伸進防水外套口袋，泰勒驚恐地看著他取出三十五厘米底片的鋅盒，遞給桌子對面的他。

「要找什麼？」藍森又問。「他們到底想在這種地方拍到什麼？我飛在雲層之下，整個地區繞了一遍。我沒看到原子彈。」

「是很重要的東西，他們只告訴我這麼多。很大的東西。非這麼做不可，你不明白嗎？那種地區你不能違法飛過去。」泰勒只是重複別人說過的話。「非得是一架航班，申請過的航班，別的一概不行。沒有其他方法。」

「你聽好。我們一飛進那地方，就立刻被他們盯上了。兩架米格戰機。它們打哪兒來，是我該知道的嗎？一看見它們，我馬上飛進雲層；它們跟著我飛。我發出訊號，詢問方位。飛出雲層後，又看見它們。我想它們在逼我下降，命令我降落。我拚命想丟掉照相機，它卻卡住了。孩子們全擠到窗口對著米格機揮手。它們在旁邊跟了一段時間，然後才飛走。他們靠得好近，非常非常近。那些孩子差點就沒命了。」他一口也沒喝他的啤酒。「它們究竟想做什麼？」他問。「它們為什麼沒有命令我降落？」

「不是告訴過你了：這不是我的錯。這不是我該負責的工作。不過，不管倫敦那邊想找什麼，一定有他們的理由。」他似乎是想說服自己。他必須信任倫敦那邊。「他們不會浪費他們的時間，也不會浪費你的，老兄。他們知道自己在做什麼。」他皺眉，想表示自己堅信不移，但藍森可能根本充耳未聞。

「他們也不會冒沒必要的風險，」泰勒說。「你做得很好，藍森。我們都得盡自己的一份力……冒點風險。我們全都是。我在大戰期間冒過險，你也明白。你年紀太輕，記不得大戰的事了。這是一樣的任務；我們奮鬥的目標一致。」他忽然想起那兩個問題。「拍照時高度多少？」

「不一定。在卡許達特上空時，我們降到六千英尺。」

「他們最想要的就是卡許達特，」泰勒以感激的口吻說：「你真是一流的，藍森，一流的。你的航速多少？」

「兩百……兩百四十。大概吧。那裡什麼也沒有，我告訴你，什麼也沒有。」他點了一根菸。

「現在都結束了，」藍森說：「管它目標有多大。」他起身。泰勒也跟著站起來。他將右手伸進大衣口袋。他的喉嚨忽然乾燥起來：錢呢，錢跑到哪裡去了？

「試試另一個口袋，」藍森建議。

泰勒遞給他信封。「會不會惹上麻煩？我是說米格的事？」

藍森聳聳肩。「大概不會吧，我以前沒這麼做過。他們會相信我一次；他們會歸咎於天候。我大概在半途的時候脫離航道。有可能是地面管制出錯。正好在交班。」

「領航員呢？其他機組員呢？他們怎麼想？」

「那是我的事。」藍森語氣刻薄。「你可以告訴倫敦，一切到此為止。」

泰勒焦慮地看著他。「你只是心情不好，」他說：「剛才太緊張了。」

「去死吧，」藍森輕聲說：「該死的下地獄去吧。」他轉身離去，放了一枚銅板在櫃檯上，緩緩走出酒吧，漫不經心地將裝錢的長信封塞進防水外套口袋。

過了一會兒泰勒才跟著他離去。酒保見他推開門，消失在樓梯口。非常沒有品味的男人，他想道；話說回來，他從來就不喜歡英國人。

★

泰勒從一開始就不想搭計程車回旅館。他十分鐘就能走到，也可以省下一點津貼。往大門走去、經過航空公司的那個女孩時，她對他點了點頭。接待廳以柚木裝潢，暖氣一股股從地板冒出。泰勒走到外面。像劍的一刺，寒風切穿了他身上的衣物，也像逐漸擴散的毒藥，迅速麻痺了他裸露的臉孔，感覺得到它鑽進頸子與肩膀。他改變心意，急忙四下尋找計程車。他醉了。他突然瞭解到，是新鮮空氣讓他暈眩。招車處一個人也沒有。一輛雪鐵龍老爺車停在五十碼外的路邊，引擎運轉中。車上人正舒舒服服吹著暖氣。算你運氣好，泰勒心想，然後急忙回到旋轉門內。

「我想叫計程車，」他對那女孩說：「妳知道要上哪兒叫車嗎？」他誠心希望自己看起來沒問題。他一定是瘋了才喝那麼多。他不該接受藍森請他的那杯。

她搖搖頭。「它們都載著孩子們走了，」她說：「一輛車載六個。那是今天最後一班飛機了，冬天這裡計程車也不多。」她微笑。「這是個很小很小的機場。」

「那路邊那輛老爺車在幹麼？不是計程車吧？」他的聲音模糊。

她走到門口向外望。女孩走起路來很謹慎地維持重心，毫不做作，顯得誘人。

「沒看到什麼車。」她說。

泰勒從她背後向外看。「剛才有輛雪鐵龍老爺車，燈還開著。一定是走了。我只是覺得納悶。」天啊，車子開過去他竟然沒聽到。

「計程車都是富豪車，」女孩說：「載完小朋友後或許會有一輛回來吧。你怎麼不去喝一杯？」

「酒吧打烊，」泰勒口氣有點衝。「酒保回家了。」

「你住在機場旅館嗎？」

「對，女皇旅館。我其實急著回去。」現在他說起話來比較輕鬆了。「我要等倫敦來的電話。」

她懷疑地看著他的大衣，是防水布料的斜格紋織法。「你可以用走的，」她建議。「沿著路一直走，只要十分鐘。他們可以晚點再把你的行李送過去。」

泰勒看手錶——同樣誇張的動作。「行李已經在旅館裡了。我今早到的。」

他有那種與歡樂場合咫尺天涯、至今仍哀動逾恆的鬆垮、憂心的臉；一張眼睛比周遭來得蒼白，輪廓大致都擠在鼻孔上方的臉。或許是察覺到這點，泰勒蓄了一道不起眼的小鬍子，像是相片上潦草的一筆，卻只讓他的臉更顯紊亂，遮掩不了任何缺點。這使他無法取信於人：不是因為他是惡棍，而是他沒有欺騙人的才能。同樣的，他粗糙地模仿了如今已不可考的某人舉止，諸如像軍人那樣忽然拱起背的惱人習慣，彷彿發現自己做出很不得體的姿勢；或是情緒激動時，膝蓋與手肘的動作，會稍微令人聯想到馬匹。然而，這一切卻因痛苦而顯得高尚，像是他繃緊了小小的身子，在殘酷的寒風中逆向前行。

「要是你走快一點，」她說：「還不用十分鐘。」

泰勒討厭等。他的觀念是，等待是那些沒內涵的人在做的事：被人瞧見等待是種侮辱。他噘起嘴脣，搖搖頭，暴躁地說了句「晚安，女士。」就決斷地走進冰凍的空氣裡。

★

泰勒從未見過這樣的天空。漫無邊際的，它向下彎曲直到雪封的原野。它注定被凍結星群、在暈黃的半月外圍畫出一條線的迷霧東一點西一點地破壞。泰勒很害怕，有如不常搭船的人為大海所驚嚇。他加快了略帶遲疑的步伐，一邊走一邊晃來晃去。

走了約莫五分鐘，車子趕上他。這裡沒有人行道。他先發現車頭燈，因為引擎聲被大雪隱沒，而他只注意到前方有燈光，不清楚那來自何方。燈光懶懶地在雪地上移動，一時之間，他還以為是機場的信號燈。隨後，他看見自身投射在馬路上的影子愈來愈短，光線突然轉強，他明白一定是車來了。他靠右邊，快步沿著結冰的鋪路碎石走。他發現車燈黃得很不尋常，猜想著一定是依法國規定罩上車燈罩。對這項小小的推論，他相當滿意；這年紀的腦筋畢竟還是挺靈光的。

他沒有回頭看，因為他生性害羞，不希望讓對方誤以為自己想搭便車。但他想到——也許遲了些——在歐洲，車輛其實是靠右行駛，因此嚴格說來，是他走錯邊，應該做點什麼才是。

車子從後方撞上他，撞斷了脊椎。在那可怕的一刻，泰勒呈現標準的痛苦姿勢，他的頭、肩膀劇烈往後，手指大張。他沒有發出聲音，彷彿他的整個人與靈魂全濃縮在這最後的苦痛姿勢中；臨死之際，任何活人發出的聲響都不可能比這更明確而清晰。駕駛很可能沒意識到他做了什麼；車子撞上人體的聲音與鬆雪碰撞車軸的聲響，聽起來並沒有多大的不同。

車子推行了他一、兩碼然後擺脫他，任他死在空曠的馬路上，成為荒野邊緣一具僵硬、破碎的屍體。他的軟氈帽躺在身邊。突如其來的強風攫走它，颳過雪地。斜格斑紋外套的破片隨風拍打，徒勞無功地伸向那沿著弧度輕輕往下滾、在冰凍的路堤邊停留一陣，接著繼續疲憊地往斜坡滾下去的錊盒。

二 艾佛瑞出差記

某些事情，無人有權過問任一白人。——《史坦法斯特先生》，約翰·布侃

2

序幕

時間是凌晨三點。

艾佛瑞放下電話，叫醒莎拉並說：「泰勒死了。」他當然不該告訴她的。

「誰是泰勒？」

無聊的傢伙，他想；他對這人只稍微有點印象。一個無聊得可怕的英國人，一目了然得像布萊頓碼頭。

「快遞處的人，」他說。「大戰時曾和他們一起工作。他很不賴。」

「你老是這麼說。他們都很不賴。那他怎麼會死？他怎麼死的？」她在床上坐起身。

「雷科勒克正在等消息。」他希望自己穿衣服時她不要一直看。

「而他想要你幫他一起等？」

「他要我進辦公室。他需要我。妳不會以為我就這樣翻身繼續睡吧？」

「我只是問問，」莎拉說。「你老是為雷科勒克著想。」

「泰勒是老手了。雷科勒克非常擔心。」他彷彿仍聽見雷科勒克那高高在上的語氣。「立刻趕過來，招計程車；我們要再看過一遍檔案。」

「這經常發生嗎？經常有人死掉嗎？」她語氣中有著憤慨，彷彿大家總是什麼都瞞著她；彷彿只有她以為泰勒死了很可怕。

「妳不准告訴任何人，」艾佛瑞說。這是讓她別來煩他的辦法。「妳甚至不能告訴別人，我在大半夜出門。泰勒用假名出差，」他接著說，「一定得有人通知他太太。」他正在找眼鏡。

她下床，披上晨衣。「你能不能行行好，別再學牛仔講話了。祕書可以知道，為什麼老婆就不行？還是要等她們老公死掉才能知道？」她走向門口。

她中等身高，卻留一頭長髮，與她嚴肅的五官很不搭。她的表情有種張力，一種焦慮感，一種蓄勢待發的不滿，彷彿明天只會更糟。他們在念牛津時就認識了；她拿的學位比艾佛瑞更高。但不知為何婚姻把她變得孩子氣；依賴成為一種態度，彷彿她給了他某種無法贖回的東西，又不斷想向他討回。她的兒子與其說是她的投射，不如說是她的藉口；像道牆隔絕了外界，而非通往它。

「妳要上哪兒去？」艾佛瑞問。她有時候會故意羞辱他，像是撕掉音樂會的入場券。她說：「我們有個孩子，記得嗎？」他注意到安東尼在哭。他們一定是吵醒他了。

「到辦公室後我會打電話回來。」

他走向前門。她在育嬰室前回頭看，而艾佛瑞知道她在想他們沒有吻別。

「你當初應該繼續做出版的。」她說。

「妳也沒有比較喜歡那份工作。」

「他們怎麼不派輛車來？」她問。「你說他們車子多得是。」

「車等在轉角。」

「老天；為什麼？」

「這樣比較安全。」他回答。

「對什麼比較安全？」

「妳身上有錢嗎？我好像用完了。」

「要做什麼？」

「我只是要錢而已！總不能口袋空空到處跑吧？」她從手提包取出十先令給他。他很快關上身後的門，走下通往威爾斯親王大道的樓梯。

他經過一樓的窗戶，不用看也知道葉茲太太躲在窗簾後面偷看他。她日夜監看所有人，並抱著貓尋求慰藉。

天氣冷得要命。風似乎從河邊一路越過公園吹來。他左右看看馬路。什麼也沒有。他應該要打電話去克拉珀姆❶的計程車行叫車，但他只想著要離開公寓。何況，他跟莎拉說會有車來接他。他往發電所的方向走了大約一百碼，又改變心意往回走。他很睏。即使走在街上，他仍有一種聽見電話鈴響的奇特幻覺。有部計程車隨時都在艾柏特橋附近打轉；那是最好的賭注。因此他走過自家大廈的入口處，抬頭瞥了一眼育嬰室的窗戶，莎拉就在那兒往外瞧。她一定是想知道車子在哪裡等。她抱著安東尼，艾佛瑞知道她在哭，因為他出門時沒親吻她。他花了半小時才招到往黑修士路的計程車。

★

艾佛瑞看著街燈一一亮起。他很年輕，屬於現代英國人裡不上不下的階層，必須攻讀個文學學位來調和未定的出身。他很高，外表相當有書卷氣，眼鏡後是一雙慢吞吞的眼睛，溫和不搶鋒頭的舉止令他深得長輩歡心。計程車的晃動撫慰了他，一如搖晃能安撫孩童。

他來到聖喬治圓環，經過眼科醫院並進入黑修士路。轉眼間他就來到房子前，卻吩咐司機開到下個轉角再停車，因為雷科勒克說過要小心一點。

「這裡就好，」他大叫，「我在這裡下車。」

軍情科辦公室位在一幢沾滿煤灰、不起眼的別墅裡，陽臺上還擺了個滅火器，像一幢永遠待售的屋子。沒人清楚國防部為何要蓋堵牆圍住它；也許是不想讓人盯著它看，就像用牆圍住墓園一樣的道理；或是不想讓死人盯著活人看。當然也不是為了保護庭園，因為除了被踩得像雜種老狗皮癬般斑

❶ Clapham，位於倫敦西南端的高級區域。

駁的青草外，什麼也長不出來。前門漆成深綠色，從來沒打開過。白天，同樣顏色的不知名廂型車偶爾會開過崎嶇的車道，卻跑到後院交代公事。鄰人要是提起這個地方，都會說是國防部會所，儘管那並不正確，因為軍情科是獨立的存在，而國防部是它的主管機關。這幢房子散發出那種全世界政府機關共通的特質：有節制的荒廢氣氛。對於在其中辦公的人而言，它的神祕與為人母的奧祕有異曲同工之妙，它的存在則像是英國的祕密。它包覆、容納他們，懷抱著他們，並且──帶著甜美的不合時宜──給他們一種滋養的幻覺。

艾佛瑞會記住當霧氣滿足地在它粉飾灰泥的牆上留連不去，或在夏季，日光短暫穿透自己辦公室的網狀窗簾，既沒有留下溫煦，也不會暴露祕密的模樣。而他也會記得冬日清晨它汙黑的正面，與街燈照亮骯髒窗子上的雨滴。然而，無論他會如何記住它，它都不只是他辦公的地方，而是他的家。

沿著小徑走到後院，他按下電鈴，等派恩來應門。雷科勒克的窗戶亮起。

他向派恩出示通行證。也許兩邊都回想起了大戰：對艾佛瑞是一份感同身受的樂趣，對派恩而言則是可回顧的過往。

「月色真美啊，長官。」派恩說。

「是啊。」艾佛瑞踏進門。派恩跟著他進去，在他身後鎖上門。

「想當年，這可是會被阿兵哥咒罵的。」

「沒錯，一點也沒錯。」艾佛瑞大笑。

「你聽說了墨爾本那場板球賽嗎？小布快要拿下第三分了。」

「哇！」艾佛瑞口氣快活。他討厭板球。

大廳天花板的藍燈亮著，活像維多利亞式醫院的夜燈。艾佛瑞爬上樓梯；他覺得既冷又不舒服。哪裡有鈴聲在響。莎拉沒聽見電話響實在很奇怪。

雷科勒克正在等他：「我們需要一個人，」他說。他說得不由自主，像剛醒來的人。一盞燈照在他面前的檔案上。

他保養得宜、矮小，而且非常不起眼；像是貓的化身，鬍子刮得很乾淨，頭髮梳理整齊。他的硬領已經裁掉；他喜歡單色領帶，知道也許薄弱的主張比沒有更糟。他的眼睛顏色很深，動得很快；說話時面帶微笑，卻一點也沒有高興的意味。他的西裝外套開了兩道叉，手帕放在袖子裡。星期五時，他習慣穿麂皮鞋，他們說他下班後會直接去鄉下。似乎沒人知道他住哪裡。房間是半暗的狀態。

「我們不能再派飛機低空探測了。這是最後一次；他們在國防部警告過我了。我們非派人進去不行。我看過一遍以前的資料卡，約翰。有個叫萊澤爾的，是波蘭人。他應該辦得到。」

「泰勒怎麼了？誰害死了他？」

艾佛瑞來到門邊，打開大燈。兩人彆扭地對望。「抱歉，我還沒完全清醒。」艾佛瑞說。他們又開始說話，重拾話頭。

雷科勒克先開口。「你花了不少時間，約翰。家裡有事嗎？」他並非出生權貴。

「我叫不到計程車。我打給克拉珀姆的計程車行，但沒人接。艾柏特橋也一樣；那裡一輛也沒有。」他討厭讓雷科勒克失望。

「可以報帳，」雷科勒克冷淡地說：「電話費也是，你應該知道。夫人還好嗎？」

「我說了：電話沒人接聽。她很好。」

「她不介意？」

「當然不會。」

他們從沒談過莎拉。像是孩子們能夠共享一個兩人都不再喜歡的玩具那樣，共享一份與艾佛瑞妻子的關係。雷科勒克說，「反正，她有你的兒子可以陪她。」

「沒錯。當然。」

雷科勒克很高興知道是兒子而非女兒。

他從桌上的銀盒取出香菸。他對艾佛瑞說過：銀盒是禮物，來自戰爭的禮物。送他銀盒的人已經死了，餽贈此物的場合業已過去；盒蓋上沒有刻字。即使是現在，他會說，他也不完全確定那人站在哪一邊，而艾佛瑞就會大笑幾聲好讓他開心。

「約翰。」

雷科勒克拿起桌上的檔案，直接放在燈光下，彷彿裡頭有什麼他必須近距離檢視的東西。

艾佛瑞走向他，盡量不要碰到他的肩膀。

「你能從這樣一張臉上看出什麼？」

「不知道。光看相片很難判斷。」

相片上是個男孩的大頭照，臉圓而溫和，金色的長髮往後梳。

「是萊澤爾。他看起來不賴吧？當然這已經是二十年前的照片了，」雷科勒克說。「我們對他的評價很高。」他不情願地放下相片，按下打火機並將它湊近香菸。「事情是這樣的，」他輕快地說：「我們似乎碰上了難題。我想不出泰勒發生了什麼事。我們只接到領事館的例行報告。顯然是出車禍。有一些細節，但沒任何用處。那種用來通知直系血親的事。打字電報傳來，外交部便轉寄給我們。他們知道那是我們的一本護照。」他將一張薄紙推向辦公桌對面。他很愛讓人讀資料，自己在一旁等著。艾佛瑞瞄了一眼：

「馬勒比？是泰勒的代號嗎？」

「對。我得跟國防部調幾輛車過來，」雷科勒克說：「沒有我們專屬的車實在荒謬。圓場就有一整個車隊。」接著，「也許國防部現在會相信我們了。也許他們終於會了解，我們仍是一個情報行動的部門。」

「泰勒有拿到底片嗎？」艾佛瑞問。「我們知不知道他拿到沒有？」

「我又沒清點他的個人物品，」雷科勒克憤憤不平地回答。「目前，他的所有個人財產都由芬蘭警方保管。說不定底片就在那裡面。那是個小地方，我想他們比較喜歡照法律條文辦事。」接下來的話他說得很隨意，讓艾佛瑞知道這很重要，「外交部擔心可能會有麻煩。」

「天啊。」艾佛瑞脫口而出。這是軍情科的習慣反應，老派而低調。

雷科勒克現在直視他了，開始感興趣。「外交部的當地駐員半個鐘頭前跟副部長通過電話。他們拒絕涉入。他們說我們是祕密單位，必須用我們的辦法處理。有人得以直系血親的身分過去一趟；這是他們偏好的做法。去領回遺體和遺物，帶他們回來這裡。我要你過去。」

艾佛瑞忽然意識到房間裡掛著的照片，是那些參與大戰的袍澤。照片掛成兩列，每列六幅，兩旁各有一架威靈頓轟炸機的模型，積滿灰塵，全漆成黑色，沒有標誌。多數相片都是在戶外拍的。艾佛瑞能看見後方的飛機棚，在微笑的年輕臉孔之間，也能見到停好的飛機半遮掩的機身。

每張相片下方都有簽名，早已昏黃褪色，有些簽得行雲流水，其餘的——他們必定隸屬另一個等級——簽得扭怩作態、繁複精美，像是簽名者對成名感到不甚自在。這裡面沒有姓，只有兒童雜誌上才有的綽號：賈克、矮冬瓜、小不點、幸運喬。救生衣是他們的制服，以及長髮與陽光少年般的微笑。看樣子他們很喜歡上鏡頭，彷彿相聚是可能不再重演的歡笑場合。前面的人舒服地蹲著，像習慣蹲在砲塔裡的士兵，後面那些雙手隨意搭著別人的肩，絲毫不矯情，自然散發出善意，但這些似乎都沒躲過戰爭的摧殘，也未隨照片保存下來。

有一張臉孔出現在每張相片中，自始至終；有著一雙明亮眼睛的細瘦男子，身穿有帽子的粗呢大衣與燈芯絨長褲。他沒穿救生衣，距離那些人也有一段距離，似乎有些格格不入。他比其他人都矮小、年長。五官已經定型，有著其他人所欠缺的目標性。這人也許曾是他們的老師。艾佛瑞曾找過雷科勒克的簽名，想知道過去這十九年來筆跡是否有變，但他並沒有簽下自己的名字。他仍與相片中人相差無幾：下顎多了些堅毅，頭髮少了點濃密。

「但這是情報行動。」艾佛瑞不太肯定地說。

「當然。我們是情報活動部門，你也知道。」他稍微把頭向前伸。「你有情報行動津貼可拿，只要去領回泰勒的東西就好。全部的物品，除了底片——你要送去赫爾辛基的一個地址，那會另外給你指示。回來後幫我處理萊澤爾——」

「圓場不能接手嗎？我是說，找他們來做不是更容易嗎？」

雷科勒克緩緩一笑。「那麼做恐怕一點也幫不上忙。這是我們表現的機會，約翰：這趟任務在我們的職務範圍之內。是軍事目標。要是丟給圓場，我就是規避本單位的職責。他們負責的是政治——純粹政治。」

他的小手耙過頭髮，迅速簡潔的一動，緊張而自制。「所以這是我們的問題。目前為止，國防部批准了我的『文本』，」——他最愛的說法——「要我改派別人也行——伍德夫或是另一個比較年長的人。我以為你會很享受這件事。這任務很重要，你知道；對你來說是一種新體驗。」

「當然。我很願意去……如果你信得過我的話。」

雷科勒克聽了很高興。如今他將一張藍色草稿紙推進艾佛瑞手裡。紙上爬滿雷科勒克的字，是孩子氣的圓形字跡。他在最上方寫下「朝生暮死」，還在底下畫線。左邊空白處是他的姓名縮寫，共四個字母，底下寫著無機密等級。艾佛瑞又一次讀了起來。

「如果你看得夠仔細，」他說：「就會發現我們沒有特別講你是直系血親，只是引述泰勒的申請函。外交部的人只打算配合到這個地步。他們同意透過赫爾辛基把這個轉給當地領事館。」

艾佛瑞讀著電報。「以下來自領事館。主旨：您詢問馬勒比之打字電報。約翰．艾佛瑞，持有英國護照，號碼——，死者之同母異父兄弟，馬勒比申請護照時列為直系血親。通知艾佛瑞後，建議今日飛往該地領取屍體及遺物。北方航空二〇一號經由漢堡之班機，預定於當地時間十八時二十分抵達。請提供例常設備與協助。」

「我不知道你的護照號碼，」雷科勒克說，「飛機今天下午三點起飛。那只是個小地方；我想領事館會派人到機場和你碰頭。每兩天有一班從漢堡起飛的班機。如果你不必去赫爾辛基，就搭同一班飛機回來。」

「我不能說是他的親兄弟嗎？」艾佛瑞溫順地問，「同母異父聽起來很可疑。」

「沒時間變更護照了。外交部對護照的規定愈來愈嚴。我們光是弄泰勒的護照就碰上一堆麻煩。」他把檔案放回去。「一大堆麻煩。那表示也得把你的姓改成馬勒比，對吧？我想他們大概不會喜歡這個主意。」他漫不經心地說，讓他自己去想。

房間裡非常寒冷。

艾佛瑞說，「我們在北歐的朋友呢……？」雷科勒克一臉不解。「藍森。不是有人該連絡他嗎？」

「我正在處理。」雷科勒克不喜歡這個問題，回答得很謹慎，彷彿擔心留下話柄。

「那泰勒的太太呢？」講遺孀似乎稍嫌咬文嚼字。「你也要連絡她嗎？」

「我想我們早上得先去處理這件事。她沒接電話。電報又太難懂了。」

「我們？」艾佛瑞說，「我們兩人都得去嗎？」

「你不是我的助理嗎？」

氣氛太安靜了。艾佛瑞渴望能聽見車流及電話聲。白天時他們被人群包圍，快遞的腳步聲、檔案室的推車滾動聲。他有種感覺：與雷科勒克獨處時，第三者就會消失不見。沒有哪個人更令讓他注意言行，也沒有哪個人能在對話時有如此粉碎意志的影響力。他希望雷科勒克能再拿其他資料給他看。

「你聽人說過泰勒的老婆嗎？」雷科勒克問。「她可不可靠？」

發現艾佛瑞沒聽懂，他又說：

「她可以搞得我們顏面無光，你知道。如果她打算那麼做的話。我們必須謹慎行事。」

「你想怎樣跟她說？」

「我們見招拆招吧。就像我們在大戰期間的做法。反正她不會知道——她甚至不知道老公出國。」

「他可能告訴她了。」

「他不會。泰勒是老手了。他得到他的指令，也知道規定。她一定要領到撫恤金，這件事很重要。

因公殉職。」他迅速做出另一個節制的手勢。

「其他員工；你要怎麼告訴他們？」

「早上我會找各處處長來開會。至於軍情科其他人，我們就說是發生意外好了。」

「也許真的是意外。」艾佛瑞語帶暗示。

雷科勒克再度微笑；鐵條般的笑容，像在受罪。

「那樣的話，我們就實話實說；而且拿回底片的機會更大。」

外面街上仍無車流。艾佛瑞覺得餓了。雷科勒克看了一下手錶。

「你剛才在找哥頓的報告。」艾佛瑞說。

他搖搖頭，若有所思地碰了一下檔案，重溫他最愛的相簿。「裡面什麼也沒寫。我看了一遍又一遍。其他照片每張都放到了最大。霍爾登的手下夜以繼日地在查，而我們就是沒辦法更進一步。」

莎拉說得沒錯。他是來幫他等的。

雷科勒克說——突然像變成兩人見面的重點——「早上開完會，我會安排你跟喬治．史邁利在圓場很快談一下。你聽過他嗎？」

「沒有，」艾佛瑞騙他。現在話題進入敏感地帶。

「他曾是他們最厲害的傢伙之一。某種層面來說是圓場的典型——比較好的那種。他辭職了，你知道，然後又復職。良心過意不去。沒人知道他是不是在那兒。他現在是有點派不上用場了。聽說他很能喝。史邁利主要負責北歐。送交底片的事，他會向你簡報。我們的快遞小隊被解散了，所以也沒其他辦法。外交部不想認識我們，而泰勒死後，我也不能允許你帶著那東西到處跑。你對圓場了解多少？」他像在打聽女人的事似的，問得提心吊膽，像個缺乏經驗的老先生。

「一點點，」艾佛瑞說。「一些尋常的傳聞。」

雷科勒克起身走向窗口。「他們是一群怪人。當然有些很不錯。史邁利就曾經很不錯。不過他們作弊，」他突然說，「用這字形容姊妹單位很怪，我知道，約翰。撒謊是他們的第二天性。他們當中有一半的人已經搞不清楚什麼時候該講實話。」他刻意偏著頭，左看右看，捕捉底下逐漸甦醒的街頭的任何動靜。「天氣真差。大戰期間我們鬥得很兇，你知道。」

「聽說過。」

「那全都過去了。我不會拿他們的工作埋怨他們。他們比我們有更多預算和編制。執行更龐大的任務。然而，我懷疑他們幹得有沒有比我們好。舉例來說，沒人比得上我們的研究處。想都別想。」艾佛瑞忽然有種雷科勒克透露出某些隱私的感覺：一樁失和的婚姻或有損名譽的行為，而如今已風平浪靜。

「去見史邁利時，他或許會問到這次行動。我希望你什麼也別告訴他，你明白嗎？只說你要去芬蘭，可能得緊急將底片送回倫敦。如果他逼問你，就說這是訓練。你的權限只能說到這裡。至於任務背景、哥頓的報告、未來的行動，都跟他們無關。就是訓練。」

「我懂了。不過，如果外交部知道泰勒的事，他也會知道吧？」

「那交給我來處理。別以為指揮情報員是圓場特有的權力。我們也有同樣的職權，只是不在沒必要的情況下動用。」他重申立場。

艾佛瑞看著雷科勒克細瘦的背影，前方是漸漸明朗的外頭天空。他心想：這個人被排除在外。他手上無牌可叫。

「我們可以生個火嗎？」他問，進到走廊派恩放置拖把與刷子的櫥櫃，裡面有火種和一些舊報紙。他走回來，跪在壁爐前，留下最好的炭碴，將灰燼掃到爐柵外，就跟耶誕節時他在自家公寓裡做的一樣。「我在想，讓他們在機場碰頭是否真的明智？」他問。

「那是緊急情況。在吉米．哥頓提出報告後，情況就很緊急了。現在也是一樣。我們是刻不容緩。」

艾佛瑞將火柴湊近報紙，看著它燒起來。柴薪點燃後，煙開始輕輕捲向他的臉，令他眼鏡後的眼睛開始泛淚。「他們怎麼會知道藍森的目標？」

「那是固定航班。他得事先取得通行證。」

對著火堆丟進更多煤塊後，艾佛瑞起身到角落的洗手檯洗手，拿自己的手帕擦乾。

「我一直叫派恩為我準備條毛巾，」雷科勒克說：「他們這些人啊，問題多半出在工作不夠忙。」

「不要緊，」艾佛瑞將手帕塞回口袋。它貼著大腿的地方感覺冷。「也許他們這下子就有得忙了。」

他不帶反諷地補上一句。

「我想叫派恩幫我在這裡準備一張床，充當戰情室。」雷科勒克說得謹慎，彷彿唯恐艾佛瑞剝奪他的樂趣。「你今晚可以從芬蘭打電話到這裡找我。如果拿到底片，就說順利成交。」

「要是沒拿到呢？」

「就說沒有成交。」

「聽起來太像了，」艾佛瑞反對，「我的意思是，如果線路訊號不良，都只會聽到『成交』。」

「那就說他們沒興趣。找個否定的說法。你懂我的意思。」

艾佛瑞拾起空煤桶。「我拿去給派恩。」

他走過值勤室。一名昏昏沉沉的空軍人員坐在電話旁。艾佛瑞走下木造樓梯，來到前門。

「科長需要一些煤塊，派恩。」看門人站起來，每次有人跟他說話，他都會這麼反應，在簡陋的兵房床邊立正站好。

「抱歉，長官。不能沒有人看門。」

「天啊，我來看門行不行？我們在上面快凍死了。」

派恩接過煤桶，扣上長外套，消失在走道另一端。他最近不吹口哨了。

「還有，在他房間裡弄張床，」派恩回來後，他繼續吩咐，「等值班職員睡醒，你也許可以讓他去準備。噢對，還要一條毛巾。他洗手檯旁得擺條毛巾。」

「是，長官。很高興見到本科又動了起來。」

「這附近有哪裡可以吃早餐？附近有沒有？」

「有家叫嘉甸納，」派恩答得遲疑，「但我不知道合不合科長胃口。」咧嘴一笑，「以前我們還有福利社。」

六點四十五分。「嘉甸納什麼時候開？」

「不清楚，長官。」

「好吧，那你認不認識泰勒？」他差點用了過去式。

「當然認識，長官。」

「見過他太太嗎？」

「沒有，長官。」

「她是什麼樣的人，你清不清楚？有聽過什麼嗎？」

「不能說，長官，真的不行。這實在是一件很不幸的事，長官。」

艾佛瑞有些驚訝地看著他。雷科勒克一定告訴過他，他想，然後回到樓上。遲早他得打電話告訴莎拉。

3

他們在別處吃早餐。雷科勒克拒絕去嘉甸納，於是兩人只好漫無止境地走，直到他們發現另一家餐館，不但比嘉甸納更糟，還更貴。

「我記不得他了，」雷科勒克說：「真是荒謬。他顯然是受過訓練的通訊兵；或當年是這樣。」

艾佛瑞以為他說的是泰勒。「你說他多大年紀了？」

「四十多一點吧。年齡很適合。一個但澤區的波蘭人。你知道，他們講德文的。不像純斯拉夫人那麼瘋狂。大戰後他隨波逐流了幾年，振作起來後買下一間修車行。他肯定賺了不少。」

「那我想他大概不會……」

「胡說。他會覺得很感激，或是應該會。」

雷科勒克付了錢後帶走帳單。兩人離開餐廳時，他提到津貼，也提到要向會計處報帳的事。「你也可以報夜間加班費，你知道的，超時工作也可以。」兩人沿街走去。「你的機票已經訂好了。凱蘿在家裡就幫你訂了。我們最好也預支你一點錢作為日常開銷。會有像安排遺體送回這類的事。我知道應該會花不少錢。你最好安排他空運回來，我們會在這裡私下安排驗屍。」

「我從沒看過死人，」艾佛瑞說。

他們站在坎寧頓區的街角招計程車；馬路一邊是煤氣工廠，另一邊什麼也沒有。在這種地方叫計程車，大概要等上一整天。

「約翰，那邊的事你可得守口如瓶；就是找人過去的事。別讓任何人知道，連科裡的人也是，一個都不行。我想我們就喊他蜉蝣──我是說萊澤爾──我們就叫他蜉蝣吧。」

「好。」

「這件事很敏感；跟時機有關。我毫不懷疑，無論在科裡科外都會碰到阻力。」

「那我的臥底身分那一類的事呢？」艾佛瑞問。「我還不太──」一輛空計程車路過，卻沒有停下。

「該死的傢伙，」雷科勒克發起脾氣，「他為什麼不載我們？」

「大概是住在這附近吧。他往西區去了。關於臥底身分，」他再次提示。

「你就用本名去。我看不出這會有什麼問題。你也可以用自家地址，就說你從事出版業。畢竟你以前的確是。領事館那邊會教你一、兩招的。你是在擔心什麼？」

「這個嘛，就是細節問題。」

雷科勒克回過神，笑了一下。「我可以告訴你一些關於臥底的事；一些你自己就學得會的事。絕對不要主動提供資訊。對方並不會期待你解釋你是什麼人。而且，有什麼好解釋的？路已經幫你鋪好了；領事館會收到我們的電報。給他們看護照，接下來便見機行事。」

「我盡量就是。」艾佛瑞說。

「你辦得到的。」雷科勒克充滿感情地回應，兩人尷尬地咧嘴笑。

「到市區多遠？」艾佛瑞問。「從機場過去的話？」

「大概三英里。那裡主要是大型滑雪渡假村。天才曉得領事館的人整天在哪裡做什麼。」

「到赫爾辛基呢？」

「跟你說過了。一百英里；也許再多一點。」

艾佛瑞建議他們搭公車回去，但雷科勒克不願排隊，於是他們繼續站在街角處。他又開始談公家車的事。「簡直荒謬到家，」他說：「過去我們有自己的車隊，現在只剩兩部廂型車，總務處還不肯讓我們付司機加班費。這麼多限制，教我怎麼處理軍情科的業務？」

最後，兩人用走的。雷科勒克記下了地址；像這樣的事他都是刻意記住的。在雷科勒克身邊長時間走路，讓艾佛瑞覺得很尷尬，因為雷科勒克的步伐就像在配合那些高個子的人走路那樣，艾佛瑞試著控制自己的速度，但有時他會忘記，而走在他身旁的雷科勒克便會不自然地邁開大步，隨著每一次前進往前一蹬。下起小雨來了。氣溫仍非常低。

有時候，艾佛瑞會對雷科勒克感到一種充滿保護欲的深愛。雷科勒克有種難以言喻、會引起他人罪惡感的特質，彷彿身邊這個人只是他已離去朋友的廉價替代品。某個來過又離開的人；也許是一整個世界，一整個世代；某個曾成就他卻又與他斷絕關係的人，因此，艾佛瑞時而像是孩童憎恨父母的虛偽做作那樣，恨他毫不掩飾的操縱，以及他的故作姿態；但下一刻，艾佛瑞也會願意一個箭步上前保護他，充滿責任感及深切的關懷。撇開兩人之間時好時壞的關係不談，他對雷科勒克提拔的恩情銘感在心；因此，他們之間生出一種存在於弱者之間的強烈情感，是彼此在論及行動時能相互交流的平台。

「要是你能跟我共同指揮蜉蝣，」雷科勒克忽然說：「應該會很不錯。」

「我的榮幸。」

「等你回來再說。」

兩人在地圖上找到住址。羅瑟柏格花園新城三十四號，在坎寧頓大道附近。道路很快就變得骯髒，房舍愈顯擁擠。煤氣燈光昏黃黯淡，猶如剪紙的月亮。

「大戰期間，我們工作人員還有會館可以住。」

「也許他們以後會再辦。」艾佛瑞試探地說。

「我已經有二十年沒做過這種差事了。」

「那時是你是自己一個人嗎？」艾佛瑞問，但立刻就後悔莫及。要勾起雷科勒克心中的痛太容易了。

「那時比較簡單。我們可以說他們是為國捐軀，沒必要解釋細節；沒有人期待你解釋。」所以那時是我們囉？艾佛瑞想。可能是某個弟兄，牆上相片中的笑臉之一。

「那時天天有飛行員送命。你知道，我們都做過偵查搜索，以及特別行動……我有時候感到慚愧：我甚至不記得那些人叫什麼名字。他們有些人，好年輕啊。」

艾佛瑞腦中閃過一排驚恐哀傷的臉孔；母親與父親，女友或妻子，而他試著想像雷科勒克站在他們當中，天真卻步履穩健，像個政治人物似的在巡視災區。

兩人站在一處坡地的頂端。那是個落魄堪憐的地方。路往下通往一排骯髒無窗的房屋，其上矗立一整街區的公寓大樓：即羅瑟柏格花園新城。一排燈光照在表面光滑的地磚，將整個結構分割再分割為小方塊。這棟公寓很大，有著自成一格的醜態，是新世界的開端，而它的腳邊卻趴伏著舊世界的黑瓦礫堆：傾頹、油汙的房子，一張張哀傷的面孔如同孤魂野鬼那樣在雨中移動，也像為人遺忘的海港浮木。

雷科勒克握緊瘦弱的雙拳，動也不動地站著。

「那裡？」他說：「泰勒就住那裡？」

「有什麼問題嗎？那是住宅規劃區，土地重劃……」然後艾佛瑞懂了。雷科勒克是感到可恥。愛面子的泰勒騙了他。這不是他們保護的社會，不是這些蓋了自己的巴別塔的貧民窟：在雷科勒克的規劃裡，這地方沒有容身之處。想想，雷科勒克的部屬裡，竟然會有人每天從這種環境、這個臭氣沖天之處走進軍情科的避蔭；難道他沒有錢嗎？沒領年金嗎？難道他不像我們所有人一樣，身邊有多存點錢，一、兩百英鎊也好，幫自己買個像樣的住處，離開這種低賤的地方？

「不比黑修士路糟到哪裡去，」艾佛瑞脫口而出，想安慰他。

「大家都知道我們以前在熱鬧的貝克街辦公。」雷科勒克反駁。

兩人很快走到街區底部，經過裝滿舊衣物與生鏽電暖爐的櫥窗，全都是窮人才要買的、亂七八糟的廢物。有一家賣蠟燭的店裡，蠟燭發黃，沾滿灰塵，像是墓碑的碎塊。

「幾號？」雷科勒克問。

「你是說三十四。」

他們經過兩根大梁柱，柱子表面以鑲嵌畫粗糙裝飾，循著以粉紅色號碼標註的塑膠箭頭擠過兩排老舊空車，最後終於來到臺階上擺了幾盒鮮奶的水泥入口。沒有大門，只有一層塗了膠的階梯，踩上去會吱嘎作響。空氣聞起來有食物，以及火車站洗手間那種潔手劑的氣味。沉重的灰泥牆上有人漆了禁止噪音的警告，某處傳來無線電的音樂聲。他們繼續上了兩層樓，停在一扇塗了半層亮光漆的綠門前。門上以白色膠條貼出英文字母拼的門號三十四。雷科勒克脫下帽子，擦掉太陽穴上的汗水，像是要進教堂那樣。雨勢比他們想的要大；外套變得相當溼。他按下電鈴。艾佛瑞忽然害怕起來；他瞥了雷科勒克一眼，心想：這是你的工作；你來告訴她。

音樂聲似乎變大了。兩人拉長耳朵聽其他聲響，卻徒勞無功。

「你為什麼要給他馬勒比這個名字？」艾佛瑞突然問。

雷科勒克又按了一次電鈴；兩人這才聽見介於孩童與貓咪之間的嗚咽聲，一種急促的、金屬器物的嘆息。雷科勒克往後退了一步，艾佛瑞則抓住信箱上的敲門銅環使勁地敲響。敲門的回音逐漸消散，他們聽見公寓裡有著輕微而不情願的腳步聲；然後是門閂推開，彈簧鎖彈開。隨後，他們再度聽見那平扁的單音聲響，比方才更大聲、更清晰。門打開幾寸，艾佛瑞看見一個小孩，一個瘦弱蒼白的女孩，身上衣服破了，不超過十歲。她戴著鋼框眼鏡，是安東尼戴的那款。在她的懷抱裡那粉紅色的四肢可笑地攤開、畫上的眼珠從破爛的棉花之間向外瞪著的，是一個洋娃娃。它塗抹的嘴唇鬆鬆地張開，頭傾向一邊，像是死了或脖子斷了。據說這是會講話的洋娃娃，但沒有任何生物會發出這種聲音。

「妳媽媽呢？」雷科勒克問。他的語氣咄咄逼人，同時又有些戒慎恐懼。

女孩搖搖頭。「上班去了。」

「那誰在照顧妳？」

她說得很慢，好像在思考其他的事。「媽媽下午茶才回來。我不可以開門。」

「她在哪兒？她上哪裡去了？」

「上班。」

「誰煮飯給妳吃？」雷科勒克追問。

「什麼？」

「誰煮晚飯給妳？」艾佛瑞趕緊說。

「布阿姨。放學後。」

接著，艾佛瑞問，「妳爸爸呢？」但她微微一笑，用一根手指按住嘴脣。

「他去坐飛機，」她說：「去賺錢。可是我不能說，是祕密。」

艾佛瑞與雷科勒克都不吭聲。「他要帶禮物給我，」她接著說。

「從哪裡？」艾佛瑞說。

「從北極，可是這是祕密，」她一手仍放在門把上。「是耶誕老公公住的地方。」

「跟妳媽媽說有兩位男士來過，」艾佛瑞說：「是爸爸的同事。我們下午茶時再過來。」

「這很重要，」雷科勒克說。

聽見兩人認識父親，她似乎比較不緊張了。

「他去坐飛機。」她又說。艾佛瑞摸摸口袋，給她兩枚半克朗的硬幣，那是莎拉給的十先令剩下的銅板。她關上門，留兩人站在破敗的樓梯間，聽著無線電播放虛無縹緲的音樂。

4

兩人站在街頭，都沒看對方。雷科勒克說：「你剛才為什麼問那種問題——關於她父親的事？」

艾佛瑞沒搭腔，他繼續用不得體的態度說：「這跟你問喜不喜歡一個人不一樣。」

有時候，雷科勒克似乎既聽不到也感覺不到；他心不在焉，像剛學會舞步卻沒有音樂的人那樣想聽到一個音響；這樣的心情可解讀成一種深沉的哀傷，像是遭背叛的人一般手足無措。

「下午我恐怕沒辦法跟你一起回來，」艾佛瑞輕聲說。「也許布魯斯・伍德夫會準備——」

「布魯斯不成。」他接著說，「你要參加開會；是十點四十五分嗎？」

「我可能在會議結束前就要先離開，去圓場還有收拾我的東西。莎拉最近不太舒服。我會盡量待在辦公室。我很抱歉剛才問了那個問題，真的。」

「我不想讓任何人知道這件事。我必須先跟她母親談談。可能需要一些解釋。泰勒是老手了，他懂規矩。」

「我不會提這件事的，我保證；蜉蝣也是。」

「我得告訴霍爾登蜉蝣的事。他肯定會反對。好吧，我們就這麼稱呼它好了……關於這整個行動。我們就叫它做蜉蝣。」這個想法撫慰了他。

兩人快步走向辦公室，但不是回去辦公，而是尋求一個避風港；尋求一種他們愈來愈需要的特質：身分姓名不詳。

雷科勒克辦公室隔壁的隔壁才是他的，門上以標籤註明「科長助理」。兩年前，雷科勒克受邀前往美國，回國後，這個名稱就一直跟著他。科內，工作人員間以職務相稱，因此艾佛瑞被稱為祕書；儘管雷科勒克也許每個星期調整一次職稱，卻不能改變口頭的稱呼。

十點四十五分，伍德夫進來他的辦公室。艾佛瑞料到他會這麼做：在開會前稍微聊聊天，小聲談一下沒列入議程的事項。

「約翰，到底是怎麼回事？」他點燃菸斗，大大的腦袋往後仰，誇張地長長一甩手弄熄火柴。他曾擔任小學教師：是運動型的人。

「你說呢？」

「可憐的泰勒。」

「真的。」

「我不想偷跑，」他邊說邊坐在辦公桌邊緣，心思仍擺在菸斗上。

「我不想偷跑，約翰。」他又說了一遍，「不過，還有另一件和泰勒的死同樣悲劇的事。」他將菸草盒放進綠西裝的口袋，說：「檔案室。」

「那是霍爾登的轄區，屬於研究處。」

「我對老霍沒有意見。他很可靠。我們共事已經超過二十年了。」換句話說，你也很可靠囉？艾佛瑞想。

伍德夫在與人交談時習慣湊得很近；厚實的肩頭像匹蹭著門的馬兒那樣磨蹭著你。他俯身向前，一臉熱切地看著艾佛瑞：像在說他是個困惑的平凡人，只是個在友誼與職責做選擇的好人。他的西裝毛茸茸的，厚到不可能起縐，而是形成毛毯般的毛球；棕色鈕釦切痕粗糙。

「約翰，檔案室完了；你我都很清楚。文件沒有歸檔，檔案日期也搞錯。」他搖搖頭表示絕望。

「十月中以來，我們一直找不到一份海運方案的檔案。就這麼蒸發到空氣裡了。」

「霍爾登發了搜尋通知，」艾佛瑞說。「我們都脫不了關係，不只是老霍的問題。檔案本來就會搞丟——而這是四月以來第一次，布魯斯。我倒不覺得有那麼嚴重，畢竟我們處理的量很龐大。我認為檔案室是我們最好的一部分。那些檔案完全沒有瑕疵。我了解我們的檔案室索引是獨一無二的。這全是老霍的功勞，不是嗎？話說回來，如果你擔心，為什麼不親自跟老霍談談？」

「不用、不用。這也沒那麼重要。」

凱蘿端茶進來。伍德夫的茶裝在特大號陶杯裡，姓名縮寫像蛋糕上的糖霜那樣刻在上頭。凱蘿放下茶時說：「泰勒死了。」

「我半夜一點就過來了，」艾佛瑞騙她，「處理這件事。我們忙了一整晚。」

「科長非常沮喪，」她說。

「他老婆是個怎樣的人，凱蘿？」她是個講究穿著的女孩，身高比莎拉稍微高一點。

「沒人見過她。」

她離開辦公室，伍德夫看著她。他取下嘴裡的菸斗，咧嘴一笑。艾佛瑞知道他打算要講和凱蘿上床之類的事，忽然覺得有點受不了。

「那杯子是你太太做的嗎，布魯斯？」他很快地問。「我聽說她是個相當不錯的陶藝家。」

「她還做了淺碟，」他說，開始談起妻子上的課，說那在溫布頓如何流行，以及他妻子有多興高采烈。

將近十一點，他們聽見其他人聚集在走廊上。

「我最好去一下隔壁，」艾佛瑞說，「看他準備好了沒。過去八個小時他受了滿大的打擊。」

伍德夫拿起大杯，啜了一口茶。「如果有機會，就跟科長提一下檔案室的事，約翰。我不想在別人面前講這種事，但老霍真的有點不靈光了。」

「科長目前分身乏術，布魯斯。」

「噢，也是。」

「你知道他不喜歡干涉霍爾登的業務。」兩人走到辦公室門口時，他轉向伍德夫問道：「你記得科裡有過一個叫馬勒比的人嗎？」

伍德夫驟然停下。「老天，當然記得。是個年輕小伙子，跟你一樣。在大戰期間。天啊。」他熱切地說，與他平常的舉止不一樣：「別跟科長提起那個名字。他對小馬的事很難過。他是特戰飛行員之一。他們兩人其實很親近。」

雷科勒克的辦公室在白天的日光下就沒有那麼死氣沉沉，因為它有一種將就著用的感覺。你會以為占用人是在緊急狀況下倉促地徵用它，而且不知道他會用多久。一份份地圖攤開放在折疊桌上，不只三、四張，而是數十張，有些大到可以顯示出街道及建築物；打字電報一條條貼在粉紅紙上，一疊疊掛在公告欄上，像等待校對的稿樣以沉重的大鋼夾固定住；角落擺著一張床，上頭用床罩蓋著。乾淨的毛巾掛在洗手檯旁。灰色的鋼製辦公桌是新的，公家財產。牆壁汙穢，隨處可見乳白色的油漆剝落，露出底下的暗綠色。這是個小而方正的房間，並掛著建築部的窗簾。就這窗簾曾引發一場爭議，問題出在雷科勒克的官階能否比照文官的規格。就艾佛瑞所知，雷科勒克對整頓辦公室布置所做的努力也就那麼一次。壁爐的火快熄了。某些風真的很大的日子，爐火根本燒不起來，而那一整天，艾佛瑞就會聽到隔壁煤灰在煙囪裡落下的聲音。

艾佛瑞看著他們走進來。先是伍德夫，然後是杉弗德、丹尼森與麥庫洛克。他們全都聽說了泰勒的事。這消息在科裡會怎樣傳播並不難想像；不會是頭條，只是一項小小的、令人滿足的資訊，一間辦公室傳到另一間，借給一天的行動一些活力，一如對這些人的影響：像加薪一樣帶給他們片刻的樂觀。他們會觀察著雷科勒克，看著他有如囚犯看著獄卒。他們直覺知道雷科勒克的習性，等著他宣布壞消息。軍情科不只一個男人或女人知道他們在半夜被召回，而且雷科勒克還睡在辦公室。

他們在桌前各就各位，像在吃飯的一群孩子那樣吵吵鬧鬧地把杯子放到面前。雷科勒克坐在主位，其他人沿著兩旁坐下，另一端還有一個空位。霍爾登進來後，艾佛瑞立刻感覺到這次將是雷科勒克對上霍爾登。

望著空位，霍爾登說：「看來風最大的位子就是留給我了。」

艾佛瑞起身讓座，但霍爾登已經坐下。「別麻煩，艾佛瑞，反正我已經是病人了。」他咳嗽。他咳了一整年。顯然夏天對他也沒什麼幫助；他四季都咳。

其他人很不自在地蠢動著。伍德夫自動拿了塊餅乾。霍爾登瞥了爐火一眼。「建築部最多只到做到這樣？」他問。

「都是下雨的緣故，」艾佛瑞說。「雨水對它有害。派恩試過了，可惜幫不上忙。」

「哈。」

霍爾登是個細瘦、長長的手指片刻不得閒的人；一個封閉自己，動作雖溫吞表情卻機敏，頭髮漸禿，單薄、愛發牢騷、無聊乏味的人；一個似乎對什麼事都感到輕蔑，有自己個人的作息時間表，不輕易發表自己意見；沉迷填字遊戲與十九世紀水彩畫的人。

凱蘿拿著檔案與地圖進來，放在雷科勒克的辦公桌上。他的辦公桌整潔異常，與其他地方形成強烈對比。他們彆扭地等著凱蘿離開。等門緊緊關上，雷科勒克謹慎地以手梳過黑髮，彷彿對它感到相當陌生。

「泰勒被殺。你們應該都聽說了。他昨晚死在芬蘭，用另一個名字出公差。」艾佛瑞注意到他沒提起馬勒比這名字。「詳細情況不明。他顯然是被車子輾了過去。我吩咐凱蘿散布是車禍所致。聽清楚了嗎？」

是的，大家回答，很清楚。

「他是去找……一個線民，拿一捲底片，一名北歐的線民——各位應該知道我指的是誰。我們通常不會找一般快遞去出情報任務，但這回不一樣；是真的非比尋常的東西。我想老霍應該也會支持我。」他攤開的雙手做出微微向上的手勢，手肘露在白色袖口外，接著雙手合十——祈求霍爾登的支援。

「非比尋常？」霍爾登緩緩地重複了一遍。他的嗓音單薄尖銳，算是與本人相稱，有教養，不帶強調也不帶做作；令人羨慕的嗓音。「沒錯，這回的確不一樣，但不是因為泰勒送了命。我們根本就不該找他，根本不應該。」他平鋪直述地說。「我們違反了情報工作的首項原則，竟然找檯面上的人進行檯面下的工作——話說回來，我們早就沒有檯面下的工作人員了。」

「我們讓上面的人來判定到底該不該，好嗎？」雷科勒克認真地建議。「至少你會同意，國防部天天逼著我們問成果。」他轉頭看向坐在兩旁的人，一會兒向左，一會兒向右，像個股東在拉攏他們。「現在該是讓你們所有人知道細節的時候了。各位應該知道，這件事的機密等級非同小可。我建議限制在讓各處首長知道就好。目前為止，只有埃卓恩．霍爾登以及他研究處裡的一、兩名部屬涉入。

以及我的助理約翰・艾佛瑞。我想強調，我們的姊妹單位對此事一無所知。至於我們自己這邊的安排——這次行動的代號是蜉蝣。」他以簡潔又有影響力的語調說。「今天下班前，會有一份任務檔案送回我這裡，如果我不在會交給凱蘿，副本由圖書室保管。這套用來處理行動檔案的方法，我們在大戰期間用過，相信各位也很熟悉。今後，我們都用這套方法。我會把凱蘿的姓名列入限閱名單。」

伍德夫以菸斗指著艾佛瑞，搖搖頭。小艾例外。小艾對這套方法不熟。坐在艾佛瑞身邊的杉弗德便解釋給他聽：圖書室的副本保存在密碼室，帶走就違反規定。新的流水編號訂出後，必須立刻列入；限閱名單上列出的姓名，是經過授權可以閱讀的人。文件不准使用迴紋針，必須釘牢。其他人用一種滿意的態度看著他解釋。

杉弗德是行政處的人；他像個慈父那樣，戴金框眼鏡，騎摩托車上班。雷科勒克曾反對過，但也沒有基於什麼特殊原因。現在，他把摩托車停在往下一點的醫院對面。

「好了，關於行動，」雷科勒克說。合十的雙手將他明亮的臉一分為二。只有霍爾登沒在看他。他的雙眼轉向窗戶。外頭，雨輕輕地打在建築物上，彷彿春雨落在黑暗的山谷中。

雷科勒克陡然起身，走到掛了歐洲地圖的牆旁。地圖上插了小旗子。他向上伸出一手，但要踮起腳尖才搆得到北半球。他說：「我們跟德國人之間出了點麻煩。」此舉引起一小陣笑聲。「在羅斯托克南邊，有個地方叫做卡許達特，就是這裡。」他沿著施賀州靠波羅的海的海岸線往東一劃，停在羅斯托克以南一、兩英寸的地方。

「簡而言之，有三個跡象顯示——我不能說證明——但這裡有某種大規模的軍備行動。」

他轉身面對大家——如果要他面對地圖解釋也行，這樣可以表示他已將重點全部記在腦中，不用看桌上的資料。

「第一個跡象在正好一個月前傳來，我們收到駐漢堡代表吉米．哥頓的報告。」

伍德夫微笑。老天，吉米那老頭還跑得動啊？

「有個東德難民在呂北克附近游泳過河越界。他是卡許達特的鐵路工人。他到我國領事館，主動要求提供情報，說他們在羅斯托克附近新蓋了一間火箭工廠。領事館當然是把他趕了出去——既然外交部連我們都懶得幫，」他淺淺一笑，「那就更不可能幫我們收買軍事情報。」他的笑話引起一陣喃喃低語。「然而，哥頓運氣不錯。他聽說這件事，就專程去弗倫斯堡見他。」

伍德夫不打算放過這個話題。弗倫斯堡？那不是四一年發現德國潛水艇的地方？弗倫斯堡曾經鬧得慘不忍睹啊。

雷科勒克縱容地對伍德夫點點頭，彷彿他對這段回憶也頗感興趣。「那個可憐的傢伙跑遍德國北部所有聯軍的辦公室，就是沒人肯見他。吉米．哥頓跟他聊了一下。」從雷科勒克的描述方式明顯可聽出弦外之音。哥頓是那一大批傻瓜之中唯一慧眼獨具的人。他走到另一邊的辦公桌，從銀盒取出香菸點燃，然後拿起封面上畫了個大叉叉的檔案，無聲地放到會議桌上。「吉米的報告在這裡，」他說：「不管以任何標準來看，都可以稱得上是一流。」夾在他手指間的香菸看起來非常細長。「投誠者的姓氏，」他隨意地說：「是菲利契。」

「投誠？」霍爾登連忙插嘴。「那人是個低等難民，鐵路工人。我們通常不會叫那種人投誠者。」

雷科勒克辯白似的回應，「那人不只是鐵路工人。他是機械工程師，也懂一點攝影。」

麥庫洛克打開檔案，有條不紊地翻閱。杉弗德從金框眼鏡後面看他。

「九月一日或二日——不知道是哪一天，因為他記不清楚。那天他正好在卡許達特的廢料間連上兩個班，因為一名同志請病假，所以早上他從六點上班到十二點，下午再從四點值班到晚上十點。去上班時，那裡有十幾個民警，正站在火車站大門口，禁止所有行人進出。警察拿他的身分證件跟名單對照，叫他別靠近車站東邊的廢料間。他們說，」雷科勒克審慎地補充，「如果靠近東邊的廢料間，可能會被槍斃。」

這段話吸引了眾人。伍德夫說德國人老是這麼講。

「我們要對抗的是俄國人。」霍爾登插嘴。

「我們的這個傢伙，是個怪人。他好像還跟警察吵了起來。他說，他跟警察一樣靠得住，是個好公民，也是個好黨員。他出示工會證，還拿出妻子的相片和天知道什麼東西——當然沒用。警察只叫他遵守規定，別靠近廢料間。不過，他一定是讓警察覺得有意思，不然他們就不會在十點時煮了一鍋湯，叫他過去喝一碗。喝湯時，他問警察到底發生了什麼事；警察言辭閃爍，不過他聽得出他們很興奮。後來，發生了一件事，一件非常重要的事，」他繼續說。「有個年輕的警察說溜嘴，說不管廢料間裡放了什麼東西，有可能只要兩、三個鐘頭就能把美國人轟出西德。這時，有個警官走過來叫他們回去執勤。」

霍爾登狠狠地、無可救藥地咳了起來，彷彿老地窖裡的回音。

什麼警官？有人問。是德國人還是俄國人？

「德國人。這點很重要。現場完全沒有俄國人的蹤跡。」

霍爾登以尖銳的語氣打斷談話。「那個難民沒看見俄國人。我們只知道這樣。話說精準一點。」

他又開始咳。聽得人心煩至極。

「悉聽尊便。他回家吃飯。他不喜歡在自己的火車站裡，被很多扮成軍人的年輕小伙子呼來喚去。他喝了兩、三杯烈酒，坐在那裡思考廢料間的事——老霍，如果你咳得這麼厲害……」霍爾登搖搖頭。「他記得在緊臨北邊一個小小的舊倉庫，共用牆上有個活動葉片式的通風口，於是他興起了看通風口另一邊的廢料間放了什麼的念頭。用他自己的方式對那些軍人做出報復。」

伍德夫大笑。

「然後，他決定更進一步，把裡面的東西拍下來。」

「他一定是瘋了，」霍爾登評論道。「我認為這部分很難接受。」

「不管他有沒有發瘋，總之他決定這麼做。他生氣是因為警察不信任他。他相信不管廢料間裡面有什麼，他都有權一看。」雷科勒克一下忘了該說什麼，便話鋒一轉提起技術層面。「他的相機是

Exa二號，單鏡頭反射式相機，東德製，機身是便宜貨。不過，所有Exakta的長鏡頭都能接；快門當然比Exakta來得少。」他詢問地望著技術人員丹尼森與麥庫洛克。「我說的對嗎，兩位？」他問。「你們一定要糾正我。」而兩人心虛地微笑，因為並沒有需要糾正之處。「他有個不錯的廣角鏡。問題在光線。他要到四點才開始值下一班，差不多是黃昏時段，屆時廢料間裡的光線肯定更差。他有一捲高感光度的愛克發底片，是為了特殊場合預留的，感光度是二十七。他決定用這捲。」他稍做暫停，與其說是為了讓人發問，不如說是為了效果。

「為何不等到隔天早上再拍？」霍爾登問。

「報告裡有寫，」雷科勒克繼續平穩地說：「哥頓記錄得非常詳細。他描寫那人怎麼進去小倉庫，怎麼站在油桶上，對著通風口拍照。我不打算在這裡重複這些。總之，他使用的最大光圈是二點八，速度從四分之一秒到兩秒不等。德國人設想周到，反而便宜了我們。」沒人笑。「這些數字當然是用猜的。限定曝光時間在一秒鐘左右。只有最後三張拍到東西。就這三張。」

雷科勒克打開辦公桌鐵抽屜上的鎖，從中抽出一疊光面相紙，十二乘以九寸見方。他稍微帶著笑容，像在看自己的倒影一般。大家紛紛靠過來，除了已經看過它們的霍爾登與艾佛瑞。

裡面有東西。

如果你速速瞥一眼，就能看出樣貌，有些東西藏在呼之欲出的陰影之中。但如果持續注視，那些陰暗處就會合起，那個樣貌就隱沒了。儘管如此，還是拍到了什麼。那形狀是蒙上了布的砲管，卻比砲管更尖凸，砲身也過長。此外也有令人懷疑是輸送機的東西，還有可能是砲臺座發出的微光。

「他們當然會拿東西蓋住。」雷科勒克表示，同時滿懷希望地端詳眾人的臉孔，等待大家發表一些樂觀的高見。

艾佛瑞看看手錶。十一點二十分。「我不趕緊走不行了，科長。」他說。他還沒打給莎拉。「我得去找會計問機票的事。」

「再待十分鐘，」雷科勒克拜託他，而霍爾登問：「他要去哪兒？」

雷科勒克回答。「去處理泰勒的事。他得先去一趟圓場。」

「你在說什麼，處理泰勒的事？泰勒死了啊。」

一陣令人不自在的沉默。

「你很清楚泰勒出差時用的是假名。總得有人去領回他的遺物；拿回底片。艾佛瑞要以他的直系血親的身分過去。國防部已經核准了；我不知道也得經過你。」

「要領回屍體？」

「要拿回底片，」雷科勒克口氣很衝。

「這是情報任務；艾佛瑞沒受過訓練。」

「大戰期間，他們比他還年輕；他可以照顧自己。」

「泰勒就自顧不暇。拿到底片以後他要怎麼做；裝在盥洗用具袋裡提回來嗎？」

「我們可以待會兒再討論這件事嗎？」雷科勒克提議，再次向其他人發言，耐心微笑的模樣像在要霍爾登遷就一些。

「直到十天前，我們就只有這麼多線索。然後第二個跡象出現：卡許達特周遭宣布列為禁區。」這時冒出一陣興奮的低喃，表示大家感興趣。「就我們所能判斷，半徑三十公里之內全部封鎖，人車禁止通行。他們還派了前線衛兵來站哨。」他瞥向會議桌上所有人。「於是我通知了部長。這其中包含多層意義，我不能全說出來，但講一項沒有關係，」他最後一句講得很快，同時還向上撩了一下蓋在耳朵上那綹轉白的頭髮。

霍爾登被遺忘了。

「一開始讓我們感到困惑的是——」他對霍爾登點點頭，當成勝利時刻的求和，可惜霍爾登當作沒看見。「竟然沒有蘇聯軍隊。他們在羅斯托克、威特瑪、休威林都有駐軍。」他的手指在小旗子間飛竄。「在卡許達特附近——這是其他單位傳來的消息——卻一個也沒有。如果那裡真有軍武，而且具有高度毀滅性，怎麼會沒有蘇聯駐軍？」

麥庫洛克提出假設：也許他們有技術人員，比方便衣的蘇聯技術人員？

「我認為不可能。」他正色一笑。「在類似案例中，運送戰略武器時一定會發現至少一個蘇聯單位。另一方面，五個禮拜前，在更南邊的谷斯維勒，有人目擊到幾名蘇聯軍人。」他重回地圖前方。「他們晚上在一家小酒館過夜。有些人佩戴砲兵臂章，有些人則連肩章也沒有。最可能的結論是：他們帶了東西過來，留下東西後走人。」

伍德夫愈來愈沉不住氣。他想知道的，這一切究竟代表什麼？國防部的人又有何看法？伍德夫對解謎沒有耐心。

雷科勒克換上他的學術腔。它像在仗勢事實就是事實，無須爭辯。「研究處的表現令人激賞。相片裡的物品長度經過精準估算後，相當於蘇聯中程火箭。依照目前的情報來看，」他以指關節輕叩地圖，地圖在吊鉤上左右搖擺，「國防部認為，我們面對的極有可能是在東德控制下的蘇聯飛彈。研究處呢，」他迅速接下去，「則不願意想得這麼遠。但是，假如國防部的觀點更有說服力，假如他們是對的，我們面臨的將是——」這是他一展長才的時刻。「古巴危機重演，唯一不同處在於——」他盡量語帶歉意，以發表這興之所至的臺詞：「它更加危險。」

他說服他們了。

「正因如此，」雷科勒克解釋，「國防部才覺得有必要核准低空飛行。各位都知道，過去四年來，本科一直侷限於正規的民航或軍航路線拍到的鳥瞰圖。即使飛正規路線，都需經過外交部核准。」他離開地圖。「這實在太令人遺憾了。」他的眼神似乎正在搜尋某個不在辦公室裡的東西。其他人焦慮地看著他，等他說下去。

「國防部這次總算撇開規定，將這次行動的重責大任交給本科，讓我感到相當欣慰。我們精心挑選旗下最優秀的飛行員，藍森。」有人驚訝得抬起頭。從來沒有人像這樣提起情報員的姓名。「開出價碼後，藍森負責駕駛杜塞爾多夫至芬蘭的包機，途中脫離航道。我們也派出泰勒去拿底片，結果他卻死在機場附近。顯然是發生車禍。」

他們能聽見外頭車輛在雨中行進的聲音，有如紙張在風中沙沙作響。壁爐的火已經熄滅，只剩輕煙如壽衣般覆蓋在會議桌上。

杉弗德舉手問。可能是什麼樣的飛彈？

「Sandel，中程飛彈。研究處告訴我，Sandel最早亮相是在一九六二年十一月的紅場，從此聲名遠播。俄國人在古巴布署的就是Sandel飛彈——」他瞥了伍德夫一眼。「Sandel也是大戰期間，德國復仇者二號的二代武器。」

他從辦公桌裡取出其他照片，放在會議桌上。

「這是研究處提供的Sandel飛彈照片。他們說，最大特徵是所謂的寬襬外型——」他指著底部的形狀。「同時也有小小的尾鰭。從底部到頂端，大約四十英尺。如果仔細看，可以看到接近夾具的打摺部分——就是這裡，能將防護布固定住。諷刺的是，目前找不到蓋上防護布的Sandel飛彈相片。也許美國會有，不過現階段我無法跟他們要。」

伍德夫反應很快。「當然不行。」他說。

「部長很緊張，不希望我們提早警告美國，因為只要稍微暗示一下，美國人就會做出最極端的反制措施，在我們還搞不清楚狀況時，他們便派出U2飛機到羅斯托克上空。」在眾人哄堂大笑的鼓舞下，雷科勒克繼續說：「部長也說了一件事，我認為應該轉達給各位知道。受這些飛彈最遠射程內威脅的國家——它們的射程大約是八百英里——也包括我國在內。當然沒有美國的事。政治上，如果我們跑去躲在美國人的裙子底下，場面一定很難看。畢竟，正如部長所言，我們還算有一、兩把刷子。」

霍爾登嘲諷地說：「聽起來很迷人。」艾佛瑞轉頭看他，極力抑制所有的怒氣。

「我還以為你的格調會更高一點。」他說。他差點接上一句：厚道一點吧。

霍爾登冰冷的眼神鎮住了艾佛瑞好一會兒，後來才放過他，他這下儘管得不到原諒，至少也有緩刑了。

★

有人問，接下來怎麼辦？假如艾佛瑞找不到泰勒的底片呢？假如底片不在他身上呢？能不能再派飛機去拍鳥瞰圖？

「不行，」雷科勒克回答。「絕不可能再派一次。危險程度太高，我們必須試試其他方法。」他似乎不願意再多說，但霍爾登問他：「什麼方法？舉個例子聽聽。」

「我們也許要派人進去。這似乎是唯一的辦法。」

「軍情科派人？」霍爾登不敢置信地問。「派人進去？國防部絕對不會容許這種事。你的意思當然是，你會要求圓場的人來處理吧？」

「我已經跟你說明過我的立場，老霍，你該不會想告訴我這事我們辦不到吧？」他懇求地環視眾人。「在座的各位除小艾之外，在這行都做了二十多年，對於要怎麼指揮情報員，你忘掉的還比圓場半數成員這輩子知道的要多。」

「說得好！說得好！」伍德夫大喊。

「看看你自己的研究處，老霍。過去五年，圓場跑去詢問你的意見，利用你的人事專才和技巧，至少有六、七次了。關於情報員，他們遲早也會這麼做的！國防部已經允許我們低飛一次，為何不能派出情報員？」

「你剛才提到有第三個跡象。我沒聽到。是什麼？」

「泰勒的死。」雷科勒克說。

艾佛瑞起身，點頭告辭並小心翼翼地走向門口。霍爾登看著他離開。

5

辦公桌上有一張凱蘿留下的紙條，寫著：夫人來電。

他走進凱蘿的辦公室，發現她雖然坐在打字機前，卻沒在打字。「你不會想那樣講可憐的泰勒，」她說：「如果你多認識他一點的話。」

「比方說？我根本沒提到他。」

他想，自己也許該安慰她一下。有時兩人的確會碰觸對方。他認為她也許希望他現在過來這麼做。他俯身向前，直到臉頰碰觸到她的髮梢。他繼續把頭往裡面偏，兩人的太陽穴相碰，他感受到她頭上的皮膚一陣輕顫。兩人維持這個姿勢一會兒，凱蘿挺直上身坐正，兩眼直視前方，雙手擺在打字機兩旁，而艾佛瑞則以彆扭的姿勢彎著腰。他在想是否該把手伸到她手臂之下，觸摸她的胸部，卻作罷；兩人都輕輕地退縮，又恢復為兩個獨立的個體。艾佛瑞站直身子。

「夫人打電話來，」她說：「我跟她說你在開會。她有急事找你。」

「謝謝。我馬上去回。」

「約翰，到底發生什麼事了？圓場跟這件事有什麼關係？雷科勒克打算做什麼？」

「我還以為妳知道。他說他把妳列入限閱名單了。」

「我不是在說這個。他為什麼又要騙他們？他口述了一份給老總的備忘錄，有關某個訓練計畫和你要出國的事。是派恩親手拿過去的。他快被她撫恤金的事搞瘋了——我是說泰勒的老婆——到處找以前的案例還有天才知道的什麼東西。就連申請書也列為最高機密。他又在搭空中樓閣了，約翰，我很清楚他是。舉例來說吧：誰是萊澤爾？」

「妳沒必要知道。他是情報員，波蘭人。」

「所以他是圓場的人嗎？」她換一種說法。

「那好：為什麼是你要去？這是另一件我不懂的事。泰勒當初為什麼非去不可？如果圓場在芬蘭有快遞，當初為什麼不派自己的過去？為什麼要派可憐的泰勒？哪怕是現在，外交部也能解決；我確定他們一定可以。他只是不想給他們機會——他想派你去。」

「妳不明白，」艾佛瑞口氣有些唐突。

「還有一件事，」她在他離開時追問，「為什麼埃卓恩．霍爾登那麼討厭你？」

他去見會計，然後搭計程車去圓場。雷科勒克說過，車資可以報帳。他氣莎拉竟挑在這種時候打電話來。他告訴過她，絕對不要打來科裡找他。雷科勒克說這裡的電話線並不保險。

★

「你在牛津念什麼？是牛津沒錯吧？」史邁利問，接著從十條裝的包裝取出一根揉得爛爛的香菸遞給他。

「外文。」艾佛瑞拍拍口袋找火柴。「德文和義大利文。」見史邁利沒有搭腔，他又說：「主修德文。」

史邁利是個矮小、精神不濟的男人，手指粗短，臉色陰沉，眼皮眨個不停，給人一種不太舒服的感覺。艾佛瑞再怎麼想也不可能猜到他是這副模樣。

「很好，很好。」史邁利自顧自的點頭，像是說給自己聽。「我想你來是為了赫爾辛基那裡的快遞。你要送底片過去。是一次訓練計畫。」

「對。」

「這是極不尋常的要求。你確定……你知道這底片的大小嗎？」

「不知道。」

沉默良久。

「你應該先了解像這樣的事，」史邁利親切地建議。「我的意思是，快遞應該會想把底片藏起來，你知道的。」

「我很抱歉。」

「噢，別放在心上。」

這讓艾佛瑞想起牛津，以及朗讀論文給指導教授聽的情景。

「或許，」史邁利若有所思地說：「容我這麼說。我想雷科勒克必定已經得到老總的許可，我們也希望盡可能提供協助。在以前，」他陷入沉思，帶著那種迂迴的微妙氣氛，為他所有的發言定調。「有段時間，我們兩個部門相互競爭，我總覺得那令人非常痛苦。不過我在想，你能不能透露一點點資訊給我，一點點就好……老總急著想幫上忙。但我們當留意出於無知而做錯事。」

「就是訓練行動，裝備全上。我自己也不太清楚詳情。」

「我們很想幫忙，」史邁利簡潔有力地重複。「你們的目標是哪國？你們假定的目標是什麼？」

「我不知道。我只負責一個很小的部分。就是訓練而已。」

「如果只是訓練，為什麼會這麼神祕？」

「好吧。是德國。」艾佛瑞說。

「謝謝你。」

史邁利看起來很尷尬。他看著輕輕交握在眼前桌上的雙手，問艾佛瑞外面是否仍在下雨。艾佛瑞說恐怕還沒停。

「我聽到泰勒的事，覺得很難過。」他說。艾佛瑞回答，沒錯，他是個好人。

「你知道什麼時候能拿到底片嗎？今晚？明天？我猜雷科勒克想在今晚。」

「我不知道，要視情況而定。我現在也不能確定。」

「的確。」隨後是一陣良久的無解沉默。他就像個老先生，艾佛瑞想，忘了自己不是一個人。「的確，有太多無法衡量的因素。你以前出過這種任務嗎？」

「一、兩次。」史邁利又不吭聲，似乎也沒注意到自己沉默了太久。

「黑修士路上的各位現在都還好吧？你認不認識霍爾登？」史邁利問。他不在意人家回答什麼。

「他目前在研究處。」

「當然了。他腦筋很清楚。你們研究處的人名符其實，這你知道。我們去請教過不只一次。霍爾登跟我在牛津時同一屆，大戰期間我們也合作過一陣子。他研究古代名家。大戰結束後本來要找他過來；我想醫藥處的人擔心他的胸腔問題。」

「我沒聽說過這件事。」

「沒有嗎？」他滑稽地揚起眉毛。「赫爾辛基有一家叫做丹麥王子的旅館，就在火車總站對面。你有聽人說過嗎？」

「沒有。我沒去過赫爾辛基。」

「到現在都沒去過？」史邁利焦慮地望了他一眼。「那可就怪了。這個泰勒，他當時也在受訓嗎？」

「我不清楚。但我會找到那間旅館的。」艾佛瑞有點不耐煩地說。

「你走進大門，會看到有人在賣雜誌和明信片。入口只有一個。」他像是在談隔壁鄰居。「說到鮮花，我認為最好的做法是你一拿到底片就立刻過去，到托基的帝國飯店向花店訂一打紅玫瑰，送給艾佛瑞夫人——或者半打也行。還是別浪費錢，對吧？那邊的鮮花賣得可貴了。你出國時會用本名嗎？」

「會。」

「有特別原因嗎？我不是故意要這麼好奇，」他趕緊接著說：「不過人生苦短……我的意思是，要是身分曝光就不好了。」

「我想辦個假護照可能要花上一點時間。外交部……」他不該回答的。他應該叫史邁利少管閒事。

「抱歉，」史邁利邊說邊皺眉，好像他問錯了問題。「你們永遠可以來找我們幫忙，你知道的。我是指護照的事。」他這是為了表達善意。「玫瑰花記得要訂。離開飯店時，別忘了跟大廳的時鐘對錶，半小時後回到大門，會有個認得你的計程車司機，他會幫你開車門。你上車，他開車，你把底片交給他——噢，請記得付他錢，一般車資就行。這種小事很容易忘記。總之，究竟是什麼樣的訓練？」

「如果沒拿到底片呢？」

「沒拿到就什麼也別做。別靠近旅館，別去赫爾辛基。把整件事忘掉。」這時，艾佛瑞突然察覺，他的指示相當鉅細靡遺。

「念德文時有沒有接觸過十七世紀的東西？」史邁利滿懷希望地問。但艾佛瑞已經起身想走了。

「格呂菲烏斯、羅恩斯坦❷之類的？」

「那是特殊科目。恐怕我沒念過。」

「特殊啊，」史邁利低語。「這用詞真隨便。我猜他們指的是非主修；真是不恰當的說法。」

兩人走到門口時，他說：「你有公事包之類的東西嗎？」

「有。」

「拿到底片後，放在你的口袋裡，」他建議，「手裡提著公事包。如果真有人跟蹤你，他們通常會盯著公事包。那是人之常情，真的。要是你把公事包留在某個地方，他們就會去找它而不是找上你。我不認為芬蘭人有那麼精明。只是一些訓練時的小技巧。但別擔心。我總覺得，把信心全押在技術層面上是錯的。」他目送艾佛瑞出門，接著在走廊上邁開笨重的步伐，朝老總的辦公室走去。

★

艾佛瑞上樓回到自家公寓，想著莎拉會有何反應。他很希望自己有先打電話回家，因為他討厭看見她在廚房裡，而安東尼的玩具散落在起居室地毯上的景象。沒有事先通知就回去，向來行不通。她會嚇一跳，彷彿認為他做了什麼壞事。

他沒帶鑰匙；莎拉總是在家。就他所知，莎拉沒有自己的朋友，她從不找人一起喝咖啡，也不喜

❷ 格呂菲烏斯（Gryphius）、羅恩斯坦（Lohenstein），皆為十七世紀的德國劇作家。

歡逛街。在個人娛樂這方面，她似乎毫無天分。

他按下電鈴，聽見安東尼大喊「媽咪！媽咪！」他等待著，預期聽見她的腳步聲傳來。廚房在走道末端，但她這次卻從臥房走出來，腳步輕柔，像是沒穿鞋子。

她打開房門，沒有正眼看他。她身穿棉質睡衣，裡面是一件羊毛衫。

「老天，你真是慢慢來，」她說，不太確定地轉身走回臥房。「怎麼了？」她回頭問。「又有人被殺了？」

「莎拉，怎麼回事？妳不舒服嗎？」

因為父親回家了，安東尼便四處亂跑亂叫。莎拉爬回床上。「我打給醫生了。我也不知道是哪裡不對勁。」她說，好像生病的人不是她。

「妳有發燒嗎？」

她在床邊擺了一盆冷水與法蘭絨的毛巾。他擰乾毛巾，放在她頭上。「你要小心應付，」她說：「我怕當間諜也沒有那麼刺激。你不想問我哪裡不舒服嗎？」

「醫生幾點到？」

「他開刀到十二點。他結束會過來吧，我想。」

他走進廚房，安東尼跟在後頭。早餐仍擺在桌上。他打電話給住在倫敦近郊瑞蓋特的丈母娘，請她立刻過來。

醫生直到將近一點時才出現。他說是發燒，是目前正在流行的傳染病。

他以為告訴她自己即將出國的事，她會哭出來，但她聽進去，沉思一陣，然後就叫他去準備行李。

「很重要嗎？」她忽然說。

「當然。非常重要。」

「對誰很重要？」

「妳、我。我們所有人，我想。」

「也包括雷科勒克？」

「我說過了。對我們所有人。」

他答應安東尼會帶禮物回來。

「你要去哪裡？」安東尼問。

「去坐飛機。」

「去哪裡？」

他正打算告訴兒子這是個大祕密，突然想起泰勒的小女兒。

他和妻子吻別，把手提箱拿到門廳並放在腳墊上。為了莎拉的安全，他在門上裝了兩道鎖，必須同時轉動才能開門。他聽見她說：

「是不是也很危險？」

「我不知道。只知道是件大事。」

「你是真的確定吧？」

他以近乎絕望的聲音喊道，「聽著，我該想到多遠？這與政治無關，妳難道還不明白嗎？妳不能相信這就是事實嗎？這輩子妳就不能跟我說一次，我做的是好事？」他走進臥房解釋。她拿著平裝書假裝在讀。「我們全都應該——妳知道嗎——我們全都應該為自己的生活劃出一條線。老是問我『你確定嗎？』沒有好處。那就好像在問我應不應該生小孩、應不應該結婚似的。根本沒有必要！」

「可憐的約翰，」她開口，放下那本平裝書並且開始分析他。「忠誠但缺乏信念。你一定很不好受。」她說得絲毫不帶感情，彷彿她正指出社會的黑暗面。而那個吻像是對她個人原則的背叛。

★

霍爾登看著他們最後一人離開辦公室。他來得晚，離開得也遲，絕不跟大家一起。

雷科勒克問，「你為什麼要這樣對我？」他像個厭倦了表演的演員那樣疲憊地說。地圖與相片散落一桌，桌上擺著空杯與菸灰缸。

霍爾登沒應聲。

「老霍，你到底想證明什麼？」

「剛才你說要派人進去，是怎麼回事？」

雷科勒克走到洗手檯邊，扭開水龍頭裝了杯水。「你不是很欣賞艾佛瑞，對吧？」他問。

「他是年輕人。我厭惡崇拜年輕人那套。」

「我喉嚨有點痛。講太久的話了。你自己也喝點，對咳嗽有好處。」

「哥頓幾歲了？」霍爾登接過杯子，喝了一口，然後交回給他。

「五十。」

「他沒那麼年輕。他是我們這一輩的。我們大戰期間就差不多年紀。」

「人難免糊塗。是啊，他一定有五十五、六了。」

「常駐？」霍爾登追問。

雷科勒克搖搖頭。「他不合格，年資中斷過。大戰後，他去了管制委員會。那單位結束後，他想留在德國；我想是娶了德國老婆。他來找我們，我們給了他一紙合約。我們負擔不起讓他常駐德國。」他啜飲一小口自來水，優雅得像個女孩。「十年前，我們有三十個外勤，現在只剩九個。我們連自己的快遞都沒有，也沒有地下行動人員。這個早上大家都知道了；他們怎麼就不這麼說？」

「他多久發一次難民報告？」

雷科勒克聳聳肩。「他的東西我沒有全看，」他說。「你的人應該最清楚。這個市場大概正在萎縮吧，他們都已經封鎖柏林的邊界了。」

「有比較精采的報告他們才呈上來給我。漢堡來的過去這一年就只有這份，我一直以為他有其他用處。」

雷科勒克搖搖頭。霍爾登又問，「他的合約什麼時候到期？」

「我不知道。真的不知道。」

「我想他一定很擔心。他退休時拿得到退休金嗎？」

「那是三年的合約。沒有退休金。沒有獎金和福利。如果我們還要他，他六十歲以後還是可以繼續合作。當臨時工就有這個好處。」

「上次和他簽約是什麼時候？」

「你最好問凱蘿。絕對是兩年前的事了，大概還更久。」

霍爾登又說，「你說要派人進去。」

「我今天下午會再去見部長。」

「你已經派了艾佛瑞。你不該那麼做的，你很清楚。」

「總得有人去。難道要我去求圓場？」

「艾佛瑞不是適當的人選。」霍爾登說。

雨水流過導水槽，沿著汙穢窗框上的灰色軌跡流下。雷科勒克似乎希望霍爾登開口，但霍爾登沒有別的話想說。「我還不知道部長對泰勒的死有何看法。他今天下午會問我，而我該給他我的看法。我們當然都還在摸索。」他的聲音裡又恢復了氣勢。「不過他可能指示我——是有這個可能，老霍——他可能會指示我派人進去。」

「所以？」

「假設我請你組個行動處，調查狀況，準備證件和器材；假設，我請你負責找情報員，進行訓練、指揮；你願不願意？」

「不告訴圓場嗎？」

「不告訴他們細節。我們偶爾可能得借重他們的人力和物力，但並不代表我們要全說出來。保密麻煩就麻煩在這點：有需要才知道。」

「所以，沒有圓場？」

「有何不可？」

霍爾登搖搖頭。「因為這不是我們的工作。我們就是沒有裝備。把情報交給圓場，再從軍事方面協助他們吧。交給那些老手，像是史邁利或利馬斯……」

「利馬斯已經死了。」

「好吧，那就找史邁利。」

「史邁利身分已經曝光了。」

霍爾登面有慍色。「不然找紀堯姆，或其他人——找個專業的。這些年來他們的人力資源充足得很。去找老總，講給他聽。」

「不必，」雷科勒克堅定地說，將杯子放回會議桌上。「不必了，老霍。你在軍情科待的時間跟我一樣久，我們的權限到哪裡你也明白：在無法合乎傳統軍事資源的要求時，必須採取一切必要步驟採買、分析及求證軍事情報。」他小小的拳頭敲著桌子，一字一句地說出來。「不然我哪能夠授權低飛拍照？」

「好吧，」霍爾登讓步。「我們都有自己的權限，不過現在情況不一樣。如今的玩法不同了。以前我們在食物鏈的最上層，月黑風高，派橡皮艇出動，力擒敵軍飛機，又有無線通訊等等工具——這你跟我都知道，我們一起合作過。不過情況改變了，這場仗打起來不一樣了，戰鬥方式也不同了。國防部的人心知肚明。」他接著說：「另外，不要太信任圓場。休想奢望那些人會施捨你。」

他們都訝異地望著對方，有些惺惺相惜。雷科勒克說話時，嗓音只比耳語稍微大一些。「一開始是情報網，對吧？還記得圓場是怎麼把他們一個個吞掉的？國防部會說：『雷科勒克，我們在波蘭的任務範圍有重疊的風險。我決定讓老總來照料波蘭。』那是什麼時候的事？四八年七月。然後年復一年，同樣的事反覆上演。他們那麼照顧你的研究處，圖的是什麼？可不只是那堆好看的檔案。我們只是他們的卒子，你看不出來嗎？我們是他們的人造衛星！根本無關行動！這只是冷凍我們的手段！你知道最近白廳的人是怎麼稱呼我們的嗎？喜劇演員！」

兩人安靜許久。

霍爾登說：「我是負責核對的人，不是負責行動的。」

「你以前負責行動，老霍。」

「以前誰不是？」

「這個任務目的你很熟，整個背景你也清楚，沒人比你更適合。你想找誰都行：艾佛瑞、伍德夫，任你挑。」

「我們已經沒有指揮別人的習慣了。」霍爾登變得不尋常的畏首畏尾。「我是研究處的人，我負責檔案。」

「我們一直到現在才有東西找你負責。多久了？二十年。」

「你知道火箭基地代表什麼嗎？」霍爾登質問。「你知道會搞出什麼大動亂嗎？他們要建發射臺、氣流擋板、電纜槽、控制室，也需要掩體存放彈頭，要拖車來載燃料和氧化劑。這些東西只是前置作業。他們不會趁夜裡偷偷把火箭運來運去，移動火箭時會熱鬧得像流動園遊會。之前，我們會接到其他指標；至少圓場會接到。至於泰勒的死——」

「看在上帝的分上，老霍，你不會還以為情報是由堅定不移的哲學真理組成的吧？難道每一名牧師都得證明耶穌的確生在耶誕節這天嗎？」

他小小的臉猛竄向前，極力想問出霍爾登的肺腑真言。「老霍，不能老是憑算術來做事，我們又不是學術單位，是公僕。我們必須依狀況來行事，要應付的是人，要對付的是事件！」

「有道理，那就用事件來舉例吧。如果他游河度過邊界，要怎麼保護底片？他又是怎樣拍到那些照片的？為什麼沒有相機搖動的跡象？他喝多了，小心翼翼保持平衡；那些曝光時間夠長了，你應該知道吧——就是拍照時的曝光，他說過。」霍爾登似乎感到恐懼。他恐懼的不是雷科勒克，也不是這項行動本身，而是他自己。「為何明明可以到處兜售，卻平白拿給哥頓？為何要冒生命危險去拍照？所以我寄給哥頓一份追加的疑問。他說他還在努力找那個人。」

他的眼神瞥向雷科勒克桌上的模型飛機與檔案。「你認為是佩納明德事件❸的翻版，是吧？」他繼續說：「你希望至少可以比得上佩納明德事件。」

「如果得到部長的指示，你打算怎麼做？你還沒告訴我。」

「你得不到指示的。永遠也得不到。」他語氣篤定，簡直像是在炫耀。「我們死了，你難道看不出來？你自己也說過，他們想要我們安息，而不是去打仗。」他站起來。「所以都無所謂。反正全是紙上談兵。你真以為老總會幫我們？」

「他們答應派快遞幫我們。」

「對。這點最奇怪。」

霍爾登在門邊看到一張相片，停下腳步。「那個人是馬勒比對吧？死掉的那個男孩。怎麼會挑這種名字？」

「我不知道。臨時想到的。人的記憶沒有規則可循。」

「你不該派艾佛瑞去。我們無權派他去執行那樣的任務。」

「我昨晚查過資料卡了，我們有個人能去——我是說，可以派這人進去。」挑釁似的，他加上一句，「是情報員，受過操作無線電的訓練，會說德文，未婚。」霍爾登站在那裡，無動於衷。

「年齡呢？」最後他問。

「四十——多一點。」

「當年一定很年輕。」

「他大鬧了一場。他們在荷蘭逮到他，結果被他溜掉了。」

「他怎麼被抓到的？」

一陣極短的停頓。「沒有記錄。」

「頭腦如何？」

「似乎頗合資格。」

又是一段漫長的沉默。

「我也很合資格。就看艾佛瑞會帶回什麼好了。」

❸ 佩納明德（Peenemunde），位於波羅的海邊的德國城鎮。一九四二至四三年英國皇家空軍察覺此處出現奇怪的活動，遂派出偵察機在此區上空進行拍攝。最後終於發現德國在此建立了一座導彈發射基地，而倫敦為其發射目標。

「就看國防部怎麼說。」

雷科勒克一直等到咳嗽聲消失在走廊另一端才穿上外套。他想出去散散步，呼吸新鮮空氣，在俱樂部吃午餐。那是這一帶最好的俱樂部，但他不知道能吃到什麼。那地方在過去幾年不太長進。午餐後，他想去見見泰勒的遺孀，然後去國防部。

★

伍德夫與妻子在格淩吉共進午餐。他說：「小艾出差去了，這是他的第一次。老雷派他去的。他一定會表現得很不錯。」

「他說不定連小命都保不了。」她口氣很難聽。她已經遵從醫師的命令戒酒。「然後你們就有膽子了。老天，鐵定會有一場狂歡！快來黑修士路這裡吧！」她的下脣微微顫抖。「年輕人有那麼了不起嗎？我們也年輕過，不是嗎？老天，我們還年輕啊！我們有什麼不好？我們可是迫不及待想變老呢！對不對？我們——」

「好了，芭芭拉。」他說。他擔心她就要哭出來了。

6 出發

艾佛瑞在飛機上，回想霍爾登沒來上班的那天。當時碰巧是七月的第一天，霍爾登不在辦公室。起先艾佛瑞不知道，是後來伍德夫打內線電話來通知的。艾佛瑞說霍爾登大概是生病了，或是突然有私事。但伍德夫相當堅決。他說他去過霍爾登的辦公室，查了輪休名單。霍爾登要到八月才有休假。

「小艾，打電話到他公寓，快打到他公寓去，」他催促著。「去問他老婆，問看看是怎麼一回事。」艾佛瑞十分震驚，不知道該說什麼：這兩人都合作二十年了，就連他都知道霍爾登單身。

「問他跑去哪裡了，」伍德夫堅持。「趕快打，我命令你快打去他公寓。」

所以艾佛瑞就打電話過去了。其實他大可叫伍德夫自己打，但沒那個膽量。電話是霍爾登的妹妹接的。霍爾登臥病在床，胸口痛得厲害，卻拒絕告訴妹妹軍情科的電話。艾佛瑞一直到瞥見行事曆才理解伍德夫會如此激動的原因：這天是一季的第一日。霍爾登很有可能找到了新工作，沒告訴伍德夫就離開軍情科。隔了一、兩天，霍爾登又重回工作崗位，伍德夫對他親切異常，勇敢地無視他的譏諷，因為他很慶幸霍爾登有回來上班。後來有一段時間，艾佛瑞因為這次驚嚇而信念動搖，因此更加詳細檢視自己信任之人。

他有注意到，科裡描述他人時，常會加上傳奇式的形容詞，而這種做法只有霍爾登不願苟同。舉例來說，在雷科勒克介紹艾佛瑞給國防部的成員時，很少不加上溢美之詞：「艾佛瑞是我們明日之星中最閃亮的一顆。」或是對較資深的人說：「小艾是我的記憶體，要問什麼都問小艾。」基於同一原因，他們很輕易能原諒對方的罪過，因為他們是為了自己好，不敢去想像軍情科容得下這般蠢材。現代化生活的複雜度高，科內提供了蔽蔭，在科內，大戰前線依舊存在。對公僕而言，國防部有某種宗教特質。他們像僧侶一般，對國防部賦予某種神祕的認同，然後遠離遲疑不決、罪惡滿身的成員。儘管大家難免對彼此的特質多有批判，蔑視自己妄想要更上一層樓的念頭。即使如此，他們對軍情科的信念仍在另一座聖殿發光發熱，這個聖殿，則被他們稱為愛國心。

一面思考，艾佛瑞一面向下看著愈來愈暗的海面。他看著冰冷的日光斜射在浪花上，感受到自己的心臟因充滿激情而狂跳。愛抽菸斗、作風平實的伍德夫成了艾佛瑞如今所歸屬的祕密菁英中的一分子。霍爾登，喜歡填字遊戲，特立獨行，所有人之中，他最適合擔任不願妥協的知識分子角色，他暴躁又疏遠。他對霍爾登動了肝火，也因此感到抱歉。他認為丹尼森與麥庫洛克是舉世無雙的技術人員，沉默寡言，開會時不善言辭，做事起來卻努力不懈，而且最後證明會自己是正確的。他感謝雷科勒克，誠心謝謝他讓自己有機會認識這些人，感受到這次任務的刺激程度，讓他有機會從過去的無所適從進步到有經驗且成熟的階段，能獨當一面，與接受過戰火鍛煉之人并肩而坐。他感謝雷科勒克的指揮調度如此精準，毫無差池，從他紊亂脫軌的心中理出秩序。等安東尼長大後，他想像自己帶著他走在那些老舊的走廊，介紹他給老派恩認識。老派恩將熱淚盈眶，站在箱子上，熱切地握住兒子柔軟的小手。

這樣的場面裡並沒有莎拉。

艾佛瑞輕輕碰了一下內側口袋裡長信封的一角。裡面裝的是他的錢，兩百英鎊，放在藍色信封裡，蓋上政府的官印。他聽說過，大戰期間，有人會把官印縫進衣服的襯裡，而他竟忍不住希望有人也能幫他縫。他知道這種想法幼稚且自負。發現自己沉溺於這種遐想時，他甚至會微笑一下。

他記得那天早上與史邁利見面的情形。如今回想，他對史邁利似乎有那麼一點畏懼。他也想起門口的小女孩。但獨當一面的人必須鐵了心，不受情緒干擾。

★

「妳先生圓滿達成了任務，」雷科勒克說：「詳細情形恕我保留。但我很確定他犧牲得壯烈英勇。」她的口紅糊成一片，不堪入目。雷科勒克從未看過有人哭得這麼慘，像是這傷口永遠都不會癒合。

「壯烈英勇是什麼意思？」她眨眨眼。「又不是在打仗，大戰已經結束了，還講得這樣天花亂墜？他已經死了。」她精神渙散地說著，將臉埋藏在彎曲的臂膀裡，上半身趴在餐桌，像是被拋棄的玩偶。那個小女孩站在角落注視著。

「對了，」雷科勒克說：「我希望徵求妳的同意，讓我替妳申請撫恤金。請務必將一切交給我們辦理，讓我們愈快處理愈好。要是有了撫恤金，」他大聲地說，彷彿這是他家的座右銘。「情況就會大大改觀。」

★

領事在入出境官員身旁等候，一點微笑也沒有地走上前，一臉公事公辦的態度。「艾佛瑞嗎？」他問。在艾佛瑞的第一印象中，對方是個高個子，戴著軟氈帽，身披深色大衣，臉色紅潤，態度嚴肅。兩人握手。

「英國領事蘇則嵐先生？」

「其實是領事閣下，」他回應的口氣稍微尖酸刻薄了些。「這有差別的。」他有點蘇格蘭口音。

「你怎麼知道我的姓？」

兩人一同往大門走去。這裡的陳設非常簡單。艾佛瑞注意到櫃檯小姐，她是個金髮美女。

「勞駕你大老遠趕來。」艾佛瑞說。

「這裡離市區只有三英里。」說著，兩人上了車。

「他就是在這條路上出事的，」蘇則嵐說：「想看車禍地點嗎？」

「看看也好。至少可以跟我母親報告。」他繫了黑色領帶。

「你的姓氏是艾佛瑞，對吧？」

「當然，在櫃檯那裡你已經看過我的護照了。」蘇則嵐似乎不太欣賞他的幽默感，艾佛瑞恨不得把話吞回去。他發動引擎。車子即將開到馬路中間時，有輛雪鐵龍冒出來超車過去。

「該死的笨蛋，」蘇則嵐動怒。「馬路都結成冰了。大概是飛行員吧，一點速度的概念也沒有。」車子疾駛而過時，他們看見擋風玻璃內有個戴著船形帽的側影。那輛雪鐵龍越過小丘，揚起一小陣雪花。

「你從哪裡來？」他問。

「倫敦。」

蘇則嵐指著正前方。「你哥哥就死在那裡，在坡頂。警方認為司機可能是喝醉了，酒後駕車。這地方抓得很嚴。」這話聽來像是警告。艾佛瑞望向兩旁，淨是些平坦的雪地。他想像著來自英國的泰勒孤身一人，奮力地在路上前進，冷風將他虛弱的雙眼吹得淚水直流。

「我們等下過去警察局，」蘇則嵐說：「他們在等我們。他會告訴你所有細節。訂旅館了沒？」

「還沒。」

來到坡頂時，蘇則嵐用不太情願的尊敬語氣說：「就是這裡，如果你想下去看看的話。」

「不用了。」

蘇則嵐稍微加速，彷彿想趕緊離開此地。

「你哥哥是想往旅館的方向走。女皇旅館，就是這裡。他沒叫到計程車。」車往另外一邊開下去，艾佛瑞瞥見山谷對面一家旅館的長管燈。

「其實一點也不遠，」蘇則嵐說：「要走的話十五分鐘就到——甚至不用十五分鐘。你母親住在哪裡？」

這問題問得艾佛瑞措手不及。

「索夫克郡的木橋區。」那裡正在舉行補選，是第一個浮現在腦海的地名。不過他對政治沒什麼興趣。

「為什麼不是她？」

「抱歉，我不是很懂。」

「為什麼不將她列為直系血親。為什麼馬勒比的直系血親是你，不是母親？」

也許他也不是問得很認真，也許他只是想讓艾佛瑞繼續談話，免得他太傷心。儘管如此，這問題依舊讓他情緒大為波動。旅途困頓，他希望對方讓他多休息一會兒，而不是接受這種問話偵訊。而他這才了解，自己沒有設想好與泰勒的關係。雷科勒克在打字電報上是怎麼寫的？到底是同母異父還是繼弟？他趕緊編織出一連串家庭場景、喪事、改嫁或分居的故事，希望能依此推演出答案，應付蘇則嵐。

「旅館就在那裡，」領事忽然開口，接著又說：「當然了，這跟我沒有關係。他想填誰隨他高興。」對蘇則嵐而言，話中的嫌惡似乎已成為說話的習慣，變成一種哲學。看他講話的口氣，彷彿口中吐出的每件事都與大眾觀點相左。

「她年紀大了，」最後，艾佛瑞回答。「我不希望她受到太大驚嚇。他填寫護照申請表時應該也有這樣的考量。她身體一直不好，心臟有毛病。她動過手術。」這解釋聽起來非常幼稚。

「原來如此。」

車子開到了市區外圍。

「不驗屍不行，」蘇則嵐說：「抱歉，這裡有法律規定，意外死亡的死者都要驗屍。」雷科勒克一定會大發雷霆。蘇則嵐繼續說：「對我們來說，這讓整個正式文件的過程更加複雜。在完成驗屍前，會由刑事警察保管遺體。我會請他們動作快一點，不過這事催不得。」

「謝謝。我本來是希望能空運遺體回去。」車子從大馬路轉進市集廣場時，艾佛瑞隨口一問，一副無論答案如何都無關他個人的利益，「遺物呢？我最好也一起帶走，是吧？」

「在檢察官同意前，我很懷疑警方會願意交給你。要等驗屍報告送到檢察官手裡，警方才會交出遺物。你哥哥有沒有留下遺囑？」

「這我不清楚。」

「遺囑執行人是你嗎？這你知不知道？」

「不知道。」

蘇則嵐發出一聲耐著性子的乾笑。「我認為你把事情看得有點太簡單了。直系血親跟遺囑執行人不太一樣。」他說：「抱歉，直系血親在法律上並無權利，只能處置遺體。」他停頓一下，向後看了看，倒車進停車位。「就算警方把遺物交給我，我在接到外交部指示前也無法放行，而外交部嘛，」他很快接著說，因為艾佛瑞正想打斷，「除非遺囑驗證許可書或遺產管理委任書發下來，他們是不會給我任何指示的。不過我倒是可以開給你一份死亡證明，」他用安慰的口吻說，打開車門，「如果保險公司要看的話。」他斜眼看著艾佛瑞，彷彿在想他是否有權繼承些什麼。「在領事館登記要繳五先令，正式副本每份再加五先令。你剛才要說什麼？」

「沒什麼。」兩人一同踏上警察局的臺階。

「我們要見的那位是皮爾森警探，」蘇則嵐解釋。「他脾氣很好，但請你讓我來跟他交涉。」

「當然。」

「在ＤＢＳ的問題上他幫了我不少忙。」

「什麼問題？」

「英國公民急難協助。夏天時每日一案，丟臉都丟到國外了。對了，你哥哥生前喝得多不多？有人猜測他──」

「是有可能，」艾佛瑞說：「過去幾年我跟他幾乎斷了音訊。」兩人進入警察局。

★

而此時雷科勒克則小心翼翼地走上國防部寬闊的臺階。國防部位於白廳庭園與泰晤士河之間，門口既大又新，周遭淨是地方政府最欣賞的那種法西斯式雕刻。建築本身部分重新裝潢過，由披著紅帶子的士官守衛。裡頭有兩部電梯，下樓的那部滿載，因為目前時間是五點三十分。

「副部長，」雷科勒克開口，但語調缺乏自信。「我希望部長能再批准一次低飛拍照。」

「少浪費時間了，」他用愉悅的語氣回應。「上次已經夠讓他擔心了。他做出了政策決定，以後不會再批准了。」

「即使是像這樣的目標嗎？」

「尤其是像這樣的目標。」

副部長輕碰收件匣的角落，像是銀行經理觸碰存提款紀錄一樣。「你得另外想想辦法了，」他說：「找些別的方式。難道沒有什麼無痛的方法嗎？」

「沒有。是可以煽動居民從那個區域叛逃出來。但那樣做耗時費事，又要發傳單，又要進行廣播，又要提供反共義士獎金。在大戰期間很有效，現在則得跟很多人接觸才行。」

「聽起來完全沒有可行性。」

「沒錯。現在狀況不同了。」

「既然這樣，有沒有其他辦法？」他追問。

雷科勒克再度微笑，彷彿很想助朋友一臂之力，卻無法製造奇蹟。「情報員，短期行動，進去後出來。總共約一個禮拜。」

這位副部長說：「不過，在這種環境下，你又怎麼找得到人來負責這種任務？」

「的確難找。機會渺茫。」

副部長的辦公室雖大，卻顯得陰暗，有一排排精裝大頭書。現代化的風氣只吹到他的祕書室。祕書室以現代風格裝潢，但就到此止步。國防部可以等他退休再修繕副部長辦公室。大理石壁爐裡燃燒著瓦斯火，牆上掛著海上戰役的油畫。他們可以聽見駁船在霧中航行的聲響。整體有種怪異的海洋氣氛。

「卡許達特很靠近邊境，」雷科勒克提議。「我們不必派定期班機去，可以派個教練機，故意迷路。以前有這樣做過。」

「是，」副部長回答。接著他說：「就是死掉的那個。」

「你說泰勒嗎？」

「叫什麼名字我管不著。他是被暗算的對不對？」

「沒有證據。」雷科勒克說。

「不過你是這樣假設吧？」

雷科勒克很有耐心地微笑。「副部長，你知我知，在涉及決策時，妄下假設是非常危險的舉動。我還是想請求另一趟低飛拍照的准許。」

副部長臉色大變。

「我跟你說過，不可能就是不可能！你耳聾了嗎？我們討論的是替代方案。」

「要替代方案的話大概是有，不過跟我的軍情科幾乎沒關聯，和你本身及外交部比較有關。」

「說來聽聽。」

「對倫敦的新聞界透露風聲。炒作新聞，公布相片。」

「然後呢？」

「靜觀其變。觀察東德和蘇聯的外交圈，觀察他們的通訊。打草驚蛇，看看會有什麼東西跑出來。」

「會有什麼東西跑出來，我可以告訴你。美國人會抗議，餘音會在這些走廊繞梁二十年。」

「說的也是。我怎麼那麼糊塗？」

「雖然糊塗，卻很幸運。你剛才建議派情報員進去？」

「只是暫時的想法。目前沒有人選。」

「好吧，」副部長以老練的口吻斷言。「部長的立場非常簡單。你提出了一份報告，如果內容屬實，將會改變我國整體的國防位置。事實上，會改變一切。我討厭危言聳聽，部長也一樣。但既然都放出了野兔，就算不想打獵至少也開槍射射看。」

雷科勒克說：「如果我找到人選，仍會有資源問題待解決：金錢、訓練、器材。也許會需要額外人力，還有運輸。反觀低飛拍照……」

「為什麼要提這麼多問題？據我了解，會有你們單位的人就是為了處理這些問題啊！」

「副部長，我們是有專才，但你也知道，我精簡了人事——大幅精簡過。恕我直言，因為這樣，使得有些機能付之闕如，我從未試圖讓時光倒流，畢竟目前這個狀況——」他的微笑意有所指。「稍顯不合時宜。」

副部長向窗外瞥了一眼，看見河邊的燈光。

「我倒覺得相當符合時事，因為跟火箭之類的東西有關。我不覺得部長會認為那不合時宜。」

「我指的不是目標物，而是出擊的方式。因為我們必須進行的是硬闖邊界的任務。大戰至今幾乎從沒做過。儘管這種形式的地下戰是本科在傳統上的拿手項目——或者說我們以前很拿手。」

「你想講什麼？」

「我只是在想，副部長，我想，也許圓場在這方面配備不如我們。你可能應該見見老總，我可以答應讓軍事人員支援他。」

「你不認為自己處理得來？」

「以我目前的組織，的確不行。但老總就可以。只要部長不介意再找另一個單位——其實是再找兩個。你竟然這麼擔心新聞炒作，我倒是開了眼界。」

「兩個？」

「老總會認為非通知外交部不可，因為這是他的職責所在。就跟我通知你的道理一樣。他通知了外交部後，這事就成了他們的燙手山芋。」

「如果被那些人知道，」副部長以輕蔑的語氣說：「明天就會傳遍整個俱樂部。」

「這就是風險，」雷科勒克承認。「講更白一點，我懷疑圓場是否有軍事技能。火箭基地相當複雜，有發射臺，氣流擋板，電纜槽，樣樣都需要精確的處理和評估。老總和我大概可以聯手——」

「不可能。你們兩單位的人會同床異夢。就算合作成功，也會違反規定：禁止大規模壟斷。」

「啊，對啦。那當然。」

「假設你自己來好了。假設你找到人選，會牽涉到哪些問題？」

「預算追加。距離最近的資源、額外人力、訓練單位、部長提供的保護，還有特別通行證及權限。」都是老調重彈。「另外再加上老總的一些協助……可以用些藉口討到幫助。」

哀傷的霧笛回音傳至對岸。

「如果別無辦法……」

「也許你可以向部長報告。」雷科勒克建議。

一陣沉默。雷科勒克繼續說：「把話說白了，我們需要將近三萬英鎊。」

「能報帳嗎？」

「有部分可以。據我所知，你不是討厭細節嗎？」

「我是為總務處的人著想。我建議你把開銷記錄下來。」

「好吧，那就列出大綱。」

沉默的氛圍再次上演。

「以風險程度來看，這筆錢不算多。」副部長邊說邊安慰自己。

「是潛在風險。不澄清一下不行。我不想假裝自己相信，但只是懷疑——嚴重懷疑而已。」他忍不住接著說：「要是換成圓場，他們的價碼會多一倍。他們花錢如流水。」

「那就三萬英鎊吧，還加上我們提供的保護？」

「再加上一個人選。不過這個人選我自己來找。」他小聲笑了一下。副部長突然說：「有些細節部長不想知道，懂嗎？」

「當然。我想討論的部分多半是由你負責。」

「我認為是由部長負責。你已經成功地讓他覺得七上八下了。」

雷科勒克露出淘氣而虔敬的神態，說：「千萬別對老大做這種事。他是我們共同的主管。」

但副部長並不認為兩人共事一主。兩人起身。

「順帶一提，」雷科勒克說：「關於泰勒夫人的撫恤金。我正要向總務處申請。他們認為部長應該會簽過。」

「幹麼找部長簽名？」

「問題在於他到底是不是殉職。」

副部長大為震驚。「太放肆了吧？你是想要部長證實泰勒是被人謀殺的嗎？」

「我只是要幫遺孀申請撫卹金，」雷科勒克鄭重提出抗議。「泰勒是我手下最優秀的人之一。」

「那還用說。你的手下個個都是最優秀的。」

兩人走進去時部長沒有抬頭看。

★

然而，警探卻自椅子上起身。他身材矮胖，脖子上的鬍碴刮得很乾淨。他穿著便服。艾佛瑞推測他是一名探長。這名警探跟他們握手，擺出很職業的哀悼表情，請他們坐在柚木扶手的前衛椅子上，拿錫盒裝的雪茄請他們抽。他們婉拒了，所以他自己點燃了一根，自此之後，在以手勢強調一件事情時，用來當作他五短手指的延伸，也像是一種繪圖器具，用來在布滿煙霧的空氣中描繪他所說的物體。他不時對艾佛瑞表示致哀之情，其動作是將下巴壓至衣領，從下垂的眉毛陰影中投射出善體人意的同情心。他先轉述車禍現場，讚美警方追查肇事車輛的舉動時說得鉅細靡遺、不厭其煩，同時不斷表達出警長個人有多關切，對英國是如何崇拜有加、念念不忘。警探也重申一定會查出肇事者，依芬蘭法律求取最重刑責。他個人也花了不少時間盛讚英國人，表達對女王與邱吉爾的仰慕，同時頌揚芬蘭中立的立場，最後才提及遺體。

他很驕傲地表示驗屍已經完成，檢察官大人（他的確是這麼說）宣布馬勒比先生的死因並無可疑之處，只不過血液中酒精含量相當高。機場的酒保表示，他喝了五杯杜松子酒。他轉回蘇則嵐的方向。

「他想不想見見哥哥？」他詢問，這話顯然是對第三者說。心思之細膩表露無遺。

蘇則嵐有些尷尬。「那要看艾佛瑞先生的決定。」他說，像是認為此事超出他能力範圍。兩人一同看著艾佛瑞。

「不用了。」艾佛瑞說。

「還有一個問題，是關於身分。」皮爾森說。

「身分？」艾佛瑞問。「我哥的身分嗎？」

「他的護照，你送來給我之前不是看過了嗎？」蘇則嵐插嘴，「有什麼問題？」

警探點頭。「對，對。」他打開抽屜，取出一疊信件、一個皮夾、一些相片。

「他姓馬勒比，」他的英文流利，帶有厚重美國腔，跟雪茄很相配。「他的護照上寫的是馬勒比。這護照沒問題，對吧？」皮爾森瞥了蘇則嵐一眼。艾佛瑞覺得自己在瞬間看出蘇則嵐的臉色有異，帶有些許不掩飾的遲疑。

「當然。」

皮爾森開始整理文件，將其中一些放進面前的檔案夾，另一些放回抽屜；他不時會放個幾份在文件堆上，低聲說：「啊！對。」或者是「沒錯、沒錯。」艾佛瑞感到汗水直往下流，濡溼交握的雙手。

「您的兄長姓馬勒比？」他整理完文件後又問。

艾佛瑞點頭。「沒錯。」

皮爾森微笑。「才怪，」他邊說邊用雪茄比畫，以和善的態度點著頭，彷彿正要針對重點進行辯論。「他所有的物品、證件、衣物、駕照，全登記在泰勒先生名下。你對這個泰勒知道多少？」

艾佛瑞的腦子突然凝固，成了某種大得嚇人的團塊。信封。信封怎麼辦？假意去上廁所趕快銷毀、以免出事？但他覺得這大概不會成功，因為信封很硬，又是光面紙，就算撕掉，碎片也會浮到水面。他發現皮爾森與蘇則嵐正看著他，等他回答，而他卻淨想著口袋裡沉甸甸的信封。

他擠出話來。「我不知道，我哥哥跟我……」是同母異父還是繼兄弟？「……我哥哥跟我不親，他年紀大我很多，我們從小沒有一塊兒長大。他經常換工作，一直沒辦法定下來。也許這個泰勒是他的朋友……是……」艾佛瑞聳聳肩，勇敢地暗示對方，馬勒比對他而言也是一團謎。

「你今年幾歲？」皮爾森問。他對死者家屬的敬意似乎愈來愈少。

「三十二。」

「馬勒比呢？」他以一般對話的語調隨口發問。「請問他比你大幾歲？」

蘇則嵐與皮爾森看過他的護照，知道他的年齡。死者的年齡大家都會記得，唯獨身為弟弟的艾佛瑞不知道。

「大十二歲，」他隨便猜測。「我哥哥四十四歲。」他幹麼要問個不停？

皮爾森揚起眉毛。「只有四十四？看來連護照都有錯。」

皮爾森轉向蘇則嵐，拿著雪茄戳向辦公室另一邊的門，語氣愉快，好像剛替兩位朋友解決了長久以來的爭端。「我對身分多所疑問的原因，你們應該明白了吧？」

蘇則嵐一副非常生氣的模樣。

「艾佛瑞先生如果能看看遺體會比較妥當，」皮爾森建議。「確定一下。」

蘇則嵐說：「皮爾森警探。關於馬勒比先生的身分，從護照就可以證明。倫敦外交部已經確認艾佛瑞先生為馬勒比先生的直系血親。你自己也說過，他的死因沒有可疑之處。依照慣例，你現在就可以將遺物交給我保管，等到英國那邊的公文流程告一段落，就能發下。艾佛瑞先生也可以開始處理兄長的遺體。」

皮爾森似乎正在考慮。他從辦公桌抽屜抽出泰勒其餘的文件，加在眼前的信件堆上。他撥了電話給某人，以芬蘭文交談。過了幾分鐘，有一名警衛提著皮面大手提箱，清單由蘇則嵐簽收。過程中，艾佛瑞與蘇則嵐都沒有跟警探對話。

皮爾森一路送他們到前門。蘇則嵐堅持親自拿手提箱與信件。兩人走到停車處後，艾佛瑞等著蘇則嵐開口，但他不發一語。車子開了大約十分鐘，市區的燈光轉暗。艾佛瑞注意到路面有些化學物品灑在兩條車道上，馬路中間與兩旁仍有積雪。他想到遊樂場，但自己從未去過。街燈是霓虹燈，灑下病厭厭的光芒，在愈來愈深的夜色中顯得畏畏縮縮。艾佛瑞偶爾會注意到那陡峭的木造屋頂、鏗鏘作響的電車，或是頭戴白色高帽的警察。

偶爾他也會往後車窗偷看一眼。

7

伍德夫站在走廊上抽菸斗。部屬下班時就對他們咧嘴淺笑。這是他展現魅力的時刻。而上午情況就不同了。習慣上是這麼規定，資淺部屬九點半上班，長官十點或十點十五分到。理論上，軍情科的資深成員下班時會晚點走，留下來清理文件。雷科勒克很喜歡說紳士從不看時鐘。這種習慣源自大戰期間，長官上午剛上班的前幾小時會聽取任務剛結束的偵蒐飛行員作簡報，深夜時則展開派遣情報員的行動。當年資淺的部屬會分時段上班，長官則否。他們在有需要時必須隨傳隨到。如今，這項傳統所達成的目的大不相同。現在來說，有時會一連幾天，動輒幾星期，伍德夫與同事不知道在五點半之前該如何消磨時間，只有霍爾登例外。他駝著背的肩頭扛著軍情科研究處的名聲，其餘部屬雖研擬計畫，卻從未提出，而是彼此之間為小事鬥嘴，內容不外乎輪休、值班，以及辦公室家具的品質，甚至也對同僚問題表現過度的關切。

密碼室的職員貝利踏進走廊，彎腰束好褲腳，準備騎單車回家。

「貝利，夫人最近如何？」伍德夫問。身為長官，必須掌握部屬的大小事。

「非常好，謝謝長官。」他直起身，一手梳著頭。「只是對泰勒的事很震驚。」

「震驚啊。他是個可靠的人。」

「霍爾登先生鎖上檔案室了，長官，他要加班。」

「是嗎？也是，最近我們都忙壞了。」

貝利壓低嗓門。「長官，科長睡在辦公室。這次危機還真嚴重。我聽說他去見部長，對方還派車子來接他過去。」

「晚安，貝利。」聽說來的東西也未免太多了。伍德夫心滿意足地想，開始慢慢地向通道走去。

霍爾登辦公室的光線來自可調式的閱讀燈，投射出短距的強烈光束，照著他眼前的檔案，勾勒出他臉孔與雙手的輪廓。

「在加班啊？」伍德夫問。

霍爾登將一份檔案放進送件匣，再拿起另一份。

「不知道小艾進行得如何。那個年輕人應該會有不錯的表現。我聽說科長還沒回來，一定是開會開太久了。」他一面說，伍德夫就自己坐到皮面扶手椅上。這椅子是霍爾登自己從公寓搬來的，他會在午餐後坐在上頭玩填字遊戲。

「怎麼會有不錯的表現？又沒有先例可循。」霍爾登沒有抬頭看。

「老雷去找泰勒的老婆，結果怎樣了？」伍德夫改問。「她心情如何？」

霍爾登嘆了一口氣，把檔案放在一旁。

「他說了這個壞消息。我就知道這麼多而已。」

「她心情如何你沒聽說？他沒告訴你？」

伍德夫的嗓門總是比必要的音量大了些，因為他習慣跟老婆比大聲。

「我真的不清楚。我只知道他是自己去的。這類事情雷科勒克喜歡留在心裡。」

「我本以為他跟你也許……」

霍爾登搖搖頭。「只有跟艾佛瑞。」

「老霍，這案子很大對不對？可能會……」

「有可能。等著瞧吧。」霍爾登聲音放柔。他對伍德夫也不是一直都不親切。

「泰勒的事有沒有新進展？」

「外交部駐赫爾辛基的飛官找到了藍森，他確認有把底片交給泰勒。他說，俄國人在卡許達特上空攔截他，兩架米格，追了一陣子才放他走。」

「老天，」伍德夫茫然地說：「問題就出在這裡。」

「才不是。攔截的事跟我們所知的情況沒有矛盾之處，如果他們宣布封鎖該區，為什麼不能巡邏？封鎖的目的可能是為了演習——地空聯合軍事演習。那為什麼他們不逼藍森降落？這整件事完全沒個結論。」

雷科勒克站在門口。為了見部長，他換上乾淨的硬領，而繫上黑領帶是為了追思泰勒。

「我開車來的，」他說：「他們從國防部的車隊裡調了一輛借我們，可無限期使用。部長聽說我們沒車，有點難過。車子是漢柏的，跟老總一樣有司機負責接送。他們告訴我司機是了解保密措施的人。」他望著霍爾登。「老霍，我決定組一個特別處，希望由你主導。研究處我暫時交給杉弗德；這種調動對他有幫助。」他臉上綻放出微笑，彷彿再也忍不住。他真的非常興奮。「我們要派人進去，部長口頭批准了。我們馬上進行。明天一上班，我想找各處的負責人來開會。老霍，我把伍德夫和艾佛瑞調給你；布魯斯，你跟弟兄們連絡，也去找以前負責訓練的人。部長同意支援，讓我們簽下三個月的臨時人員——不過當然沒有附加福利。課程跟往常一樣：無線電、武器訓練、密碼、觀察、非武裝戰鬥，以及掩蔽掩護。老霍，我們需要一棟房子。也許等艾佛瑞回來後由他張羅。我會去找老總商量文書作業的問題；偽造文書的人在戰後全投奔到他那裡去了。我們需要呂北克地區的前線資料、難民、報告、地雷區和障礙物的細節。」他看了一下手錶。「老霍，方便跟你商量一下嗎？」

「我想知道一件事。」霍爾登說：「圓場對這件事知道多少？」

「看我們選擇透露多少囉。為什麼這麼問？」

「他們知道泰勒死了。白廳上下都傳遍了。」

「這有可能。」

「他們知道艾佛瑞去芬蘭拿底片，也很有可能注意到飛安中心針對藍森的報告。他們對取得消息很有一套……」

「那又怎樣？」

「也就是說，我們選擇透露什麼，就跟他們知道什麼無關了。」

「明天開會你會出席吧？」雷科勒克的語調有點可憐。

「指示的主軸我大概知道了。如果你不反對，我想進行一、兩項調查——也許在今天晚上跟明天。」

雷科勒克聽得一頭霧水。「非常好。要不要幫忙？」

「能不能借用你的車子一小時？」

「那當然。我希望大家都能用，拿來造福大家。老霍，這個給你。」

他遞過去一張綠色卡片，包在膠紙檔案夾中。

「部長親筆簽名。」他的弦外之音是：這簽名有如教宗賜福，具有某種程度的真實性。「這麼說來，你答應了？老霍，你願意接下來？」

霍爾登可能沒聽見。他重新打開檔案，以好奇的眼神看著相片中的波蘭男孩。這男孩曾於二十年前抵抗過德軍。此人看來年輕、嚴峻、面無表情，關心的似乎不是生活，而是存活。

「哇，老霍，」雷科勒克忽然如釋重負地發出驚呼。「你立下了第二誓言！」

霍爾登不太情願地微笑，就好像這句話喚醒了他以為自己早已遺忘的東西。「他好像天生懂得如何求生，」他邊看邊說，最後指著檔案。「想幹掉這人不會太容易。」

★

「身為直系血親，」蘇則嵐開口。「你有權依個人意志處置遺體。」

「是的。」

蘇則嵐的家是一棟小房子，景觀優美的窗檯上種滿盆栽植物。若非這些植物，就外在或內在而言，這房子都跟亞伯丁郡的宿舍區建築物沒有兩樣。兩人走在車道上，艾佛瑞瞥見窗內有一名中年婦女圍著圍裙，正在撢灰塵。她讓艾佛瑞想起葉茲太太和她的貓。

「我在後頭有間辦公室，」蘇則嵐說。彷彿在強調這地方並非全是用來貪圖個人享受。「我提議現在先來釐清一些細節，不會花太多時間。」他在暗示艾佛瑞不用期待留下來吃晚餐。「你打算怎麼把他運回英國？」

兩人各坐在辦公桌一邊。蘇則嵐的腦袋後方掛了一幅水彩畫，畫中的淡紫色丘陵倒映在蘇格蘭湖面上。

「希望能空運回去。」

「那很貴的，你知道吧？」

「再貴也得空運。」

「要入土嗎？」

「當然。」

「『當然』？才怪！」蘇則嵐以嫌惡的口氣反駁。「如果你哥哥——」現在他說「哥哥」這兩個字說得相當曖昧，但他情願裝傻到底。「是火化，空運規則就完全不同。」

「原來如此。抱歉。」

「市區有家葬儀社，巴福德公司，他們有個合夥人是英國來的，娶了瑞典老婆；這裡住了不少瑞典人。依現在的狀況，我希望你能盡早回倫敦。我建議你授權給我，交給巴福德來辦。」

「好吧。」

「他一接到你哥哥的遺體，我就會把護照交給他，他要拿護照去申請死亡證明，我會請他跟皮爾森連絡。」

「好。」

「他也會要求地方的戶政事務所發一份死亡證明。那邊的事情如果由你自己來辦，會比較省錢——除非你那裡的人捨不得花錢。」

艾佛瑞不作聲。

「等他問到合適的班機，他會負責處理貨運許可和提貨單。據我所知，這類貨物通常會在晚上運送。運費比較便宜，而且……」

「沒關係。」

「那就好。巴福德公司會確認棺材密不透風。棺材可以是木製或金屬製。他也會附上公司保證書，證明棺材裡面只有遺體，與死亡證明和護照上的是同一人。到倫敦提貨時對你會比較方便。巴福德公司辦事很快，我會盯著他們，他們跟這裡的包機公司交情不錯。愈早——」

「我了解了。」

「我不知道你到底了不了解。」蘇則嵐揚起眉毛，似乎認為艾佛瑞表現得太傲慢。「皮爾森目前還沒刁難我們，我可不希望讓他失去耐性。巴福德在倫敦會有友公司照應——是倫敦沒錯吧？」

「對，是倫敦。」

「我想他應該會希望拿到訂金。我建議你把錢留給我，我開收據。至於你哥哥的遺物，不管是誰派你來的，應該都希望你能收回這些信件吧？」他將信件推到桌子對面。

艾佛瑞低聲說：「呃，有捲底片，一捲還沒洗出來的底片。」他把信件放進口袋。

蘇則嵐慢慢取出他在警察局簽過名的清單副本擺在艾佛瑞面前，一根手指順著左欄向下滑，帶著些許懷疑，彷彿在檢查別人列出的數字。

「這裡沒列出底片。是不是也有相機？」

「沒有。」

「這樣啊。」

他送艾佛瑞到門口。「你最好跟派你來的人說一下，馬勒比的護照無效。外交部傳來一張通知，上面有不到二十組的護照號碼，你哥哥的號碼也在上面。一定是出了什麼小差錯。我正要回報，結果卻接到外交部的打字電報，授權你接管馬勒比的遺物。」他迅速笑了一下。他相當憤怒。「當然是有人在亂來。外交部絕不會自己傳出那種東西，他們沒有那個權限，你要是沒有遺產管理委任書就沒輒了，何況現在三更半夜的，要到哪裡去找那種東西？你晚上有地方住嗎？女皇旅館不錯，很靠近機場，而且也在市區外。我猜你自己可以找到——你們的津貼一定很優渥吧。」

艾佛瑞快步走上車道，蘇則嵐那張憤怒又刻薄的瘦臉襯托著蘇格蘭丘陵，艾佛瑞對此留下難以磨滅的記憶。路邊的木屋在黑暗中半黑半白，像是手術檯周圍的陰影。

★

距離查令十字路不遠的某處，在泰晤士河與維略斯街之間有一棟令人驚豔的十八世紀民房，地下室有間門上無招牌的俱樂部。欄杆一如黑修士路上那些房子的木頭，全漆上深綠，非常需要重新修繕。

俱樂部的會員複雜：有軍人，教育界人士，還有神職人員。也有會員來自倫敦上流社會的無人之境，身分介於賭馬的組頭與紳士之間。這些人在面對身邊的人（或許連面對自己也是）總展現出虛張聲勢的形象。每個會員交談時慣用術語，對這些術語有點概念的人只能保持距離，側耳傾聽。此地聚集了蒼老的面孔與年輕的肉體，或年輕的面孔與蒼老的肉體；和平的緊張感取代了戰爭的緊張感，抬高音量是為了壓過寂靜，舉杯是為了蓋過寂寞。此處是搜索者結識之處，但搜不到人，只找到彼此，找到因共同痛苦所產生的慰藉。在這裡，疲倦而警覺的眼神沒有一條地平線可偵查。這裡仍是他們的戰場。若是有情有義，他們就能在彼此身上找到。他們一如青少年那樣羞澀，心想的淨是其他人。

從大戰走來，缺席的只有老學究。

這地方不大，老闆是個乾乾瘦瘦的男子，人稱戴爾少校。他蓄了小鬍子，領帶以黑色背景襯托藍色天使。第一杯由他請客，接下來各付各的。俱樂部叫隱名俱樂部，伍德夫是會員。

俱樂部營業時間是晚上，會員於六點左右抵達，愉快地脫離外頭熙來攘往的人潮，鬼祟卻篤定，如同外地人走進某間聲名狼藉的戲院。進入俱樂部後，首先注意到的是裡頭欠缺的事物：吧檯後頭沒有銀杯，沒有來賓簽名簿，沒有會員名單，也沒有標誌、紋飾或頭銜。只有幾幅相片，以浮框掛在漆成白色的磚牆上，一如雷科勒克辦公室裡的相片。相片上的臉孔模糊不清，有些被放大，顯然是護照的大頭照，正面拍攝，雙耳入鏡，全部依照規定。有些是女人的照片，部分頗具姿色，肩膀高而方正，頭髮留長，是大戰期間流行的形式。男人身穿各式制服，法國與波蘭的自由人與英國同志打成一片。有些是飛行員。在英國臉孔中有一、兩人至今仍是老主顧。

伍德夫走進來時，眾人紛紛轉過頭，戴爾少校則滿心歡喜地替他點了一杯啤酒。一名臉色紅潤的男子正在談論到比利時上空出任務的往事，伍德夫一進來他便流失了觀眾。

「嗨，布魯斯，」有人驚訝地開口。「夫人最近如何？」

「滿健康的，」伍德夫真心微笑。「滿健康。」他喝了一點啤酒。香菸正四處傳遞。戴爾少校說：

「布魯斯今晚講起話很隱晦呢。」

「我是來找人的。牽涉到最高機密。」

「這我們最了解，」一名臉色紅潤的男子回應。伍德夫朝吧檯瞥了一眼，以神祕的語調悄聲問：

「老爹在大戰期間做了什麼事嗎？」

眾人一臉疑惑，說不出話。大夥兒已經喝了不少。

「當然是保住了老媽子。」戴爾少校語氣不太確定，但大家全笑了起來。

伍德夫也跟著笑，品嘗那種只有你知我知的樂趣。在英格蘭某地伙房趁夜進行的祕密儀式雖已遺忘大半，但如今也重溫了一遍。

「把老媽藏在哪兒呢？」他質問，仍是用同樣一種傾訴心聲的語氣。這次有兩、三人同聲呼喊。

「藏在他的大帽子下面！」

眾人笑得更大聲，氣氛也更歡樂。

「有個姓強森的傢伙，」伍德夫趕緊接著說：「全名是傑克．強森。我想知道他現在在做什麼。以前他專門教授無線電通訊，是數一數二的高手。他最早是跟著霍爾登到波文頓，後來被他們調到牛津。」

「傑克．強森！」那名臉色紅潤的男子興奮地大喊。「無線電通訊？我兩個禮拜前才跟他買汽車收音機呢！店名叫『強森公平交易』，在克拉珀姆的百老匯街上，就是他沒錯。他有時候會過來坐坐。這人很迷業餘無線電，個子小小的，講話嘴巴歪一邊，對吧？」

「就是他，」有別人附和。「老戰友打八折優待。」

「他可沒優待我。」臉色紅潤的男子說。

「是傑克沒錯，他住在克拉珀姆。」

其他人也接話。就是他，他在克拉珀姆開了一家店，是業餘無線電之王。他大戰之前就是業餘一族——甚至可說從小就是。沒錯，就在百老匯街上，開好幾年了。要是綁架他準有油水可撈。他喜歡在耶誕節前後過來俱樂部。伍德夫高興到臉都紅起來，點了幾杯酒請客。

隨後在一陣七嘴八舌中，戴爾少校輕輕勾住伍德夫的手帶他到酒吧另一端。

「布魯斯，泰勒的事是真的嗎？他真的翹辮子啦？」

伍德夫點頭，臉色凝重。「他是去出任務。我們認為一定有人搞鬼。」

戴爾少校語調變得寂寥。「我還沒跟弟兄講，講了只會讓他們白操心。他老婆由誰照顧？」

「科長在處理。應該可以照顧得不錯。」

「那就好，」少校說：「那就好。」他點點頭，拍拍伍德夫的手臂，做出安慰的動作。「先瞞著弟兄，好嗎？」

「當然好。」

「他欠了一、兩筆帳，但數目不大。以前禮拜五晚上常來。」少校的口音不時轉變，就跟那種不用繫的領帶一樣可以溜來溜去。

「寄過來，我們會處理。」

「他有小孩對不對？小女孩？」兩人走回吧檯。「年紀多大？」

「八歲左右。可能更大。」

「他老愛提女兒。」少校說。

有人在喊。「嘿，布魯斯，你們什麼時候要再操操德國佬啊？到處都是那些人。我暑假帶老婆去義大利玩，到處都看到那些跩得二五八萬的德國人。」伍德夫微笑以對。「比你預料得還快。現在就看看各位知不知道這件事。」眾人紛紛停下談話。伍德夫是真材實料，執行起任務仍是一把罩。

「以前有個非武裝的搏擊高手，一名陸軍軍官，威爾斯人。個子也不高。」

「好像叫杉迪．羅烏。」臉色紅潤的男子說。

「杉迪，就是他沒錯！」大家將眼神轉向他，表示欽佩。「他是威爾斯佬，我們都叫他『色底迪』。」

「是的，」伍德夫滿意地說：「他不是去公立學校教拳擊嗎？」他瞇眼看著大家，似乎隱藏了很多線索，然後放出長線。因為這事關機密。

「就是他，是杉迪沒錯啦！」

伍德夫寫下來，寫得很仔細，因為他從經驗中學到，託付給記憶的東西往往會搞丟。

他一面寫，少校一面問。「老雷最近好嗎？」

「很忙。」伍德夫說：「忙得要死。老樣子。」

「你知道嗎，弟兄很常提到他，希望他偶爾過來坐坐，能給大家帶來莫大鼓勵，可以提振一下士氣。」

「我想打聽一個人，」伍德夫說。兩人正站在門邊。「你記不記得一個姓萊澤爾的人？全名孚瑞德·萊澤爾，波蘭人。以前常跟我們在一起。荷蘭那齣鬧劇他也參了一腳。」

「還活著嗎？」

「活著。」

「抱歉，」少校說得很模糊。「外國人已經不上門了。我也不知道為什麼。我不跟弟兄討論這事。」

伍德夫關門離開，步入倫敦的夜色。他環視四方，深深愛著眼前一切。他苦苦守護待他如母的倫敦市。伍德夫緩緩走著，像是老舊田徑場上的一名年邁運動員。

8

另一方面，艾佛瑞則快步前進。他很害怕。一名置身異國的間諜會感受到的那份恐懼縈繞不去，若要描述，又難以捉摸，無法比擬。不過是計程車司機的一瞥，街上行人的疏密，各種公家制服（到底是警察還是郵差？）涵義不明的習俗和語言，還有噪音，在在使得進入這世界的艾佛瑞持續感到焦慮。而就像是因緊張引起的疼痛一樣，在獨處時更顯猛烈。轉瞬之間，他的精神狀態在恐慌與畏縮之間變換，只要有人親切看他一眼，或發出什麼問候，他立即以相當不自然的感激之情來回應。會有這種反應，部分原因是來自他對自己所騙之人懷有相當女性化的依賴心。周邊的臉孔並無關切之意，而艾佛瑞迫切地需要從中獲得一個信任的笑容，赦免他的罪行。就算這樣對自己說也無濟於事：你沒有傷害他們，你是在保護他們。他在人群中移動著，猶如追兵在後，他必須尋求休息與食物。

他搭計程車到旅館，要求住進有浴缸的房間。櫃檯拿出登記簿請他簽名。他拿著筆正要簽時，就看見上面不到十行的地方寫下馬勒比的名字，寫得很辛苦，到了一半就中斷，好像簽名者不太會拼自己的姓。他接著看到地址：倫敦。職業：退役少校。目的地：倫敦。艾佛瑞心想，他在臨終前就這麼虛榮一下，職業造假、捏造官階。儘管如此，這名小小的英國人泰勒仍獲得了片刻榮耀。為何不填上校？或是少將？為何不替自己升官封爵，在地址處填上高級住宅區？泰勒即使是在夢中也懂得適可而止。

門房開口。「服務人員會替您提行李。」

「抱歉。」艾佛瑞說，但這道歉毫無意義。他簽了名，對方好奇地看著他。

他給服務人員一枚硬幣，伸出手時才想起自己已經給了他八先令六便士。他關上房門，在床上坐了一會兒。房間內部擺設得很仔細，卻略顯荒涼，沒有什麼感情。門上貼了數國語言寫成的防範宵小警語，床邊另有文字說明旅館備有價廉物美的早餐，請勿錯失良機；書桌上有份旅遊雜誌，也有黑皮精裝的《聖經》。附了間小浴室，非常乾淨，也有內建式衣櫥，但衣架只有一個。他忘了帶書來看。因為沒預料到此行必須為打發時間傷腦筋。

他又冷又餓，想泡個澡。他放了熱水，脫去衣服，正要下水時，想起口袋裡有泰勒的信件。他穿上晨衣，坐在床上，翻閱內容。有一封是銀行通知存款超支，一封是母親的來信，一封是朋友的來信，開頭寫著：親愛的老泰。其餘是一名女子的來信。他忽然對這些信感到害怕——這些信件是證據，可能會暴露自己的身分。他決定全燒掉。浴室裡還有一個洗臉檯。他把所有信件放進去，拿火柴點燃。他在某個地方看過這種做法。這樣做才妥當。裡面有隱名俱樂部的會員卡，上頭註明泰勒的姓名，所以他也一起燒掉，然後以手指打散灰燼。開了水龍頭後，水位迅速上升。塞子是那種內建式的金屬塊，由兩個水龍頭間的拉杆操作。然而，浸溼的灰燼卡住塞子，堵住了洗臉檯。

他尋找著有沒有可以伸進水塞的東西，拿鋼筆試，卻因太粗而作罷。他改拿指甲銼。在反覆嘗試後，總算將灰燼導入排水口，水終於流光，並在琺琅材質的洗臉檯上留下深褐色汙漬。他用手去搓揉，然後拿刷子猛刷，但就是洗不掉。琺琅不會沾上那種汙漬的。信紙理肯定含有什麼東西，瀝青之類的玩意兒。他回到浴室找清潔劑，卻遍尋不著。

他重回臥房，突然發現燒紙的氣味瀰漫，急忙打開窗戶。一陣冰風颳在他裸露的四肢，他趕忙拉緊晨衣。這時有人敲門，他嚇到全身發麻，直盯著門把。他再次聽見敲門聲和呼喊，有人轉動門把。是櫃檯的人。

「艾佛瑞先生嗎？」

「什麼事？」

「抱歉，我們需要你的護照。警察要看。」

「警察？」

「是例行公事。」艾佛瑞背靠洗臉檯。窗戶打開來，窗簾被風吹得狂舞不停。

「可以替您關上窗戶嗎？」對方問。

「剛才我人不舒服，想呼吸一點新鮮空氣。」

他找到護照，交給對方，同時也注意到對方的視線停留在洗臉檯，注視著那些褐色痕跡與殘留四周的碎屑。

他渴望回到英國的念頭比先前更強烈了。

★

西街一側的別墅在灰色平原中有如一列粉紅色墳墓，是具體呈現出中年人形象的建築。這些別墅蓋得整齊劃一，暗示著步入老年、安詳直到生命終結、終其一生一事無成。這些別墅耗盡了屋主的黃金歲月，隨興所至地變換屋主，但自身永不變換。載運家具的廂型車像靈車一般，在別墅間以畢恭畢敬的態度穿梭，偷偷地載走死者，帶來活人。偶爾會有住戶主動在木質部分塗上一桶桶油漆，或是在花園裡勞動。然而，付出這般心血卻沒有改變房屋的一絲一毫，就像鮮花改善不了病房本身氛圍一樣。

霍爾登請司機離開，轉進南園方向。南園是距離西街五分鐘的高地。有一所學校，一間郵局，四間商店，一家銀行。他行走時微微駝背，細瘦的手提著黑色公事包；他輕聲走在人行道上，現代化教堂的高塔聳立於民宅之上，時鐘敲了七下；街角有間雜貨店，門面嶄新，採自助式營業。他看著店名寫著：司梅穗。裡面有一名年紀稍輕的男子，身穿褐色連身衣，正將盒裝穀片疊成金字塔。霍爾登敲敲玻璃。男子搖搖頭，再疊上一盒。他又敲一次，敲得急促。對方便走到門口。

「老闆不准我賣東西，」他大喊，「所以再敲也沒用。」他注意到他的公事包，因此問道：「你是業務嗎？」

霍爾登一手插進口袋，拿著某個東西貼在窗戶上。那是一張以膠膜包覆的卡片，像季票。對方盯著直看，然後慢慢轉動鑰匙。

「我有話想私下跟你談。」霍爾登邊說邊走進去。

「我以前沒見過那種卡片，」對方口氣很不自在。「但大概沒問題吧。」

「是真的沒問題。身家調查而已。有個姓萊澤爾的，波蘭人。據我了解，他很久以前在這個地方工作過。」

「這個我要打電話問問老爸，」對方說：「那時候我還小。」

「好吧。」霍爾登說，一副不喜歡年輕人的模樣。

★

艾佛瑞致電雷科勒克時已近午夜。雷科勒克立刻接聽。艾佛瑞能想像那幅景象：他坐在鐵床上，空軍的軍毯掀開，帶著警覺的小臉焦急想聽消息。

「我是約翰。」他謹慎地說。

「對、對，我知道你是誰。」他口氣不太高興，因為艾佛瑞竟報出名字。

「抱歉，生意沒成交。對方沒興趣……我沒成功。你最好轉告一下我去見的那個人，就是那個矮胖子。跟他說，我們不需要他這邊的朋友的服務。」

「知道了。沒關係。」他似乎完全不感興趣。

艾佛瑞不知道該怎接話。不管怎麼絞盡腦汁，他就是不知道。他迫切地想繼續跟雷科勒克交談。他想向他報告蘇則嵐的輕蔑態度，而且護照也出了錯。「這裡的人——就是跟我談判的人，他們相當擔心這整件生意。」

他持續等待。

他想喊他的名字，卻只知道他的姓。軍情科裡不以「先生」相互稱呼。年紀較大的人，彼此會喊姓氏。至於下屬對上級就沒有固定稱謂。所以他說：「你還在聽嗎？」雷科勒克則回答。「當然。是誰在擔心？出了什麼差錯？」艾佛瑞心想，我本來可以稱呼他「科長」，但這麼做有違保密規定。

「這裡的代表，就是負責我們利益的那個人……他知道了生意的內容，」他說：「好像被他猜到了。」

「你有沒有強調這是高度機密？」

「有，當然有。」到底該怎麼說明蘇則嵐的事才好？

「好。但我們可不想惹到外交部。」雷科勒克換個語氣繼續說：「約翰，這邊的情況很順利，非常順利。你什麼時候要回國？」

「我還得處理……我還得帶我們的朋友回家。有很多正式文件。沒有你想的那麼簡單。」

「什麼時候可以辦完？」

「明天。」

「我會派車去希斯羅機場接你。過去幾個鐘頭發生了很多事，有很多改善。我們非常需要你。」

雷科勒克接著又鼓勵了他一下，「你表現得很好，約翰，你表現得真的很好。」

「還好啦。」

他原本以為這晚自己能睡得香甜，但睡了差不多一小時後卻醒過來，感到忐忑不安。他看看手錶：一點十分。他起床後走到窗前，向外望著白雪覆蓋的地貌，通往機場的馬路顏色較深。他認為自己應該能分辨出泰勒送命的那塊小高地。

他既孤單又恐懼，心思被紊亂的影像占據：泰勒那張嚇人的臉（他幾乎像是親眼看見）毫無血色，雙眼大睜，彷彿要傳達一項重大發現。雷科勒克的聲音，滿是脆弱的樂觀。那名肥胖的警察嫉妒地看著艾佛瑞，彷彿艾佛瑞是某個他買不起的東西。他很清楚自己不是容易習慣孤寂的人。孤寂感令他傷心，多愁善感。他不知不覺想著莎拉與安東尼。這是自那天早上離開公寓後他首度思念他們。一回想起兒子，淚水便倏地湧入疲倦的眼中。他想著兒子戴的鋼框眼鏡，鏡架像迷你球桿一樣。他想聽聽兒子的聲音，想念莎拉，也想重溫家庭的熟悉感。也許他可以打電話回家，跟丈母娘講講話，問候莎拉一下。但如果她病情加重的話呢？這幾天他遭受的痛苦夠多了。他已經花太多氣力在恐懼與捏造事情上。他度過了白日的夢魘，現在實在無法打電話找她。他回到床上。

但不管他怎樣嘗試，就是無法入眠。他的眼皮既熱又重，身體極度疲勞，卻仍無法進入夢鄉。外面起了一陣風，搖得雙層窗嘎嘎響，他則感到忽冷忽熱。他一度進入半睡狀態，但睡得並不安穩，因為聽到哭聲而猛然驚醒。哭聲可能來自隔壁房間，可能是安東尼，也可能（他沒有聽清楚，但在半醒狀態知道是什麼聲音）是洋娃娃那種帶著金屬感的啜泣聲。

又有一次，在破曉之前，他聽見房門外有腳步聲，是在走廊上踏出一步的聲音。這不是他憑空想像，而是真實的聲音。他嚇到全身發冷，躺在床上，等著門把轉動或聽見皮爾森警探那堅決的敲門聲。就在他拉長耳朵傾聽之際，他發誓自己察覺到一個微乎其微的衣物沙沙聲，聽見壓抑的人類發出吸氣的聲音，像是某種極小的嘆息，然後歸於寂靜。雖然他又連續聽了好幾分鐘，卻再也聽不出其他聲音。

他開燈，走向椅子，從夾克裡找出鋼筆（原來是放在洗臉檯旁）。他從公事包取出莎拉給他的皮質旅行袋。

他坐在窗口那張顯得薄弱的桌前開始寫一封給女孩的情書，可以算是寫給凱蘿。最後，當清晨終於降臨，他將情書撕成碎片，沖下馬桶。這時他瞥見地板上有些白白的東西：是泰勒的女兒抱著洋娃娃的照片，她戴的眼鏡與安東尼同個樣式。一定是跟那些信放在一起了。他考慮要一起銷毀，卻下不了手，反而塞進了自己的口袋。

9 回家

不出艾佛瑞所料，雷科勒克親自來希斯羅機場接機。他踮起腳尖，在接機的人頭之間焦急張望。他設法擺平了海關（一定是事先找了國防部幫忙）。最後，當他看見艾佛瑞，便往前走進大廳，帶著他前進。他的手法有條不紊，像是相當習慣全然不受繁文縟節的束縛。艾佛瑞心想：我們過的就是這樣的生活啊。同樣的機場，只是名稱不同；同樣匆忙，帶些罪惡感的會面。我們居於市區牆外，是來自蘭貝斯陰暗房舍的黑修士。他累到不行，非常想見莎拉。他想對她說對不起，跟她復合，找份新工作重新來過，還想多陪安東尼玩玩。他感到羞恥不已。

「我去打個電話。出國前莎拉身體不太舒服。」

「到辦公室再打，」雷科勒克說：「好嗎？再過一個小時，我就要跟霍爾登開會。」艾佛瑞認為自己察覺到雷科勒克的語調有異，便懷疑地看著對方，對方卻將視線轉移到停在貴賓停車場的那輛黑色漢柏。雷科勒克讓司機替他開門。艾佛瑞起先搞不清楚狀況，後來才坐到上司左側，因為這是規矩。司機似乎等得有點不耐煩。他與乘客之間沒有分隔板。

「一切都不一樣囉。」艾佛瑞邊說邊指著車子。

雷科勒克用相當熟悉的態度點頭，彷彿覺得這不是什麼新鮮事。「情況如何？」他雖這麼問，但心思卻跑到了別處。

「很好。沒出什麼事吧——我是說莎拉。」

「她可能會出什麼事？」

「黑修士路嗎？」司機詢問，沒有轉頭。此人欠缺敬意。

「對，總部，麻煩你。」

「芬蘭那裡情況好亂，」艾佛瑞以蠻橫的口吻說：「我們朋友的證件……馬勒比的證件……沒有弄好。外交部取消了他的護照。」

「馬勒比？啊，對了。你是說泰勒。那件事的來龍去脈我們已經知道了。現在都沒事了。不過是嫉妒心作祟，家常便飯。老總其實心裡很不是滋味，他派了人過來道歉。現在有很多人都站在我們這邊，約翰，你有所不知。你可以發揮很大作用的，你是唯一見到檯面上一切的人。」見到什麼？艾佛瑞不禁納悶。兩人又聚在一起。同樣的熱度，同樣從肢體上展現出不安，同樣的心不在焉。雷科勒克轉過頭來時，艾佛瑞一時之間感到反胃，還以為雷科勒克打算把手放在他膝蓋上。「約翰，你累了，我看得出來。那是什麼感覺我很清楚，沒關係了，你已經回到我們身邊了。是這樣的，我有好消息要告訴你。國防部總算徹頭徹尾清醒過來，把我們看在眼裡。我們要組成一個特別行動單位，進行下一階段。」

「下一階段？」

「對。就是我跟你提過的那個人。我們不能坐視不管，我們是負責澄清的人，約翰，不只是單純的核對人而已。我已經讓特別處起死回生——你知道什麼是特別處嗎？」

「是霍爾登在大戰期間所主導的單位，專司訓練——」

雷科勒克趕緊打斷他，以免司機聽見。「訓練外地業務員。現在他又打算出馬了。我想讓你去跟他合作。你們是我手下腦袋最好的兩個人。」他斜眼看了一下。

雷科勒克變了。他的言行舉止都有著新氣象，有一種比起樂觀或滿懷希望意義更深遠的特質。艾佛瑞上次見到他時，他似乎活在逆境之中，如今則煥然一新，有了人生目標。而這種目標若非全新，就是古舊。

「霍爾登答應了嗎？」

「我告訴過你了。他現在夜以繼日地工作，你忘了嗎，老霍是專業的。他是真正的技術人員。這種任務交給老手最合適，再搭配一、兩個新手。」

艾佛瑞說：「我想跟你報告一下整個行動的過程，就是在芬蘭發生的事。但要等我打電話給老婆之後再去辦公室找你。」

「你直接過來，方便我馬上讓你進入狀況。」

「我得先打電話給莎拉。」

艾佛瑞再度有種不太合理的感覺。他認為雷科勒克似乎盡量不讓他跟莎拉接觸。

「她真的沒事吧?」

「就我所知是沒事。為什麼要問?」雷科勒克很快接話,想讓他寬心點。「約翰,回國了,你高不高興?」

「當然高興。」

他往後坐回車上的靠墊。雷科勒克發現他有些敵意,放著不管好一段時間。艾佛瑞將注意力轉向路面,看著在小雨中飄向後方的粉紅色漂亮別墅。

雷科勒克又開口,用那種主導委員會的語調說:「我希望你立刻上班。可以的話,明天就開始。我們已經準備好你的辦公室了,有很多事要辦。那個人霍爾登已經收編進來。回辦公室後應該就會有好消息。從現在起,你是老霍的人——你應該滿慶幸的吧?上頭同意發給你國防部特別通行證,跟圓場拿的通行證一模一樣。」

艾佛瑞已經習慣了雷科勒克的說話方式。有時他會影射得令人完全摸不著頭緒,像是原料供應者那樣,讓消費者自行提煉他所交出的原料。

「我想跟你談談那件任務。但等我打電話給老婆之後再說。」

「好吧,」雷科勒克的回應相當和藹可親。「那就再過來跟我聊聊那件事。可是為何不直接過來?」

他正面注視艾佛瑞。這張臉孔缺乏深度,像是以單面對人的月球。「你表現不錯,」他慷慨地說:

「希望你繼續保持下去。」車子駛入倫敦。「圓場答應會幫我們一點忙，」他接著說：「他們似乎相當樂意。他們當然不了解全局。關於這一點，部長非常堅持。」

★

車子開在蘭貝斯路上。這裡是戰神的領土。一端是帝國戰爭博物館，另一端是學校；中間有幾家醫院，也有以鐵絲網圍起來的墓園，活像網球場。這裡住的是什麼人，難以猜測。但房舍多於人口，學校超出學童需求。醫院可能人滿為患，卻拉上了窗簾；塵埃四處瀰漫，猶如戰爭引起的粉塵，飄浮在空洞的建物門面，使得墓地的青草喘不過氣，甚至趕走人類，只剩在暗處如軍魂一般遊盪之人，只剩徹夜在黃燈窗內等候的人。這條路上，打算離開的人似乎占大多數。少數重回此地的則帶來了活人世界的東西，物品依照各人行程而有所不同。有一塊原野上有著破舊的攝政時期寬陽臺，還有倉庫或廢物堆積場，或是一家名叫森林之花的酒吧。

這條路上充滿宗教機構，供奉慰心聖母，也有友好大主教。如果不是有學校、醫院、酒吧或教會，此處一定毫無人跡，外表全被塵埃蓋住。這裡有家玩具店，門上有大鎖把關。艾佛瑞每天上班途中都會向內觀望。展示架上的玩具全生鏽了，窗戶看起來也比以前更髒，下半部被孩童的手指畫出一條條痕跡。在某個地方，有人排隊等著補牙。他從車上望著他們，經過時一一數著，心想著下次見到這些人時，不曉得自己的身分是否還是軍情科的成員。有幾間倉庫大門裝了帶刺的鐵絲網，也有幾間已經停產的工廠。某間雖鈴聲大作卻沒人聽見。還有一堵破牆，上面貼了海報：在常備軍裡，你今天也是大人物。他們繞著聖喬治圓環走，最後凱旋地踏上黑修士路。

接近辦公大樓時，艾佛瑞察覺到景物有所改變。一時之間，他覺得原本雜亂的草坪在他短暫離開的期間再次復活，變得茂盛；通往前門的水泥臺階原本在盛夏時期仍潮溼泥濘，如今則乾淨誘人。不知何故，早在進入大樓之前，他就知道有一股全新氣息進駐軍情科。

這股氣息甚至直達最卑微的部屬。派恩顯然因黑頭車與暴增的忙碌人潮眼睛一亮，也表現得生氣勃勃，精神抖擻。這次他總算沒提起板球賽的比數。這裡的樓梯也塗上了亮光蠟。

他們在走廊撞見伍德夫。他步伐匆忙，拿著兩、三份檔案，封面標著紅色警語。

「哈囉，約翰，安全降落了吧？對方那邊的事辦得順利嗎？」他似乎真的很高興能見到艾佛瑞。

「辦好了，」雷科勒克趕緊接話。「他這趟很辛苦。」

「也是，泰勒真可憐。新單位要借重你的能力，夫人恐怕得放你一、兩個禮拜的假了。」

「莎拉怎麼了？」艾佛瑞問。他忽然心生恐懼，加快腳步。雷科勒克在身後喊他，他卻沒注意到。

「莎拉現在好點了吧？」

他走進自己辦公室後驟然止步。辦公桌上多了一部電話，邊牆旁擺了一張跟雷科勒克一樣的鋼床；新電話旁有塊軍隊用的黑板，上面釘了一張緊急電話號碼。夜間使用的以紅色印刷；門後掛了張雙色海報，是一顆人頭的側影，頭顱上方由左向右寫著：「留在腦中」，嘴上寫著：「勿從口出」。過了半晌他才看懂，這海報是在宣導保密的重要，並非有人惡意要開泰勒的玩笑。他拿起話筒，等待接線生。

凱蘿端著一疊等著要簽字的文件進來。

「那邊情況如何？」她問。「科長好像很高興。」她站得很靠近。

「情況如何？我沒拿到底片。遺物裡沒有底片。我打算辭職不幹了，我已經下定決心——這電話到底是怎麼搞的？」

「可能不知道你回來了吧。會計對你報的計程車資有意見。」

「計程車？」

「從你家到辦公室，就是泰勒死的那天晚上。他們說金額太高了。」

「凱蘿，去幫我叫接線生好不好？他們一定在睡大頭覺。」

電話是莎拉接的。

「噢，是你。謝天謝地。」

艾佛瑞說，是我沒錯，一個小時前回國的。「莎拉，是這樣的，我受夠了，我打算跟雷科勒克說——」但他還來不及講完，莎拉就劈哩啪啦地說了起來。「約翰，老天，你到底幹了什麼好事？警察來過家裡——是警探。他們想問你運到倫敦機場那具屍體的事；一個叫馬勒比的人。他們說是從芬蘭運來，護照還是假的。」

他閉上雙眼，想放下話筒。他把話筒從耳邊移開，但仍能聽見妻子的聲音正喊著「約翰、約翰」！「他們說是你哥哥，收件人是你啊，約翰。有家倫敦的葬儀社負責料理所有後事……約翰？約翰，你還在聽嗎？」

「妳聽好，」他說：「沒事了。接下來我會處理。」

「我把泰勒的事跟他們講了。我非說不可。」

「莎拉！」

「不然我又能怎麼辦？警察把我當犯人，不相信我講的話！他們還問我要怎麼跟你連絡，我不得不說我不知道。我連你搭什麼飛機、去哪個國家都沒概念。約翰，那時候我病了，身體很不舒服，還得了流行感冒，忘記吃藥。警察半夜過來，有兩個警察啊。約翰，他們為什麼要在晚上過來？」

「妳到底說了什麼？天啊，莎拉，妳還說了什麼？」

「別對我兇行不行？應該發脾氣的人是我，去你的！去你這沒人性的科！我說你在出祕密任務，要幫科裡出國一趟。約翰，到底什麼科？我連名稱都不知道！我只說晚上有人打電話來找，然後你就出門。我說是跟一個叫泰勒的快遞有關。」

「妳瘋了，」艾佛瑞大吼。「妳這個瘋女人！不是叫妳什麼都別講嗎？」

「約翰，但他們是警察啊！跟他們講又不會怎樣。」她哭了起來，艾佛瑞能聽出她淚水汪汪。「約翰，拜託你快回家，我好害怕。這工作你非辭不可，回去做出版嘛，你做什麼我都無所謂……」

「不行。這件事非常重要。比妳能理解的還重要。對不起，莎拉，我真的不能離開辦公室。」他以蠻橫的口吻說出一個相當有用的謊言。「這整件事可能都被妳搞砸了。」

他們沉默了很長一段時間。

「莎拉，我要去處理這件事了。待會兒再打電話給妳。」

最後，等她終於搭腔，他發現她口氣變得淡漠，有種聽天由命的感覺。那是她叫他收拾行李時的語調。「支票簿被你拿走了。我沒錢可用。」

他說他會派人送過去。「我們現在有車了，」他接著回答。「是特別為這件事增列的，還有隨車駕駛。」正要掛掉電話時，他聽見莎拉說：「不是本來就有很多車嗎？」

他跑進雷科勒克的辦公室，霍爾登站在辦公桌後面，外套被雨水打溼。兩人彎腰盯著檔案，頁面褪色且殘破。

「泰勒的遺體——」他脫口而出。「到倫敦機場了！你們把整件事搞砸了！他們跑去找莎拉！而且是在三更半夜！」

「等等！」開口的是霍爾登。「你沒資格衝進來吧，」他憤怒地高聲說：「給我等一下。」他實在不欣賞艾佛瑞。

他將視線轉回檔案，對他不理不睬。「什麼也沒有。」他低喃道。接著對雷科勒克說：「伍德夫似乎小有斬獲。非武裝搏鬥還不錯，他聽說有個無線電通訊人員，是數一數二的高手。我記得這人，他的修車店叫紅心王牌，顯然是很賺錢。我們跟銀行打聽過。他們很合作，只是不太願意把事情講仔細。他未婚。但花名在外。典型波蘭人作風，沒有政治瓜葛，沒有已知的嗜好，沒有債務，沒有怨言。像個根本不存在的人。他們說他是個不錯的工程師。至於品行呢——」他聳聳肩。「品行如何該從何判斷？」

「他們是怎麼說的呢？拜託，在一個社區待了十五年，不可能一點印象都沒留下。不是有一間雜貨店嗎——司梅穗？大戰之後他就住在那裡。」

霍爾登放任自己微微一笑。「據說他工作勤奮，待人彬彬有禮，大家都說他很有禮貌。而他們只記得一件事：他熱愛在後院打網球。」

「你有沒有去看修車行？」

「當然沒有。我沒靠近。我建議今晚過去拜訪。我倒是想不出其他方式了。再怎麼說，這人的資料卡我們已經保存了二十年。」

「沒有查出其他東西嗎？」

「其他東西必須透過圓場來查。」

「那就叫約翰·艾佛瑞來搞清楚細節。」雷科勒克似乎忘了艾佛瑞人就在辦公室裡。「至於圓場就由我親自對付。」他的注意力被牆上的地圖吸引過去。那是卡許達特的市街圖，上頭標出教堂與火車站。地圖旁掛了一張年代較久遠的東歐地圖。經過證實、現存的火箭基地在東歐地圖上被標出來，與羅斯托克以南假設的基地兩相對照。補給路線、權責歸屬以及支援軍的順序，全以大頭針間的細羊毛線來表示。其中幾條通往卡許達特。

「不錯吧？是杉弗德昨晚趕出來的，」雷科勒克說：「這種東西他很拿手。」

他辦公桌上放了一根新的白木教鞭，像是一根巨大的毛線鉤針，上面纏了一圈律師正式服裝上的那種大緞帶。他也裝了新電話，綠色的，比艾佛瑞的更時髦，上頭貼著警語：「本線路未經加密」。霍爾登與雷科勒克研究了地圖一段時間，偶爾指著電報傳來的檔案。雷科勒克用雙手捧著，像是手拿聖詩集的聖壇小助手。

最後，雷科勒克轉向艾佛瑞。「說吧，約翰。」他們在等他開口。

他感受到怒氣逐漸消散。他想留住那股怒氣，無奈它卻慢慢溜走。他想喊出一肚子的怨氣，比如：你們竟然把我老婆拖下水？他希望自己情緒失控，卻做不到，只是用雙眼盯著地圖。

「怎麼回事？」

「警察去找過莎拉了，在半夜吵醒她。有兩個人。我丈母娘也在。他們問運到機場遺體的事，泰勒的遺體。他們知道護照是假的，認為她涉案。他們吵醒她。」他拙劣地說。

「我們全都知道。事情已經解決了。我本來想告訴你，你卻不給我機會。遺體已經通關了。」

「不該把莎拉拖下水的。」

霍爾登迅速抬頭。「你這話什麼意思？」

「我們沒有能力處理這種任務。」這話聽來相當傲慢自大。「我們不該扛下來，應該讓圓場的人處理。找史邁利或是別人，要找就找他們，不是找自己人。」他努力地要說下去。「我才不信那份報告！我才不相信是真的！如果那個難民根本不存在、如果哥頓造假，我也不會感到驚訝！我才不相信泰勒是被人謀殺。」

「就這樣？」霍爾登質問。他非常生氣。

「這種事我做不下去──我是說這次任務。感覺很不對勁。」

他看著地圖，又看著霍爾登，然後笑了出來，笑容有點傻氣。「我負責追的是死人，而你們卻在追活人！在這裡講得那麼輕鬆──在這個生產美夢的工廠裡。可是，在外面打拼的是真實的人，是血肉之軀啊！」

雷科勒克輕碰霍爾登的手臂，彷彿表示讓他來應付。他無動於衷，簡直像名醫生，因為發現了先前診斷出的病徵而顯得滿意。「約翰，回你的辦公室去。你壓力太大了。」

「可是我該怎麼跟莎拉交代？」他絕望地說。

「就告訴她不會再有人上門找麻煩了。告訴她，是作業疏失──隨你怎麼講。去吃點熱的，一個鐘頭後再回來──航空公司的餐點一點營養也沒有──然後再來跟我們報告其他消息。」雷科勒克微笑──是一個跟那些陣亡飛行員合照時一樣的平淡微笑。艾佛瑞走到門口，聽見有人輕喚他的名字，語氣中有著溫度。他停下腳步往後看。

雷科勒克抬起辦公桌上的手，畫了一個半圓，指著這間辦公室。

「約翰，我來解釋好了。大戰期間，我們在貝克街辦公，那裡有間地下室，國防部整修過，用來當成緊急行動室。老霍和我在裡面待了很久，很長一段時間。」他瞥了霍爾登一眼。「記得當時若有炸彈落下，油燈就會被炸得搖晃起來，那時的狀況是，只要聽到一個謠言——只要一個！就要採取行動。只要出現一個跡象，我們就得冒險。派一個人進去，有必要的話就派兩個，而且也許進去就出不來，也許進去後撲了個空。有謠言、有猜測，也有直覺，總之得追下去。這麼一來，很容易會忘記情報的組合成分：運氣，加上臆測。偶爾會有些僥倖，偶爾會有獨家消息。有時會誤打誤撞，碰上一些可能非常重大的事，但也可能只是捕風捉影。情報可能來自弗倫斯堡的農人，也有可能來自國王學院的院長。不過，只要有一絲可能性，就不敢放過。然後，你會得到上級指示，找一個人，派他進去。你要照辦。很多人一去不回，他們都是被派去釐清疑慮的，懂嗎？我們派他們進去，是因為我們不清楚狀況。所有人都難免碰上這樣的時刻，約翰，別以為所有事情都能那麼輕而易舉。」他有感而發地微笑。「當時，我們也跟你一樣有所顧忌，必須克服。以前我們習慣將之稱為第二誓言。」他靠在辦公桌邊，以較輕鬆的語調重複說：「第二誓言。」

「好了，約翰，如果你想等到炸彈落下、街上死人……」他忽然認真起來，彷彿已經闡明了內心的信念。「我知道，在承平時代這種說法很難讓人接受，要靠勇氣來支撐——不一樣的勇氣。」

艾佛瑞點頭。「對不起。」他說。

霍爾登不高興地看著他。

「科長的意思是，」他用刻薄的語氣說：「如果你想留在軍情科做事，就好好幹；如果你想修身養性，就到別的地方，平心靜氣地去做。我們這裡都是些老頭，不適合你們這種人。」

艾佛瑞仍能聽見莎拉的聲音，看見飄浮在雨中的一排排小小房屋。他盡可能去想像沒有軍情科的人生。但他知道一切都已經太遲。從一開始就是如此。他們所能提供的東西少之又少，他已經要過了；而他所擁有的東西也少之又少，他們也已經拿走了。他像一名心存疑慮的神職人員，他覺得自己小小的心臟所能包含的一切，原本已安然鎖進退隱之處，如今卻不翼而飛。他看著雷科勒克，再看著霍爾登。他們是他的同事。此三人被一片沉默囚禁。但三人將並肩努力，一年四季不間斷地墾植這塊不毛之地，雖對彼此陌生，卻也需要對方，共同置身一處廢棄信念形成的荒原中。

「我說的話都聽進去了嗎？」霍爾登質問。

艾佛瑞低聲說：「抱歉。」

「約翰，大戰你沒打過，」雷科勒克親切地說：「不了解人是怎麼犧牲，也不了解真正的職責是什麼。」

「當然。」

「我知道，」艾佛瑞說：「抱歉。如果可以的話，我想借一小時的車……送個東西回去給太太。」

他這才想到忘了買禮物送安東尼。「抱歉。」他又說。

「對了——」雷科勒克打開辦公桌抽屜，取出信封，溺愛般的交給艾佛瑞。「你的通行證，國防部特別發下來的，當作識別證。用的是你的姓名。接下來幾個禮拜可能用得上。」

「謝謝。」

「打開看看。」

裡面是一片厚厚的硬紙板，以膠膜包裹，綠色的，顏色往下逐漸加深；他的姓名以電動打字機印在上頭，首字母大寫：約翰．艾佛瑞先生。後頭說明持有者有權代表國防部進行查詢。還有個紅筆簽名。

「謝謝。」

「這是你的護身符，」雷科勒克說：「部長有簽名，他習慣用紅筆。這是傳統。」

他回到自己的辦公室。有時，他會以面對空谷的態度正視自己，而眼前景象驅使著他再度前進，吸收經驗，一如絕望迫使人類走上絕路。有時，他宛如飛了起來，但卻是朝敵人的方向直飛，肉身逐漸消散。他迫切希望藉敵人的打擊證明自己的存在，迫切地在可悲的順從態度上烙印出真實目標的印記；或許，就如同雷科勒克所暗示，他迫切希望能放棄良知，只為找到上帝。

三 萊澤爾出差記

「如泳者滌淨全身，欣然縱躍，遠離蒼老悲涼之人世。」——布魯克，一九一四

10 序幕

漢柏車停在修車行前，讓霍爾登下車。

「不用等我，你還得載雷科勒克先生去國防部。」

他不情願地在柏油路上謹慎前進，經過黃色的加油幫浦，廣告招牌在風中振動，發出嘎嘎聲。現在是晚上，到處下雨。修車行雖小，卻布置得井然有序；一端是展示區，另一端是修車區，中間有座塔，裡面住人。瑞典材質，內部配置開闊，塔上的燈光呈心形，不斷變幻顏色。不知何處傳來了車床的嗚咽聲。霍爾登走進辦公室，裡面沒人，但有橡膠的氣味。他按下電鈴，開始猛咳。有時他咳嗽會抱著胸，臉部露出很習慣痛苦的人會有的那種屈從神態。牆上掛著美女月曆，旁邊貼了一小張紙，像是不夠專業的廣告，寫著「聖克里斯多福與眾天使，請保祐吾人免遭車禍。F．L．」窗口掛著鳥籠，裡面的鸚哥緊張地揮動翅膀。第一批雨懶洋洋地落在窗框上。有個男孩進了辦公室，約莫十八歲，手指沾上黑黑的機油。他身穿連身衣，胸前口袋縫著紅心，上頭加了皇冠。

「您好，」霍爾登說：「不好意思，我是來找一個老朋友的，很久以前認識，叫萊澤爾。孚烈德．萊澤爾。我想請教你——」

「我去叫他。」男孩說完便不見人影。

霍爾登耐心等候，看著月曆，心想不知把它掛在牆上的人是那男孩還是萊澤爾。門再度打開，這次來人是萊澤爾。霍爾登單憑相片的印象就認出他。他其實沒有多大改變。二十年的歲月並未在他臉上劃出線條，只在兩眼旁留下細細的蜘蛛網，嘴角則有嚴肅的氛圍。他頭上的燈光漫射，無法照出陰影。光是這樣一眼，這張臉只留下一種寂寞的印象。他膚色十分蒼白。

「有何貴幹？」萊澤爾問。他幾乎是以立正姿勢站著。

「不知道你還記不記得我？」

萊澤爾看著他，彷彿覺得對方要他開價。他面無表情但有所警覺。

「確定是找我嗎？」

「確定。」

「那一定是好久以前的事了，」他最後說：「我通常不會忘記人的長相。」

「二十年了。」霍爾登略帶歉意地咳著。

「這麼說來，是大戰期間囉？」

萊澤爾身材矮小，腰桿卻很直，體型與雷科勒克沒有太大差異，可能會讓人誤認為餐廳服務生。他袖口稍微捲起，手臂上有很多毛；他的襯衫雪白，看來昂貴，口袋繡了姓名縮寫。似乎很願意花置裝費。他戴了金戒指，錶帶也是金色。此人很注重外表，霍爾登嗅得到他皮膚上擦了乳液，長長的棕髮飽滿，額頭的髮線平整，兩旁稍微鼓起，頭髮向後梳，沒有分邊，讓人一眼望見就知道是斯拉夫人。儘管腰桿打得很直，走起路來有點大搖大擺，臀部、腿與肩膀輕鬆地擺動，隱隱暗示著他熟悉海上生活──與雷科勒克的比較就到此為止。儘管他這身打扮，但一看就知道他是個喜歡動手的人，懂得怎麼修理家中的水電，天氣太冷也知道該怎麼發動車子。他看起來單純，卻曾雲遊四海。他繫了花格領帶。

「你該不會不記得我了吧？」霍爾登語帶懇求。

萊澤爾盯著他瘦削的臉頰（他臉上有顏色較深的斑點），也望著他總是靜不下來的身體及輕輕抖動的手，臉上閃過吃力的模樣，勉強回想著，像是正在指認友人的遺體。

「不會是霍肯斯上尉吧？」

「正是。」

「我的上帝啊，」萊澤爾一動也不動地說：「到處打聽我的就是你那票人。」

「我們想找有你這身歷練的人；就像你。」

「想找這樣的人做什麼呢，長官？」

他仍沒有動作，因此很難判斷他在想什麼。他的雙眼直盯霍爾登。

「找人進行任務。某件任務。」

萊澤爾微笑，彷彿回到往昔。他朝窗戶點點頭。「去那裡？」他指的是比外頭那陣雨更遠的地方。

「是。」

「怎麼回來？」

「規則跟以往一樣。隨外勤人員決定——依照戰時規矩。」

他兩手插進口袋，找到香菸與打火機。鸚哥唱著歌。

「戰時規矩啊。抽不抽菸？」他替自己點菸，雙手圍著小火焰，像是覺得風大。他把火柴丟到地上讓別人去撿。

「我的上帝啊，」他又開口。「都二十年了。想當年我只是個小毛頭，小毛頭一個。」

霍爾登說：「你應該沒有後悔吧？要不要去喝一杯？」他遞給萊澤爾一張名片。是剛印刷出爐的：**A·霍肯斯上尉**。下方印了電話號碼。

萊澤爾看過之後聳聳肩。「可以。」他說完便去拿外套，然後又露出笑容，這次則笑得有所保留。「不過啊，上尉，你這是在浪費時間。」

「也許你有認識什麼人，大戰期間認識的，不妨介紹給我們。」

「我認識的人不多。」萊澤爾回應。他從掛鉤取來夾克與深藍色尼龍雨衣，往門口走去。他走在霍爾登前方，慎重其事打開門，一副很重視禮儀的模樣。他的頭髮服服貼貼，像是鳥類翅膀。

馬路對面有家酒吧，兩人走過天橋就到。尖峰時刻的車流在底下隆隆通過，粗大冰冷的雨珠似乎混入了車流；天橋隨著轟隆的車聲顫抖。這間酒吧有都鐸風格，以黃銅馬飾裝潢，也有個船鐘，擦得晶亮無比。萊澤爾點了雪白淑女，他說他只喝這種調酒。「建議你堅持只喝一種，上尉，這樣比較不會出事。乾杯。」

「我要找的人一定要真的懂這些技巧不可。」霍爾登說。兩人坐在角落靠近壁爐的地方，交談的口氣宛若在談生意。「這工作非常重要，他們付的錢遠比大戰期間還多。」他嚴肅一笑。「近年他們付錢很慷慨。」

「話說回來，金錢也不代表一切，對吧？」他套用了一句成語。

「他們還記得你。這些人就算你曾認識，姓名也已經忘了。」他的薄唇閃現一抹回憶的微笑，但頗缺乏信服力。可能有好幾年沒說過謊了。「孚烈德，你給他們留下相當深刻的印象；當年像你這麼厲害的人不多見，即使過了二十年也一樣。」

「這麼說來，以前的老弟兄還記得我囉？」他似乎顯得心懷感激，卻又有些害羞，好像覺得自己不夠格成為他人的回憶。「我那時只是個小毛頭，」他又說：「那裡還有誰？還剩下什麼人？」

霍爾登邊看著他邊說：「我警告過你了，孚烈德，我們還是照以前的老規矩，有必要才說　。」這話相當嚴峻。

「上帝啊，」萊澤爾高聲說：「老規矩。那單位還跟以前一樣大嗎？」

「更大了。」霍爾登又點了一杯雪白淑女。「還對政治感興趣嗎？」

萊澤爾舉起一隻乾乾淨淨的手，然後任其落下。

「你很清楚我們的地盤在哪兒，」他說：「在英國，你知道的。」他的聲音有些微傲慢的預設立場，似乎認為自己跟霍爾登一樣厲害。

「我的意思是，」霍爾登提醒道：「廣義而言。」他咳了一咳，直揚起灰塵。「再怎麼說，他們都占據了你的祖國，不是嗎？」萊澤爾不發一語。「打個比方，當年你對古巴有何看法？」

霍爾登不抽菸，但他事先在吧檯買了香菸，那是萊澤爾抽慣的品牌。他以纖瘦又年邁的手指剝去玻璃紙，遞到桌子對面。他不等對方回答就繼續說：「重點在於，古巴事件美國其實知情，只是情報的問題，之後他們才能行動。他們當然有派飛機去拍照，但並不是每次都能這麼做。」他又稍微笑了一陣。「沒有鳥瞰圖美國人大概也沒輒。」

「是，有道理。」他像布偶一般點了點頭。霍爾登刻意不去注意。

「當年他們有可能是進退兩難。」霍爾登說完後便啜飲著威士忌。「對了，你結婚了嗎？」

萊澤爾咧著嘴笑，平伸出一手快速地左右搖擺，像是在談論飛機。「大概吧。」他的花格領帶以沉重的金領夾固定在襯衫上，馬頭形的領夾上有條短馬鞭。模樣非常不協調。

「你呢，上尉？」

霍爾登搖搖頭。

「不會吧，」萊澤爾若有所思。「不會吧。」

「另外，還有其他場合，」霍爾登繼續說：「那時犯下的錯誤非常嚴重。就因為他們沒有拿到正確的資訊，或資訊不充分。我是說，就連我們也沒辦法任意安排情報員常駐外地。」

「是，那是當然。」萊澤爾的口氣很禮貌。

酒吧的人愈來愈多。

「要不要換個地方比較方便講話？有好地方嗎？」霍爾登詢問。「可以吃吃飯、聊聊以前的弟兄——還是你另外有事？」下層階級一項習慣提早用餐。

萊澤爾瞄了一下手錶。「八點以前都行，」他說：「長官，你咳成那樣，得去看看醫生；咳得太嚴重可能很危險。」錶是金錶，錶面是黑色，有指針顯示出月亮的圓缺。

★

副部長同樣相當注意時間，被迫留到這麼晚，他覺得很無聊。

「我好像跟你提過了，」雷科勒克說著：「外交部對提供任務用護照的事很囉唆，每次都要去請教圓場。我們沒有地位，你也了解。這些事情每次都讓我變得很惹人討厭，我非常不喜歡，畢竟他們對我們做事的方法只有最模糊的概念。我在想，每次我的科想辦護照，最好的做法應該不是經由你的祕書室來辦。跳過這關，就能省下每次請教圓場的手續。」

「很囉唆是什麼意思？」

「你記得我們派泰勒出差時用的是假名吧？他離開倫敦前幾個小時，外交部就吊銷了他的任務用護照。恐怕圓場是犯下了行政疏失：跟著遺體回英國的護照被刁難，給我們帶來莫大困擾，我不得不派最厲害的一名手下去解決，」他說謊。「我很確定，如果部長堅持，老總會欣然接受新的安排。」

副部長拿著鉛筆朝自己的祕書室指了一下。「去跟裡面的人講，去跟他們討論。這聽起來太蠢了。外交部負責跟你接洽的人是誰？」

「狄賴歐，」雷科勒克語氣相當滿意，「是綜合科的人，他是一名助理。還有圓場的史邁利。」

副部長記了下來。「我去外交部從來不知道該找誰商量。他們的組織架構頭重腳輕。」

「這樣的話，如果需要技術方面的資源，我可能得找圓場幫忙了——就是無線電之類的東西。我建議想個藉口來掩飾，就推說是某個大略的訓練計畫，這樣說最合適。」

「藉口？啊，對，就是謊言嘛。你已經提過了。」

「只是預防措施，沒有別的意思。」

「採取合宜的措施準沒錯。」

「我想你應該不希望圓場知道，對吧？你自己說過，禁止壟斷。我已經依照這個預設立場去進行了。」

副部長再度朝門上方的時鐘瞥了一眼。「他最近心情不太好，被葉門的事搞得很陰鬱。我認為部分原因是木橋區的補選結果，兩黨總席次差距很小，他很不安。對了，這件事進行得怎樣了？你也知道，他一直很擔心。我是說——他究竟該相信哪邊？」他停頓一下。「這些德國人啊，實在讓我膽顫心驚……你說你找到合適的人選了。」兩人踏進走廊。

「我們找上他，去跟他談了，結果如何今晚便可分曉。」

副部長皺皺鼻頭，動作極其微細。他一手放在部長辦公室門上。他有上教堂的習慣，不喜歡脫離常軌的事物。

「怎麼會有人想接這種任務——我指的是那個人，不是你。」

雷科勒克靜靜搖頭，彷彿兩人惺惺相惜。「只有天知道。這事連我們自己也無法理解。」

「他是個什麼樣的人？什麼階層？如果可以，概略地講就好。」

「頭腦好，無師自通。波蘭裔。」

「噢，原來如此。」他似乎鬆了一口氣。「我們語氣放輕點好嗎？別講得太誇張。他討厭誇張的說法。再傻的人都看得出箇中危險。」

兩人走進辦公室。

★

霍爾登與萊澤爾在角落桌前坐下，猶如一對戀人走進咖啡店。這種餐廳仰賴義大利紅葡萄酒的空瓶來增添氣氛，很少用其他方式來取悅顧客，因此，就算它明天或後天倒閉，也幾乎不會有人注意到。然而，只要開張一天，就算有些新意，亦充滿希望，因此整體不算太差。萊澤爾點的是牛排。這似乎是他的習慣。在享用時，他坐姿端正，手肘緊貼身體兩側。

霍爾登起初假裝忘了此行的目的，淨講些大戰與軍情科的壞話，提起那些幾乎要遺忘的行動任務。若非這天下午他讀過了檔案，重溫過去，不然早就對這些行動記憶模糊。他提到的主要是活下來的人，無疑是要讓對方聽來比較順耳。

他提及萊澤爾曾上過的訓練課程。對無線電的興趣有留下來嗎？這個嘛，其實沒有。非武裝搏鬥呢？說真的，想打也沒機會。

「我記得你在大戰期間有一、兩次粗暴的場面，」霍爾登試探道。「你不是在荷蘭遇過麻煩嗎？」他將話題在虛榮與往昔間來回轉換。

萊澤爾的頭點得不太自然。「是碰過點小麻煩，」他承認。「我那時年紀還輕。」

「到底發生了什麼事？」

萊澤爾看著霍爾登，眨動眼皮，像是被對方喚醒，接著才開始敘述。他說的這些戰時經歷，是大戰開打後屢次修改過的故事，與這間小巧的餐廳距離遙遠，像餐廳、飢荒或貧窮一樣，遙不可及，若是敘述流暢，反而令聽者起疑。他敘述的方式像二手故事，就宛若從無線電聽來的激烈打鬥事件。他被逮到，然後逃脫，斷糧好幾天；殺了幾個人，也受人接納，避避風頭，最後偷渡回英國。他敘述得算不錯，也許大戰目前對他的意義正是如此，又也許他所言不假，然而，說得像是南美籍的寡婦道盡丈夫死去的經過，所有熱情全自心中流洩而出，匯流到敘述口吻之中。他的說法似乎經人指示，表面的情感與雷科勒克不同。與其說是用來感動對方，不如說是用來保護自己。他似乎是個極為封閉的人，用字遣詞具有試探意味，似乎是長期獨處的人，與社會格格不入。他態度雖然剛毅，心境卻躍躍欲試。他的口音好聽，但絕對是外國人的腔調，沒有在地英國人的含糊，也不省略音節。但這道地的口音，即使天賦異秉想模仿英國腔的人也學不來。

霍爾登客客氣氣地聽著。在他敘述完畢時，他問：「他們是怎麼追查到你的？這你知道嗎？」兩人之間的距離頗遠。

「他們從來沒告訴過我。」他淡淡地說，似乎覺得這樣問很不禮貌。

「你當然是我們需要的人。你有德國背景，你懂嗎？你很了解德國人對吧？你有跟德國人交手的經驗。」

「只有在大戰期間。」萊澤爾說。

兩人聊到訓練學校。「那個胖子最近怎樣？那個叫喬治的，臉色難看的矮子。」

「他啊……他還好，謝了。」

「他娶了個漂亮的小妞。」他笑得淫穢，舉起右手臂做出阿拉伯人用來比喻性能力的動作。「上帝啊，」他邊說邊笑了起來。「像我們這種無名小卒，什麼女人都無所謂。」對話停頓了好長一段時間，似乎是霍爾登預期會出現的情況。

他看了萊澤爾很久，沉默的氣氛變得突兀。他刻意站起來，好像突然發起脾氣，生氣的原因是萊澤爾的傻笑，他那低級的笑話，反覆、無意義的褻瀆語句，以及對高尚之人百般挖苦的態度。

「別講那種話好嗎？喬治．史邁利可是我的好朋友啊。」

他招來服務生，付了帳，不吭一聲快速離開餐廳，留下萊澤爾一人，一頭霧水，雪白淑女好好地握在手裡，棕色眼珠焦慮地轉向霍爾登倏然消失的門口。

最後，他也離開了，回頭走上天橋，慢慢穿越雨夜，向下看著兩行街燈以及在其中暢行的車輛。馬路對面就是他的修車行，有一列亮著燈的加油幫浦，高塔打著六十瓦的心形霓虹燈，紅綠交替閃爍。他走進亮晃晃的辦公室，向男孩吩咐了一點事，慢慢走上樓，步入響亮的音樂聲中。

霍爾登一直等到他從視線範圍消失，才趕緊走回餐廳叫計程車。

★

她打開留聲機欣賞舞曲，坐在他的椅子上喝著酒。

「老天，你遲到了，」她說：「我好餓。」

他吻她一下。

「你吃過飯了，」她說：「我聞得出來。」

「小貝，只是點心，應酬應酬嘛。有人來找我，我們去喝了一、兩杯。」

「騙人。」

他微笑著。「別鬧了，貝蒂。我們約好一起吃晚餐的，記得吧？」

「是誰？」

這間公寓非常乾淨。窗簾、地毯上都有花的圖案，磨光的表面用蕾絲保護著。所有東西都被保護著：花瓶、檯燈、菸灰缸。全都受到細心呵護，萊澤爾似乎認為除了天降橫禍外其餘情況都不會發生。他偏好用一些古董來裝飾。這種品味也反映在家具的捲花木工上，以及壁燈架的鑄鐵。他有面金框鏡子，也有一幅以回教花紋與石膏製成的圖畫，還有一個新時鐘，以玻璃包住，幾個鐘擺正繞圈轉動。打開酒櫃時，酒櫃裡的音樂盒會演奏一小段音樂。

他替自己調了一杯雪白淑女，動作小心翼翼，像在調製藥品。貝蒂看著他，背對唱片，握著酒杯的手伸向一旁，伸得很遠，像是裝作男友的手——而這名男友並不是萊澤爾。

「誰？」她又問。

他站在窗口，腰桿直得像一名軍人。屋頂紅心閃爍，照在房舍上，也打在天橋的欄杆，在潮溼的路面顫動。離房舍更遠的地方是一座教堂，模樣一如多了尖塔的戲院，鐘聲從刻有溝槽的通風磚傳來。教堂的更遠處是夜空。有時候，他認為普天之下僅剩這座教堂，而照亮倫敦天空的火光則來自城市裡的大火。

「妳今晚還真開心。」

教堂的鐘聲是錄音的，音量加大，為了蓋過車流噪音。他在星期天賣出不少汽油。雨滴打在路面上，力道似乎更為強勁。他能看出雨滴劃過車燈光柱時所產生的陰影，在柏油上舞出綠與紅的色彩。

「來嘛，孚烈德，跳個舞。」

「等一下，小貝。」

「噢，搞什麼，你到底是怎麼了？再喝一杯，別再想了。」

他能聽見她的雙腳隨音樂在地毯上拖曳，也聽見當作護身符的手環無止境地叮叮響。

「跳個舞嘛。」

她講話時有點口齒不清，總喜歡將句子最後一個音節拖得很長，聽起來很不自然；這種腔調就像是她在付出自己時用盡心機，但卻魅力盡失，露出悲苦神態，彷彿她付出的是錢財，彷彿所有樂趣皆歸男人，所有痛苦皆歸女人。

她關掉留聲機，用粗魯的動作拉開唱針，喇叭傳出唱片的刮聲。

「喂，到底是怎麼一回事？」

「就說沒事，只是今天很衰而已。有個人來找我。是以前認識的人。」

「我一直問你這人是誰，是女的對不對？小賤貨一個。」

「不對，貝蒂，是男的。」

她來到窗口，漫不經心地用手肘磨蹭他。「這個景觀有什麼好看的嘛？不過就是一堆又爛又小的房子。你老說你很討厭看到——到底怎樣？究竟是誰？」

「是大公司派來的。」

「想僱用你嗎？」

「對……想跟我商量待遇。」

「天啊，誰會想找波蘭人去上班？」

他幾乎沒動。「他們。」

「有人去銀行查過你的資料，你知不知道？那些人全坐在經理辦公室。你闖了禍對不對？」

他幫貝蒂拿外套，為她穿上，她手肘張得很開，舉止非常得體。

她說：「拜託，別去那間有服務生的新餐廳。」

「那裡氣氛不錯啊，我以為妳會想去，而且也可以跳舞。妳不是喜歡跳舞？不然妳想去哪裡？」

「跟你去？拜託！什麼地方都行，只要有點活力的地方就好。」

他盯著貝蒂，維持著開門的姿勢，忽然笑開。

「好吧，小貝，今晚就依妳。先下去發動車子，我去訂位。」他遞過鑰匙。「我帶妳去一個地方，那裡真的很不錯。」

「你又中了什麼邪？」

「妳來開車，我們去夜遊。」他走向電話。

霍爾登回到軍情科時將近十一點。雷科勒克與艾佛瑞正在等他，凱蘿在祕書室打字。

「我以為你會早點來。」雷科勒克說。

「大事不妙，他說他不想加入。下一個人選我想還是由你來試。說服人這種事我已經做不來了。」

他似乎無動於衷。他坐下後，兩人都不敢置信地看著他。

「有沒有提到錢的事？」雷科勒克最後問：「上面批下來五千英鎊。」

「我當然有提到。我說過了，他沒興趣就是沒興趣。這人很難相處。」

「我覺得很抱歉。」但他並未說明抱歉的原因。

三人聽得見凱蘿打字的聲響。雷科勒克說：「接下來怎麼辦？」

「沒概念。」他靜不下來，速速瞄了一眼手錶。

「一定有其他人選。一定有。」

「我們的資料卡上找不到。像這樣資歷的人找不到。合格的人是有，有比利時人，瑞典人，法國人，可是萊澤爾是唯一有無線電技術背景又通德文的人。就書面上而言，他是唯一人選。」

「而且年紀還不算太老——你是不是這個意思？」

「大概吧。但非找老手不行，我們既沒時間也沒設施訓練新手，最好去問問圓場，他們一定有合適的人選。」

「我們不能這麼做。」艾佛瑞說。

「你對他的印象怎樣？」雷科勒克追問，不願放棄希望。

「普通。就是斯拉夫人的模樣。矮個子，愛裝出軍官的派頭。品味很俗氣。」他在口袋裡找著收據。「打扮像個賭馬的組頭，不過我猜他那一圈流行那種行頭——這收據是給你還是會計處？」

「保險嗎？」

「看不出有什麼不保險的。」

「你有沒有提過此事相當急迫？或是提到新的效忠對象之類的？」

「他覺得舊的效忠對象比較對他胃口。」他把收據放在桌上。

「有提到政治嗎？像這種流亡人士，有些很——」

「我們有聊到政治。但他不是那種流亡人士。他認為自己已經融入社會，歸化為英國人——不然你以為他是怎樣？誓言效忠波蘭皇室嗎？」他再度看錶。

「從一開始你就沒收編他的意思！」雷科勒克大喊，被霍爾登的冷淡激怒。「老霍，你很高興，我從你臉上看得出來！老天啊，你有沒有提到軍情科？難道軍情科對他一點意義也沒有？你已經失去了信心，你根本不在意！居然還對我冷笑！」

「信心？還有誰有信心？」霍爾登以輕蔑的語氣問。「你自己說過，我們是公事公辦。」

「我有信心。」艾佛瑞高聲說。

霍爾登正要開口，綠色電話響起。

「是國防部打來的，」雷科勒克說：「我該怎麼報告？」霍爾登看著他。

他拿起話筒貼在耳邊，然後遞向桌子對面。「是接線生。怎麼會轉到綠色電話來——有人要找霍肯斯上尉。是你對吧？」

霍爾登接聽，瘦瘦的臉上沒有表情。最後他說：「應該是吧。我們會找別人，應該不會有困難。明天十一點，務必準時。」他掛掉電話。雷科勒克辦公室的燈光像潮水一般，似乎朝著薄窗簾的窗口湧來。外頭的雨下個不停。

「萊澤爾打來的。他決定接了。他想知道能不能找人幫他看店。」

雷科勒克訝異地看著他，臉上漾起興奮之情，極其滑稽。「你早料到了！」他大喊著，伸出小小的手。「抱歉，老霍，我錯估你了。我誠心恭喜你。」

「他為什麼答應？」艾佛瑞很興奮地問。「為什麼改變主意？」

「情報員答應出任務又有何道理可循？我們做事，又有何道理可循？」霍爾登坐下，露出了老態，卻又一副神聖不可侵犯的模樣，像是老友已死。「為什麼答應？為什麼拒絕？為什麼說謊？又為什麼講實話？為什麼？」他又開始咳嗽。「也許他生意清淡，也許他痛恨德國人——這是他自己說的。我倒不認為是真話。然後，他說他不想讓我們失望。我猜他是不想讓自己失望。」

接著，他對雷科勒克說：「按照大戰期間的規矩，沒錯吧？」

雷科勒克正在撥電話到國防部。

艾佛瑞走進祕書室。凱蘿直挺挺站著。

「怎麼啦？」她急忙說：「什麼事這麼高興？」

「是萊澤爾。」艾佛瑞走進去後關上門。「他答應了。」他伸出雙手擁抱她。這不是第一次了。

「為什麼？」

「他恨德國人，他說的。我猜是看在錢的分上。」

「這樣是好是壞？」

艾佛瑞以一種了然於心的神態露出笑容。「只要我們的價碼比那邊高就好。」

「你不回家看看老婆嗎？」她突然說：「我不認為你有睡在這裡的必要。」

「是行動考量。」艾佛瑞進了辦公室。她沒道晚安。

★

萊澤爾放下話筒。四周忽然變得非常安靜。屋頂燈光熄滅，房間陷入一片漆黑。他快步下樓，皺著眉頭，彷彿全副心思都專注在吃第二頓晚餐上。

11

一如大戰期間，他們選擇牛津。牛津人士的國籍與職業多元，客座來來去去，能製造出隱姓埋名的效果，地方也靠近開闊的鄉間，在在吻合他們的需求。此外，牛津是他們熟悉的地方。萊澤爾打電話過來後的隔天上午，艾佛瑞便前去牛津找房子。隔天他致電霍爾登，報告他在市區北邊找到一間維多利亞式大宅邸，四房一庭園，承租一個月，租金高昂。在軍情科，這棟房子的綽號是蜉蝣之家，登錄在「生活康樂設施」之下。

向霍爾登報告後，他立刻通知萊澤爾。萊澤爾提議先放出到英格蘭中部進修的風聲，雙方也同意這個說法。

「細節一個字都別提，」霍爾登說：「郵件全轉到科芬特里市待領，我們會去那裡拿。」萊澤爾聽到地點是牛津，似乎很高興。

雷科勒克與伍德夫拚命奔走，想找人替萊澤爾看店；他們忽然想到麥庫洛克。萊澤爾賦予他法律代理權，用一整個上午忙著教他注意事項。「我們會給你某種證明文件當補償。」霍爾登說。

「用不著，」萊澤爾回應，然後以相當嚴肅的口吻解釋。「我合作的對象是英國紳士。」

星期五晚上，萊澤爾才致電同意。到了週三，一切準備就緒，雷科勒克得以召開特別處會議，擬定計畫大綱。依照計畫，艾佛瑞與霍爾登將前往牛津，隔天晚上出發，到時霍爾登要提出課程表。萊澤爾於一、兩天後抵達牛津，私事辦完立刻趕到。霍爾登負責督導萊澤爾的訓練，艾佛瑞充當霍爾登的助理，伍德夫則待在倫敦。他負責的任務包括請教國防部（以及研究處的杉弗德），蒐集短、中程火箭外部規格的資料，然後再親自帶至牛津。

雷科勒克一直馬不停蹄地工作，一下子到國防部報告進度，一下子到總務處為泰勒的遺孀爭取撫恤金，一下子又在伍德夫的協助下，連絡戰時負責無線電傳輸、攝影和非武裝搏鬥的教官。

僅剩的時間，雷科勒克全奉獻給蜉蝣零時。所謂蜉蝣零時，是指萊澤爾滲透進入東德的時間點。起先，他對這趟任務該如何執行並無具體概念。他含糊地提到可從丹麥渡海，以小漁船和橡皮艇躲避雷達偵測。他也與杉弗德討論到違法越界，發電報給哥頓，請他報告呂北克附近的國界狀況。他甚至也以模糊的說詞請教過圓場，老總的配合度令人眼睛一亮。

整個軍情科神采奕奕，樂觀積極，艾佛瑞回來後也觀察到了這種氣氛。即使是那些理論上被蒙在鼓裡的人也受到危機的氣氛感染。每日聚集在嘉甸納餐廳角落桌的一小群午餐客人，個個興致高昂地談論謠言與臆測。舉例來說，據說有個姓強森的，大戰期間全名是傑克．強森，一名無線電教官，已接受軍情科收編。會計處也支付給他津貼。而最耐人尋味的是，會計處接獲命令，必須草擬一份三個月的合約交總務處審核。午餐客人問，有誰聽過三個月的合約？大戰期間，強森跟法國傘兵有關係，有個資深的小姐記得這號人物——密碼職員貝利也曾問過伍德夫先生，強森究竟想搞什麼（問這種調皮問題的傢伙總是貝利），伍德夫先生咧嘴笑著，叫他少管閒事，只透露是一項行動，非常機密，地點是歐洲——其實是歐洲北部。而讓貝利聽了精神一振的是，可憐的泰勒並未平白犧牲。

這時，前門的車道淨是川流不息的車輛與國防部的快遞，派恩要求增派人手，於是從另一個政府單位調來一名資淺人員，被他以前所未見的殘酷態度對待。透過間接的方式，他得知目標是德國，因此變得更加勤奮。

本地業界甚至謠傳國防部會所求售，也指名了幾個民間買主，極度希望他們前來惠顧。二十四小時都有人送來餐點，燈光日夜不熄，前門在過往基於保密考量，從不開啟，現在則打開來，而頭戴圓頂高帽、手提公事包的雷科勒克踏上那輛黑色漢柏車，則成了黑修士路上的熟悉街景。

至於艾佛瑞，他有如不願注視自身傷口的傷患，睡在小辦公室裡，那四堵牆成為他生活的界限。他曾請凱蘿幫他買禮物送安東尼，而她買回來載鮮奶的玩具卡車，上面載著塑膠瓶，打開瓶蓋還可以裝水。他們找了一天晚上試玩，然後請漢柏車送到巴特西區。

★

一切準備就緒後，霍爾登與艾佛瑞手持國防部許可，搭上頭等火車前往牛津。晚餐時，他們有專屬的餐桌。霍爾登點了半瓶葡萄酒，邊喝邊玩《泰晤士報》的填字遊戲。兩人默不作聲地坐著，霍爾登在忙，艾佛瑞則太膽小，不敢干擾他。

忽然間，艾佛瑞注意到霍爾登的領帶。在還來不及思考前就已脫口而出。「老天，我都不知道你以前打板球。」

「難不成要我特地告訴你嗎？」霍爾登發了怒。「上班時我幾乎沒辦法繫這一條。」

「對不起。」

霍爾登湊近看他。「你不該老是道歉，」他說：「你們兩個是一樣的。」他自己倒了一些咖啡，點了一杯白蘭地。服務生注意到霍爾登要點東西。

「我們？」

「你跟萊澤爾。他用間接的方式道歉。」

「跟萊澤爾合作應該會很不一樣，對吧？」艾佛瑞迅速接話。「萊澤爾是專家。」

「萊澤爾跟我們不同行，別搞錯了。我們只不過是很久以前跟他接觸過。」

「他是什麼樣的人？」

「他是情報員，屬於那種受指揮的人，不需要去認識。」

他轉回填字遊戲。

「他一定很忠誠，」艾佛瑞說：「不然為什麼要答應？」

「科長說的話你也聽見了——那兩個誓言。在發第一個誓言時通常很隨便。」

「第二個呢？」

「啊，第二個就不同了。他願意面對時我們會幫他。」

「不過，他第一次發誓時的理由是什麼？」

「我不相信所謂的理由。我不相信像忠誠這一類的詞。而且，我最不相信的是，」霍爾登高聲說：「動機。我們在指揮一名情報員；算計結束。你讀過德國文學吧？太初之中有行動。」

火車即將到站前，艾佛瑞再次斗膽提出一個問題。

「那份護照怎麼會過期？」

聽別人說話時，霍爾登習慣偏著頭。

「外交部為了方便情報行動，以前會撥出幾個連續的護照號碼，年年不同。六個月前，外交部說，未來若沒有知會圓場，就不會發出這種護照。看來雷科勒克沒有把狀況搞清楚，而老總把他剔除在市場之外。泰勒的護照編號是舊號碼，在他出發前三天，那批舊號碼就被外交部吊銷了。當時也別無應變方式，可能也沒有人發現問題。圓場曾經非常陰險。」他停頓一下。「老總在玩什麼花招，我實在看不太出來。」

他們搭計程車到北牛津，在街角下車。走在人行道上，艾佛瑞望著半暗的房舍，目送灰髮人影走過亮燈的窗口，絨面椅以蕾絲點綴邊緣，有中國式的屏風，樂譜架，也有四人一組的橋牌桌，像是城堡裡中了魔法的朝臣。這樣的世界，他也曾見識過。有一段時間，他想像自己置身其中。但那已經是好久以前的事了。

兩人整晚布置房子。霍爾登說，後面可以俯瞰庭園的臥房應該給萊澤爾，他們兩人各自的房間則靠街上。他事先寄來一些學術書籍，一部打字機，幾份氣勢非凡的檔案，一一打開排在餐桌上，讓每天過來的房東管家信以為真。「這餐廳就當作是書房好了。」他在起居室裝上錄音機。

有幾捲錄音帶被他鎖在櫥櫃裡，小心將鑰匙扣進鑰匙鏈。其他行李仍放在門廳：一部空軍公家發下的投影機，一個螢幕，一只綠帆布面的手提箱，箱子扣緊，四角以真皮保護。

這房子寬敞，維持得不錯。家具是桃花心木，鑲有黃銅裝飾；牆壁掛著不明家族的繪畫，有深褐色的素描，小型畫作，有年久褪色的相片。餐具櫃有盆乾燥花，鏡子上釘著交叉的椰葉；天花板垂吊水晶燈，顯得笨重卻不致礙眼；角落擺了一張聖經桌，另一個角落則擺了一小尊丘比特像，模樣醜陋無比，面朝陰暗處。整個房子無庸置疑散發老年人的氛圍；它很像焚香：禮貌周到，卻帶有令人難以釋懷的感傷。

午夜之前，全部行李整理完畢。他們坐在起居室裡。大理石壁爐的腳是黑檀木的黑人，瓦斯爐火發出的光線，從鏈住粗腳踝的鍍金玫瑰鏈上方投射出來，捉摸不定。這種火爐必定有歷史背景，可能來自十七世紀，也可能是十九世紀，當時社會喜歡以牲口做裝飾，黑人曾短暫取代波索犬，蔚為風潮。黑人幾乎衣不蔽體，與狗相去無幾。他們被金色玫瑰鏈住了。艾佛瑞為自己倒了杯威士忌喝，然後上床，留下霍爾登一人悶悶不樂地沉思。

他的房間既大且暗，床頭上方掛了藍瓷燈罩，桌上覆蓋刺繡桌布，小小的琺琅標示上寫著「願上帝保祐本戶」。窗邊有張圖畫，一名男孩正在禱告，而姊姊在床上用早餐。

他躺在那兒睡不著，心裡想著萊澤爾，簡直像在等小姐上門。走廊對面傳來霍爾登孤獨的咳嗽聲，斷斷續續。在他沉沉睡去前，咳嗽聲仍持續著。

★

雷科勒克認為史邁利的俱樂部很怪異，與心中預期相去甚遠。半地下室的房間有兩個，十幾個人在大壁爐前分坐幾桌。有些人有點眼熟。他懷疑這些人跟圓場有關。

「這地方相當不錯。要怎麼加入？」

「噢，不必加入，」史邁利語帶歉意，隨後臉漲紅，繼續說：「我是說，他們不接受新會員了。就這麼一代。有幾個去打仗，幾個不是死了就是出國……你想商量的事是什麼？」

「多謝你幫了小艾。」

「嗯……不敢當。結果怎樣了？我都沒聽說。」

「只是訓練而已。最後沒拿到底片。」

「真可惜。」史邁利趕緊用這句話掩飾有人死去他卻不知道的事。

「其實我們本來也不認為能拿到，只是預防措施而已。艾佛瑞跟你講多少了？我們正在訓練一、兩個老手……也會訓練幾個新手。沒事找事做嘛，」雷科勒克解釋道。「因為是淡季……耶誕節啊，你也知道，很多人休假。」

「我知道。」

雷科勒克注意到紅酒味道不錯。他希望自己加入的俱樂部規模小一點，他加入的這家每況越下，員工很難找。

「你大概聽說了，」雷科勒克接話，口氣很正式，談話內容也是。「老總主動全力支持我進行訓練。」

「是、是，那是當然。」

「我們部長是幕後推手。他喜歡訓練出一群情報員，讓他們待命。計畫一提出，我就親自去找老總商量。後來老總過來找我。這件事你大概也知道了？」

「對。老總是想知道……」

「他一直非常配合，請不要覺得我不知感激。我們協議過了，如果訓練要扎實，就必須盡可能創造出情報任務的氣氛。這點我應該先告知你前因後果，貴部會再證實，我們會盡量製造出從前所說的『戰鬥狀況』。」他露出寬容的微笑。「我們看上了西德的一塊地方，荒涼又沒沒無名，是跨越前線等待訓練的理想地點。如果有必要，也可以請陸軍支援。」

「是啊，這點子不錯。」

「基於基本的保密因素，我們都能接受的是這樣：對於這次演習的內容，貴部願意合作的部分才予以通報。」

「老總跟我提過了，」史邁利說：「他想盡自己所能地幫忙。他不知道你怎麼會又開始做這些事。他很高興。」

「高興就好，」雷科勒克的語氣有些唐突。在光面桌上，他的手肘稍微伸向前。「我想請教一下你的高見——非正式的，就像貴部成員不時借重埃卓恩·霍爾登一樣。」

「沒問題。」

「第一件事是偽造文書。我在索引裡查了一下我們以前偽造文書的人，發現海得和費洛比幾年前去了圓場。」

「對。當時執行重點有所改變。」

「我寫下一個姓名，是我們雇用的人，名義上是為了這次演習駐馬德堡的駐地，他是接受訓練的人之一。你認為他們會不會願意準備文書、身分證、共產黨證之類的必要物品？」

「要找他簽名，」史邁利說：「然後可以在他的簽名上蓋章。我們也需要相片，這些證件打算怎麼用也先跟他說明一下。也許海得可以當場跟你的情報員說明？」

他稍有遲疑。「沒問題，我已經選好假名。跟他的姓名很像。這種做法很管用。」

「容我提出一個小小的疑問，」史邁利眉頭皺成相當滑稽的模樣，「既然是這樣精心設計的演習，偽造的文書在其中價值微乎其微——我是說，只要打通電話到馬德堡的地方政府，連全世界最高明的偽造文書也會見光死。」

「這點我們也知道。我們想教他們偽裝的功夫，讓他們有機會面對訊問……會遇上什麼情況你也清楚。」

史邁利啜飲著紅酒。「容我提出一個意見。我們很容易被所謂技巧沖昏頭。我不是想暗示……喔對，霍爾登最近怎樣了？他學的是古代名家，這你知道吧。我們以前同校。」

「老霍很好。」

「我很欣賞你們那位艾佛瑞，」史邁利語氣很客氣。他小小胖胖的臉因痛苦而縮了起來。「你知道嗎，」他加重語氣。「在德國文學系的課程表上，到現在都還沒把巴洛克時期列進去。他們稱之為特別科目。」

「另外還有地下無線電的問題。大戰結束後我們就沒用過這種東西了。我知道無線電變得比以前精密很多，什麼高速傳輸之類的。我們想跟上時代。」

「對、對。我相信對話內容可以用迷你型錄音機錄起來，從空中傳送，幾秒鐘就能收到。」他嘆了一口氣。「可惜沒人透露太多；技術人員把王牌握得緊緊的。」

「這種比較先進的傳輸，我們的人員在受訓後應該會得到不少收穫，你覺得……一個月能訓練得好嗎？」

「然後應用在情報行動的狀況裡嗎？」史邁利驚訝地問：「馬上就要應用？經過一個月的訓練？」

「你也知道，有些人在技術方面的頭腦很精，特別是有過無線電經驗的人。」

史邁利以不敢置信的眼神看著雷科勒克。「抱歉，這個人——你說的這些人，」他詢問道：「他們在這一個月中不是也要學其他東西嗎？」

「對一部分的人來說只是溫故知新。」

「原來如此。」

「什麼意思？」

「沒事沒事，」史邁利含糊帶過，然後說：「我不認為技術人員會樂意分享這種器材，除非……」

「除非用在自家的訓練行動上？」

「對，」史邁利臉漲紅。「我正是這個意思。他們很講究的，你也知道——嫉妒心很強。」

雷科勒克陷入沉默，輕敲放在光面桌上的酒杯腳。忽然間，他微笑起來，彷彿憂鬱一掃而空。

「那就算了，那我們只好用傳統無線電了。戰後偵測方位的方式有沒有改進？就是針對非法傳送器的攔截和定位？」

「有。的確有改進。」

「那我們非善用這項技術不可。如果不想讓敵方偵測到，可以通訊多久？」

「大概兩、三分鐘吧。要看情況。運氣不好時一下子就會被聽見。只有在傳輸進行中可以偵測到方位，大部分要視頻率而定。聽說是這樣。」

「大戰期間，」雷科勒克回憶，「我們會給情報員幾個晶體整流器，每個整流器以固定頻率振動。每隔一段時間，我們會更換整流器。這樣做通常就很保險了。同樣的方法我們可以再用。」

「對、對。我也記得。不過重新調整傳輸器的頻率也很令人頭疼。可能也要換線圈、調整天線。」

「假設習慣用的是傳統器材好了——你說現在被攔截的機率比大戰期間高，對吧？通話時間只有兩、三分鐘？」

「或者更短。」史邁利看著他說。「因素有很多。運氣、訊號強弱、訊號流量、人口密度……」

「假設在通話期間，每隔兩分半鐘改變一次頻率，這樣就不會被偵測到吧？」

「可能會傳得很慢。」他原本就一臉哀傷、病弱，現在則因憂慮而皺縮。「這只是訓練？你確定？」

「就我所記得是這樣。」雷科勒克一面追問一面回憶過往，「這些晶體整流器的大小相當於小火柴盒，我們可以多給他們幾個。我們只打算傳輸個幾次——也許三、四次吧。你認為我的建議可行性有多大？」

「我不能算是這領域的專家。」

「不然還有什麼其他替代方法？我問過老總，他叫我來請教你。他說你會幫忙，幫我找器材。不

師父領進門——淺談間諜小說

08/31（日）
14:00～16:00

郭崇倫（聯合報副總編）、**譚端**（偵探書屋店長）

間諜小說是推理小說的一個分支，有什麼獨特的地方？和其它小說有什麼不同？台灣又出了哪些間諜小說？聽聽聯合報副總編郭崇倫與偵探書屋店長譚端分享他們的閱讀經驗。

間諜中的偵探，偵探中的間諜？

09/20（六）
14:00～16:00

臥斧（文字工作者）、**路那**（台灣推理作家協會理事）

間諜小說與推理小說同樣強調邏輯、線索，但創作的脈絡卻大相逕庭，邀請講者來分享間諜小說中的推理趣味，以及推理小說中的間諜風貌。

間諜小說×電影的跨界對談

10/18（六）
14:00～16:00

譚端（偵探書屋店長）、**原子映象**

由偵探書屋店長譚端與勒卡雷最新電影《諜報風雲》發行公司原子映象，分享作品呈現與電影效果，帶入勒卡雷的諜報冷戰引人之處。

從虛構到真實的間諜百態

11/15（六）
14:00～16:00

譚端（偵探書屋店長）、
中華民國敵前敵後作戰返台國軍官兵權益聯合促進會成員

邀請國共內戰時即負責諜報任務的情報員，分享間諜工作的秘辛與碩果僅存的第一手前線資料，並比較小說世界架構出來的真與假。

主辦單位　木馬文化　木馬文化粉絲團 www.facebook.com/ecusbook

協辦單位　偵探書屋　原子映象 atom

§主辦單位保留更改活動內容之權利§

然我怎麼辦？能讓我跟你的技術人員請教一下嗎？」

「抱歉。在科技方面，老總很同意盡可能給予協助，但無法提供新器材。我的意思是，提供新器材的風險我們承擔不起。再怎麼說，這都只是訓練而已。我想，他認為如果你們沒有完整的科技資源，應該……」

「讓你們接手？」

「不是、不是。」史邁利提出異議，但被雷科勒克打斷。

「這些人最終都會被部署來對付軍事上的目標，」他很生氣地說：「純粹用來對付敵軍。老總也同意。」

「是。」他似乎放棄了。「如果你想用傳統器材，我們肯定能幫你們挖出一具。」

服務生端來有蓋玻璃瓶裝的紅酒。雷科勒克看著史邁利往杯裡倒了一點，然後小心地將玻璃瓶推向桌子對面。

「還算滿好用的，可惜已經接近報銷。如果壞掉，我們就得動用較新的機種。明天一大早我會去見老總。我確定他不會反對——我是說文書那方面，還有晶體整流器。至於頻率，等我確定會給你答覆。老總特別強調過。」

「老總一直很好心，」雷科勒克承認。他有點醉了。「有時會讓我一頭霧水。」

12

兩天後，萊澤爾抵達牛津。霍爾登與艾佛瑞在月臺上焦急等候，前者在快速移動的臉孔中搜尋，但奇怪的是，先看見萊澤爾的卻是艾佛瑞。萊澤爾如木頭人般坐在空車廂的窗裡，身上穿著駝絨外套。

「是那個人嗎？」艾佛瑞問。

「他坐頭等艙，一定是自付差額。」霍爾登的語氣像是覺得這是有意侮辱。

萊澤爾搖下窗戶，遞出兩個皮箱，行李箱的形狀像車子，顏色橙得有點不太自然。三人倉促寒暄，握手給所有人看。艾佛瑞想幫忙提行李上計程車，但萊澤爾堅持自己來，一手一箱，好像這是他的職責所在。他稍微保持距離走著，肩膀向後壓，盯著過往人群，被人潮弄得不知所措。每走一步，長髮都跟著蹦跳一下。

艾佛瑞在旁觀看，忽然覺得心神不寧。

他是個血肉之軀，不是什麼陰影。他的肉身有著力量，行動亦有目標，卻由他們宰制。似乎只要一聲令下，他無處不去。他接受徵召，已經帶有些許募兵的焦慮和敏捷舉止。然而，艾佛瑞認定萊澤爾答應接受徵召的原因不只一個。在軍情科服務的短暫期間，艾佛瑞已經很熟悉這一切：那種與生俱來、具現化的動力的樣貌，無止境的情報任務，而這些任務構成一種永無止息的模式，一直進行到再也無法衍生出其他身分；就像是一種不會有結果的求愛過程，若整體來看，像是正活躍中的感情生活。然而，身旁這名晃個不停的人身手矯健。他一面觀察，一面體認到一件事：他們到目前為止求來的一切全是內部小團體弄出來的成果。現在，他們找到一個人，能任他們操控，此人便是萊澤爾。

三人上計程車時，萊澤爾最後才上車——他堅持要這樣。時間是下午三、四點，灰石板似的天空貼在懸鈴木後：北牛津的煙囪冒出巨大煙柱，猶如某種英勇赴死的證據。這裡的房屋有種謙遜的莊嚴氣息，浪漫的外牆重新裝潢過，每戶皆循不同傳說打造。這裡有阿瓦隆❹的角樓，那裡有高塔的雕刻格子牆，兩者之間種植智利南洋杉以及若隱若現的待乾衣物，像是選錯季節飛舞的蝴蝶。房舍恬靜地端坐在個別的庭園中，窗簾闔上，外層是蕾絲，內層是浮花錦緞，然後是襯裙與裙子。這幅景象有如手法拙劣的水彩畫，深色部分上色太濃，天空灰白，在暮色中顯得髒汙，彩色的部分則著墨太多。

來到街角時，他們請計程車停下。落葉堆的氣味瀰漫空氣之中。就算街上有孩子好了，他們也沒發出任何聲音。三人走向大門。萊澤爾注視著那房子，放下手提箱。

「這房子不錯，」他相當欣賞，接著轉向艾佛瑞。「誰選的？」

「我。」

---

❹ 阿瓦隆（Avolon），傳說的西方樂土島嶼。

「真不錯。」他拍拍艾佛瑞肩膀。「幹得不錯。」艾佛瑞高興之餘，帶著微笑打開大門。萊澤爾禮讓兩人先走。他們帶萊澤爾上樓去他的房間。他仍提著自己的行李。

「待會再開，」他說：「我想好好整理。」

他用一種審查的眼神走遍房子上下，一路不停拿起東西來看，簡直像是來競標買屋。

「地點真不錯，」他最後又說：「我很喜歡。」

「那就好。」霍爾登說，好像覺得不管說什麼都無所謂。

艾佛瑞跟著他回房間，看看有什麼地方幫得上忙。

「你叫什麼名字？」萊澤爾問。他與艾佛瑞相處時比較自在、直率些。

「約翰。」

兩人再度握手。

「你好，約翰。很高興認識你。你今年幾歲？」

「三十四。」他撒了謊。

他眨了個眼。「老天，真希望我還是三十四歲。這種事你以前幹過嗎？」

「上個禮拜才出差過。」

「結果怎樣？」

「還好。」

「太好了。你房間呢？」

艾佛瑞帶他去看。

「告訴我，這裡的組織如何？」

「什麼意思？」

「負責人是誰？」

「霍肯斯上尉。」

「有沒有其他人？」

「沒有。我應該也會在。」

「一直都在？」

「對。」

他打開行李。艾佛瑞在一旁看。他帶了幾把皮面梳，也帶了臉部乳液，一整套男性專用產品的小瓶子，一臺最新型的電動刮鬍刀，也有領帶，有些是花格，有些是絲質，搭配昂貴的襯衫。艾佛瑞下樓。霍爾登正在等他。艾佛瑞走過去時，他微笑起來。「怎樣？」

艾佛瑞聳聳肩，動作有點太大。他覺得興奮，心緒不寧。「你呢？認為他如何？」他問。

「我對他幾乎一無所知，」霍爾登正經八百地結束對話。這點他很擅長。「我要你隨時待在他身邊：走在他身邊，陪他打屁，喝酒時也必須陪他。別讓他單獨行動。」

「他休假時怎麼辦？」

「到時候再看著辦。現在照我說的去做。你會發現，有你陪著他會很高興。他是個非常寂寞的人。要記得，他是英國人，打從心底是英國人。另外——這件事很重要——別讓他覺得在大戰結束後我們就變了。要做出軍情科仍維持原狀的假象。」他沒有微笑。「雖然你太年輕，還沒辦法做比較。」

★

隔天早上，早餐一結束三人就聚集在起居室，由霍爾登來報告。

訓練將分為兩個階段，每階段為期兩週，中間有短暫休息。第一階段是溫習。溫習過後進入第二階段，將過往技巧應用在眼前的任務上；要到第二階段，萊澤爾才能得知行動名稱、假名與任務內容。而即使到第二階段，他仍對即將滲透的區域與方式一無所知。

在通訊方面，一如其他課程，他會從較籠統的部分逐漸進入核心，第一階段，他將重溫密碼、訊號圖以及接傳時間表；第二階段，他會有很多時間花在半行動狀態裡，實際傳輸訊號，這時會有教官來指導。

霍爾登做上述說明時，有一種態度嚴厲的說教感，萊澤爾則是聚精會神傾聽，不時快速點頭，表示贊同。艾佛瑞感到詭異之處在於，霍爾登竟根本懶得掩飾對萊澤爾的反感。

「第一階段，我們要看看你還記得多少，也會需要讓你跑跑跳跳，抱歉了，這是要加強你的體能。接著會有小型武器訓練、非武裝搏鬥、心戰練習、情報員戰技。我們會盡量在下午帶你出去。」

「跟誰？約翰會來嗎？」

「會，約翰會帶你去。在所有小事上，你可將約翰視為顧問。如果有任何事想討論，有任何怨言或煩惱，請別客氣，儘管找我們兩個談談。」

「好。」

「整體而言，我必須要求你不要單獨行動。如果想看電影逛逛街，或想做任何時間許可的事，我希望你找約翰一起去。不過恐怕休閒的機會不會太多。」

「我本來就沒有這種打算，」萊澤爾說：「我也不需要休閒。」他似乎真的認為自己不會想要休閒時間。

「無線電教官來的時候不會知道你的真名，這是常見的預防措施，請嚴格遵守。每天來打掃的女人認為我們是來參加學術會議。我覺得你應該不會有跟她碰面的場合，不過如果遇上，也請記住，別講出真名。如果想詢問家中私事，也請先跟我商量。沒經過我同意，不准打電話。此外，也會有人來找我們。有攝影師、醫藥人員、技師。這些人是我們所謂的附屬人員，不在行動編制內。他們大多認為你來這裡是要參加範圍更大的訓練計畫，請務必記得。」

「好。」萊澤爾說。霍爾登看看自己的手錶。

「第一次約定見面的時間是十點。會有輛車開到街角接我們。司機不是我們的人，上車後請勿交談。你有沒有其他衣服？」他問。「那身衣服不適合走這趟。」

「我有運動外套和法蘭絨長褲。」

「愈不顯眼愈好。」

兩人上樓換裝時，萊澤爾對著艾佛瑞露出挖苦的微笑。「那傢伙是玩真的？老派。」

「但心地很善良。」艾佛瑞說。

萊澤爾停下來。「這是當然。好，快告訴我吧，這地方一直都存在嗎？已經讓很多人住過了嗎？」

「你不是第一個。」艾佛瑞說。

「好，我知道你不能多說。這單位是不是仍像以前那樣——到處都有人，組織也相同？」

「大概沒什麼差異，頂多擴展了一點。」

「有沒有很多像你這樣的年輕人？」

「抱歉，孚烈德。」

萊澤爾張開手掌放在艾佛瑞的背上。他喜歡身體接觸。

「你也很善良，」他說：「不想回答也無所謂。別擔心好嗎，約翰？」

★

三人前往艾兵頓市，國防部已與當地傘兵基地接洽過，教官正在等他們。

「習慣用什麼槍？」

「麻煩給我白朗寧點三八自動手槍。」萊澤爾像是買雜貨的孩子一樣。

「現在改叫九厘米。你打一號靶。」

霍爾登站在後面的長廊，艾佛瑞則幫忙捲起十碼外真人大小的標靶，在舊彈孔貼上方塊膠片。

「叫我『部屬』就好，」教官說完轉向艾佛瑞。「長官，你想不想也來一下？」

霍爾登趕緊插嘴，「要，他們都要打靶，麻煩你了，部屬。」

萊澤爾首先上場。艾佛瑞站在霍爾登身邊，萊澤爾則在空曠的靶場等候，修長的背影朝著兩人，對著三合板的德軍靶架。標靶漆成黑色，背面是白牆，油漆已有脫落的跡象，在肚皮與鼠蹊之上，有人以粉筆粗略畫出心臟，內部以碎紙不斷補上。眾人旁觀時，萊澤爾掂掂手槍的重量，快速拔槍至雙眼高度，再慢慢放下。他將空彈匣壓進去，拔出來，再推進去。他回頭瞥了艾佛瑞一眼，左手撥開額頭上一簇可能會遮到視線的褐髮。艾佛瑞以微笑鼓勵，然後快速地對霍爾登開口，語氣正經八百。

「我還是看不透他。」

「怎麼說？他是百分之百的普通波蘭人。」

「他打哪裡來的？波蘭的哪裡？」

「檔案你也看過了。但澤。」

「當然了。」

教官開口。「我們先拿空槍來試，兩眼睜開，平視視線前方，雙腳打開與肩同寬，好，動作很標準。現在放輕鬆，自在地站著，現在不是練習動作，而是射擊姿勢，沒錯，我們以前就學過了！現在，舉槍指向前方，但先不要瞄準。對！」教官吸了一口氣，打開木盒，取出四個彈匣。「一個放進手槍，另一個用左手拿著。」他邊說邊把另外兩個彈匣交給艾佛瑞，萊澤爾將裝滿子彈的彈匣插入自動手槍的基座，身手敏捷，以拇指推開保險，艾佛瑞則看到出神。

「上膛，指向你前方三碼的地面。現在，採取射擊姿勢，手臂打直，指向前方，不要瞄準，射完一個彈匣，一次兩發。記住，我們不是把自動手槍當作科學武器，而是視為近距離戰鬥的制止型武器。現在，慢慢來，盡量放慢……」

他還沒說完，靶場就因萊澤爾的射擊聲而震動。他射擊速度很快，站姿非常無趣，握著備用彈匣的左手放在腰間，像顆手榴彈。他射擊得怒氣蒸騰，像是一名本來沒有發言權的人突然找到表達方式。從萊澤爾的射擊中，艾佛瑞能感受到其中的憤怒與目的。一下子兩發，一下子又兩發，然後三發，最後是一長串，煙霧聚集在他周遭，三合板做成的德軍搖搖晃晃，艾佛瑞的鼻孔中充滿無煙火藥的香味。

「十三發中十一，」教官高聲說：「非常好，真的非常好。下次請一次維持兩發，等我下令再開槍。」他也對助理艾佛瑞說：「長官，想試試看嗎？」

萊澤爾走向標靶，以細瘦的雙手輕摸彈孔。四周忽然靜得讓人備感壓迫。他似乎陷入冥想之中，在三合板上東摸西摸，一根手指若有所思地沿著德軍鋼盔的輪廓移動，直到教官開口。

「過來吧。沒有閒時間了。」

艾佛瑞站在運動軟墊上，試試手槍重量。在教官協助下，他插進一個彈匣，另一個則緊張地握在右手中。霍爾登與萊澤爾在一旁觀看。

艾佛瑞開始射擊，沉重的手槍在耳際轟然發聲，黑色輪廓被動地應聲抖了一下，他覺得自己年輕的心也隨之悸動。

「射得好，約翰，射得好！」

「非常好，」教官不由自主。「第一次就這麼準，長官。」他轉向萊澤爾，「能不能請你不要這樣大叫？」是不是老外，他一看就知道。

「多少？」艾佛瑞迫不及待地問，萊澤爾與教官聚集在靶子前，撫摸著焦黑的彈孔，密布在胸部與腹部。「中了多少，部屬？」

「約翰，你最好跟我一起過去，」萊澤爾悄聲說，一手搭在艾佛瑞肩膀上。「到那邊時我可以用得上你。」艾佛瑞頓時退縮了一下，隨後他又大笑一聲，一手搭上萊澤爾，手心能感覺到對方運動夾克那乾燥的布料。

教官帶他們走過練習場，來到一處磚頭砌成的兵營，像一座沒有窗戶的戲院，一邊高一邊低，有的牆壁在一半處彼此交叉，像是公共廁所的入口。

「移動標靶，」霍爾登說：「夜間射擊。」

午餐時，他們聽錄音帶。

訓練頭兩個星期，錄音帶播個不停，帶子是由舊唱片轉錄成的，其中一張唱片有裂痕，因此反覆跳針，就像節拍器。這兩捲錄音帶構成了某種大型室內遊戲，參賽者必須記住其中雖有提到，卻未一一列出的事物，提及這些事物時卻是隨興所致，間接影射，通常會有背景噪音讓人分心，有時則在對話中互相矛盾，有時會被更正，或遭質疑。錄音者主要有三人，一女二男。其他人不時干擾。讓他們感到心煩的是這個女聲。

她說話的聲音像空服員那種後天練成的嗓音，乾乾淨淨、缺乏人情味。在第一捲錄音帶中，她快速朗讀一份清單，首先是購物清單：這東西兩磅，那東西一公斤；然後，在無預警的情況下，她開始聊到有分顏色之的九柱戲的柱子，有幾根是綠色，有幾根是赭色，然後又提到武器、槍支、信號雷管，以及各種口徑的彈藥。隨後則提到工廠的產能、廢料以及生產數據、年度目標以及每月成績。在第二捲錄音帶中，她並沒有脫離上述主題，但會出現不熟悉的人聲引開她的注意力，將對話帶往出乎意料的方向。

在購物時，她跟雜貨店老闆娘為某些商品吵了起來，因為東西不符合她的要求：雞蛋不新鮮，牛油貴得離譜。雜貨店老闆親自出馬調解，卻被她指責太偏心。在這期間也有人提到點數與配給卡，以及製作果醬額外配給的砂糖，也暗示櫃檯底下藏了無人知曉的寶物。雜貨店老闆氣得大小聲，但兒子一過來他又立刻息怒。「媽咪！媽咪！我打翻了三根綠色的，可是我過去扶起來的時候又打翻了七根黑色的。媽咪，為什麼只剩八根黑色的？」

場景轉到一間酒吧。又是剛才的女聲。她朗誦著軍備數據，其他人聲也加入。數據不可信，陳述新目標，回想舊目標；某件武器的性能——沒有名稱，沒有描述——受到極大的質疑，也有人激動地辯護。

每隔幾分鐘就有人大喊：「休息！」口氣像裁判，而霍爾登會停下錄音帶，叫萊澤爾聊聊足球或天氣，或是朗讀報紙五分鐘，以自己的手錶計時（壁爐架上的時鐘壞了）。後來他又按下錄音機，他們聽見一個人聲，隱約耳熟，如同牧師的語調，稍微拖長尾音；也有年輕人的嗓音，既畏縮又缺乏自信，像艾佛瑞。「現在有四個問題。除去不新鮮的雞蛋，她在過去三個星期買了多少雞蛋？九柱戲的柱子總共幾根？一九三七年和一九三八年期間，測試調整過的槍管每年總生產量多少？最後，將可能可以推算出槍管長度的訊息寫成電報文。」

萊澤爾急忙跑去書房寫下答案，似乎對這種遊戲相當熟悉。他一離開房間，艾佛瑞立刻用指控的口氣說：「是你。最後一個講話的人是你。」

「是嗎？」霍爾登回答。聽他的口氣他可能也不清楚。

還有其他錄音帶。它們有種死亡的氣味：有腳在木質樓梯上跑步的聲響，有用力關門的聲音，喀嚓一聲，有女孩在發問（口氣像是想給對方檸檬或奶油）。「門關上或是槍上膛？」

萊澤爾遲疑著。「門，」他說：「剛才是門。」

「是槍，」霍爾登反駁。「白朗寧九厘米自動手槍。彈匣放進槍托裡。」

下午，萊澤爾與艾佛瑞首度外出散步。他們越過牧草港，走向更遠的鄉間。是霍爾登命令他們外出的。他們走得很快，大步跨過馬鞭草，風吹起萊澤爾的頭髮，在他頭上亂舞。氣溫很低，但沒有下雨；這天相當清爽，沒有太陽，在平坦原野上方的天空反而比地面更加陰暗。

「這一帶你很熟，對吧？」萊澤爾問。「是不是在這裡念過書？」

「對，大學在這裡念的。」

「念什麼？」

「外文。主要是德文。」

他們登上籬梯，鑽進窄巷。

「結婚了嗎？」他問。

「結了。」

「有沒有孩子？」

「一個。」

「約翰，請告訴我，上尉找出我的資料卡時，究竟發生了什麼事？」

「什麼意思？」

「資料卡長什麼樣？是寫了很多姓名的索引表嗎？像我們這麼大的單位，名字一定很多吧。」

「依照字母順序排列，」艾佛瑞無助地說：「就只有卡片而已。為什麼問？」

「他說老手記得我，說我是最厲害的。好吧，記得我的人有哪些？」

「他們全都記得。有個索引專門列出最厲害的高手。軍情科裡幾乎人人都知道孚烈德．萊澤爾這號人物，連新人都聽過。像你那樣的資歷，想被人忘記是不可能的。」他微笑道：「孚烈德，你簡直像我們家具的一部分。」

「約翰，請告訴我——我沒有想惹麻煩的意思，但我很想知道……我究竟合不合適到裡頭去？」

「裡頭？」

「坐辦公室，跟你們一樣。我猜，若不是天生坐辦公室的料，應該進不去吧，像上尉那樣。」

「恐怕是這樣，孚烈德。」

「約翰，你們那邊開什麼車？」

「漢柏。」

「鷹型或沙錐鳥型？」

「鷹型。」

「只有四汽缸？沙錐鳥其實性能比較好。」

「我指的是非行動期間的運輸，」艾佛瑞說：「特殊任務時會有各式各樣的可開。」

「比如說廂型車？」

「沒錯。」

「如果是訓練你的話，多久才能……你的訓練期多長——以你來說。你只出差過一趟。是訓練多久他們才放你出去的？」

「對不起，孚列德，上面不准我……連你也不行。」

「沒關係。」

兩人走過教堂，此處離馬路有段距離，因為是蓋在小丘上。然後他們繞過耕地，往回走，全身疲倦，散出了熱氣。他們回到金色玫瑰上方那簇跳動的火，回到蜉蝣之家愉快的懷抱之中。

晚上，他們用投影機訓練視覺記憶。他們會假設自己坐在車上，經過火車調度處；或是坐在火車上，經過小機場；或者散步走過市區，忽然注意到一輛車或一張臉再次出現，方才卻未記住其特徵。有時候，一連串毫無關聯的物體會在螢幕上連續快速閃現，背景有人聲，如同錄音帶上那樣，但對話卻與影片無關。因此，學員必須同時參考聽覺、視覺，從中擷取重點。

第一天就此結束，也為接下來幾天立下固定模式：對兩人而言，接下來幾天將無憂無慮，心情亢奮，但同時也需付出扎實努力，謹慎培養出愈來愈深的使命感，將青少年時期的技巧再度變為戰時武器。

★

在非武裝搏鬥訓練中，他們在黑丁頓附近租下一小間體育館。他們在大戰期間使用過，一位教官搭了火車前來。他們叫他士官長。

「他能不能佩刀？我不是愛管閒事……」他語帶敬意，帶有威爾斯口音。

霍爾登聳聳肩。「隨他便。我們不希望他帶太多東西礙事。」

「刀子用途可多著呢，長官。」萊澤爾仍在更衣室。「問題在於懂不懂得活用。而且，德國人不喜歡刀子——一點也不喜歡。」他帶來幾把刀，裝在手提箱裡，私下打開的模樣像個打開樣品盒的業務員。「德國人永遠對付不了冷硬的鋼鐵，」他做出說明。「不能太長，長官，重點在長度。這種扁平雙刃的東西。」他選了一把，握在手中舉起來。「其實，要找到比這把更好的東西是非常難的。」這把刀既寬且平，猶如月桂樹葉，刀鋒未磨光，手把中間如同沙漏一般向內凹陷，表面有交叉的防滑磨痕。萊澤爾朝他們走過去，一面以梳子梳著頭髮。

「有沒有用過？」

萊澤爾細看那把刀，點點頭。士官長謹慎地看著他。「我們認識對不對？我叫杉迪．羅烏，是個該死的威爾斯人。」

「你是我大戰期間的師父。」

「老天，」羅烏輕聲說：「沒錯。你沒變很多嘛。」兩人略微羞澀地咧嘴笑笑，不知應不應該握手。「好吧，看看你還記得多少。」兩人走向地板中間的椰絲蓆墊。羅烏將刀子丟在萊澤爾的腳前，萊澤爾哼了一聲，彎腰下去撿起來。

羅烏身穿粗呢破夾克，衣物非常老舊。他很快地向後退，脫下夾克，一個動作裹住左前臂，擺出準備訓練警犬的姿勢。他拔出自己的刀，慢慢繞著萊澤爾移動，穩住重心，但稍微左右調換。他駝著背，左臂彎曲放鬆，停在腹部前方，手指向外伸直，掌心朝地面。他將身體縮回防衛姿勢之後，不停向前揮舞刀鋒，而萊澤爾則按兵不動，雙眼緊盯士官長。兩人前後虛擊了幾次。有一次，萊澤爾的上半身往前猛衝，羅烏則向後跳，讓刀子割破手臂上的夾克布料；也有一次，羅烏跪下，彷彿要由下向上攻破萊澤爾的防守，這時，向後跳的人是萊澤爾，但動作似乎過慢，因為羅烏搖搖頭大喊：「暫停！」然後站直。

「記住了嗎？」他指著自己的腹部與鼠蹊部，擠壓手臂與手肘，彷彿想縮減身體的寬度。「讓目標愈小愈好。」他命萊澤爾收起刀子，示範擒拿術，以左臂繞住萊澤爾的脖子，假裝刺向腎臟或腹部；接著，他請艾佛瑞站在那裡扮成目標，兩人則隔著一段距離繞著他移動，羅烏以刀子指出目標，萊澤爾則點點頭，偶爾在回想起特定訣竅時露出微笑。

「刀鋒的動作不夠大。記得拇指在上，刀鋒與地面平行，前臂打直，手腕放鬆，別讓對方眼睛停留在刀子上，片刻也不允許；不管手上有沒有刀，左手都要舉到目標上方。絕對不能太善良，讓對方有機會占到你身體的便宜。我都是這樣提醒我女兒。」大家很順從地笑了起來，只有霍爾登例外。

之後，輪到艾佛瑞上場。萊澤爾似乎也希望如此。艾佛瑞摘下眼鏡，以羅烏示範的方式握住刀子，有些遲疑，有些警戒，而萊澤爾則斜移著，向前虛擊，輕輕向後跳，汗水流下臉龐，小小的眼睛因全神貫注而發亮。艾佛瑞的手心一直感覺到刀柄明顯的紋路，也不斷察覺到小腿與臀部的痠痛。他一方面則將重心放在腳趾，萊澤爾則怒目瞪視。接著，萊澤爾以腳勾住他的腳踝。在失去平衡時，他感到刀子被對方奪走。艾佛瑞向後倒下，萊澤爾整個人壓上來，一手抓住對方襯衫的衣領。

眾人扶艾佛瑞起來，有說有笑，萊澤爾則幫他撣撣衣服。刀子全收起來，要進行體能訓練。艾佛瑞也一併參加。

體能訓練結束，羅烏說：「再來一點非武裝搏鬥，就很理想了。」

霍爾登瞥向萊澤爾。「不行了嗎？」

「我還好。」

羅烏抓住艾佛瑞的手臂，拉他過來站在運動軟墊中央。「你去坐在長椅上，」他對萊澤爾喊著。「我秀幾招給你看。」

他一手放在艾佛瑞肩膀。「不管有刀沒刀，我們只關心五個點——是哪五點？」

「鼠蹊、腎臟、腹部、心臟、喉嚨。」萊澤爾語氣疲憊地回答。

「要怎麼打斷脖子？」

「打不斷。要斷就斷前面的氣管。」

「往脖子後面敲呢？」

「空手不行。沒有武器也不行。」他雙手捧著臉說。

「正確。」羅烏打開掌心，以慢動作移向艾佛瑞的喉嚨。「打開手心、手指伸直，對吧？」

「對。」萊澤爾說。

「此外你還記得些什麼？」

他停頓一下。「虎爪。攻擊眼球。」

「千萬別用這招，」士官長迅速回應。「不能用來攻擊，因為這會讓自己門戶大開。接下來示範窒息擒拿。全從背後進行，記得吧？把頭拉向後，像這樣，一手放在喉嚨上，像這樣，然後用力掐。」羅烏轉頭看。「請看這裡。我可不是要示範給自己看的。既然你什麼都會，那就過來吧，示範幾個摔人的招數！」

萊澤爾站起來，雙臂與羅烏交纏，一時之間，兩人前前後後掙扎著，等對方退出空檔，最後是羅烏讓步，萊澤爾倒下。羅烏一手拍向他的後腦杓，讓他面朝下重摔在軟墊上。

「摔得漂亮。」羅烏咧嘴笑，萊澤爾接著壓過來，狠狠將羅烏的手臂扭到背後，用力將他摔出去。結果自己瘦小的身體卻啪一聲倒在地毯上，有如小鳥撞擊擋風玻璃。

「別耍賤招！」萊澤爾強硬地說：「不然別怪我傷到你。」

「別靠在對手身上，」羅烏語氣有點突兀。「還有，別在練習場上發脾氣。」

他朝艾佛瑞的方向大聲說：「輪到你了，長官，讓他稍微運動一下。」

艾佛瑞起身脫下夾克，等著萊澤爾靠近。他覺得對方使勁抓住了他的手臂，面對一名成年人的蠻力，他忽然察覺到自身的弱點。他想攫住對方的前臂，雙手卻無法伸過去；他盡可能地想掙脫，但萊澤爾硬不鬆手；萊澤爾的頭緊靠住他的頭，讓他鼻孔中充滿髮油的氣味。他感受到對方臉頰上潮溼的鬍碴貼近，以及瘦小、緊繃的肉體散發出一種距離太近的腥臭熱度。他雙手推著萊澤爾的胸口，逼萊澤爾後退。在恐慌之中，他一次使盡全身氣力，希望能掙脫對方令人窒息的束縛。分開來之後，兩人望著對方的模樣彷彿初次相遇，交纏的四臂有如上下起伏的搖籃。萊澤爾的臉孔因用力過度而扭曲，在慢慢軟化下來後，他露出微笑，手勁也放鬆下來。

羅烏走向霍爾登。「他是外國人對吧？」

「波蘭人。他狀況如框？」

「我敢斷定他以前肯定身手高強，狠勁十足。體魄也不錯，年紀是有一點，但體能還很好。」

「原來如此。」

「長官，你呢？最近還好吧？沒什麼問題吧？」

「還好，託福。」

「那就好。竟然二十年了，真的讓人吃驚。小孩全長大了。」

「我一個也沒有。」

「我是說我自己。」

「啊。」

「長官，你會常見以前的弟兄嗎？史邁利先生呢？」

「可惜沒連絡，我不是愛熱鬧的人。可以付款了嗎？」

羅烏動作很輕地立正站好，讓霍爾登準備好。交通費、酬勞、刀子，共三十七鎊六先令，再加護套二十二先令。護套是金屬製，表面平坦，內有彈簧，方便刀子出鞘。羅烏把收據給他。基於保密因素，簽收人寫的是S．L．。「刀子算你們成本價，」他解釋。「體育用品店老是坑人。」他看起來似乎相當得意。

★

霍爾登給萊澤爾一件風衣，一雙威靈頓長統靴。艾佛瑞帶他去散步。他們搭公車，坐在上層，最遠開到黑丁頓。

「今天早上是怎麼回事？」艾佛瑞問。

「我還以為是鬧著玩，結果就被他摔倒了。」

「他還記得你吧？」

「當然記得。但要是記得，幹麼摔傷我？」

「他不是故意的。」

「好啦，沒關係。」但他腹中仍有氣。

兩人在終點站下車，在雨中踽踽前行。艾佛瑞說：「他不是我們的人，所以你不喜歡他。」

萊澤爾笑了起來，一手勾著艾佛瑞。雨水一波波緩緩落在空曠的街頭，從臉上急急流下，流進防水衣的領子裡。艾佛瑞將手臂貼緊腰部，把萊澤爾的手夾緊，兩人心滿意足地繼續散步。忘了下雨的事，玩著雨水，涉過積水最深處，似乎一點也不在意身上的衣服。

「約翰，上尉高興嗎？」

「非常高興。他說進行得很順利。我們就快進入無線電課程了。雖然只有基礎的東西。傑克・強森明天會來。」

「約翰，以前的東西全回到我腦中了，就是射擊之類的事情。我沒有忘光。」他微笑著。「點三八，老樣子。」

「是九厘米。你表現不錯，孚列德，很不錯。上尉說的。」

「約翰，上尉真這麼說？」

「當然。而且他也這樣向倫敦報告，倫敦那邊很高興。我們只是有點擔心你太……」

「太怎樣？」

「嗯——太像英國人。」

萊澤爾笑出來。「別擔心，約翰。」

艾佛瑞用手臂壓住萊澤爾的手。他的手臂內側感到既乾燥又溫暖。

★

兩人花了一整個上午練習密碼。霍爾登充當教官。他帶來幾塊絲布，上面印了萊澤爾將要使用的密碼，也帶來一張背面貼了厚紙板的圖表，供他將字母轉為數字。他將圖表放在壁爐架上，嵌在大理石鐘後面，用雷科勒克的姿態講課，但不帶感情。艾佛瑞與萊澤爾坐在桌前，手裡拿著鉛筆，在霍爾登的指導下陸續將一段段字母依照圖表轉成數字，推算出絲布上的數字後再轉譯回字母。這個過程側重實際應用，而非注意力。萊澤爾可能是努力過度，心情變得煩躁易怒。

「接下來計時轉譯二十組字母，」霍爾登邊說邊唸出手裡拿的一張紙，上面寫了十一個字，簽名簽的是「蜉蝣」。「下個禮拜開始就不准看表轉譯了。我會放在你房間裡，必須背起來。開始！」

他按下計時器，走向窗口，讓兩人伏案努力。他們幾乎是同聲低語，也同時在面前的便條紙上寫下初步計算。艾佛瑞察覺到萊澤爾的動作愈來愈匆忙，也聽見他壓抑著的嘆息及咒罵，看見他憤怒地塗去筆跡。艾佛瑞刻意放慢動作，瞥著萊澤爾，以確定他的進度。此時，他注意到短短的鉛筆整個埋在他小手裡，已被手汗沾溼。他不發一語，靜靜跟萊澤爾調換試卷。霍爾登轉身，可能沒有看見。

★

即使在最初幾天，變得愈來愈明朗的是萊澤爾看待霍爾登的態度。一如病人看待醫生，一如罪人面對神父。他這樣盡力想從病弱的身軀中擠出一些精力的模樣，看了令人相當不安。

霍爾登假裝不予理會。他頑固地堅守私生活的習慣，從沒忘記要玩完填字遊戲。有人從市區送來一箱勃艮地，瓶裝半滿，他每餐自己喝酒，跟大家一起聽錄音帶。說實在，他疏離得如此明顯，令人不禁認為他是對萊澤爾避之唯恐不及。然而，霍爾登愈是迴避，愈顯疏遠，就讓萊澤爾愈想靠近他。萊澤爾內心有種難以理解的標準，似乎將他視為英國紳士的典範，霍爾登的一舉一動在萊澤爾眼中，只是強化了其英國紳士的特質。

霍爾登是有所成長的。在倫敦時，他走路很慢。在走廊上，步態猶如老學究，彷彿不斷在尋找邁出步伐的地點。職員與祕書總是不耐煩地在他身後徘徊，卻又缺乏勇氣超前。來到牛津後，他顯露出些許敏捷的氣質，若是倫敦的同事見到，肯定大吃一驚。他原本乾枯的形貌已恢復原樣，上身也打直。就算露出敵意，也有像在發號施令的權威感。唯一不變的是咳嗽。他總咳得眉目扭曲，像在啜泣一般。此舉對於如此狹小的胸腔未免太過沉重。咳得厲害時，那細瘦的臉頰便浮現點點紅暈，讓萊澤爾看了於心不忍，就像是學生疼惜著自己敬愛的師長。

「上尉是不是病了？」他曾問過艾佛瑞。這時他拿起霍爾登看過的《泰晤士報》。

「從沒聽他提過。」

「大概病得不輕。」他的注意力忽然被報紙震懾。報紙沒打開，上頭只玩了填字遊戲，留白處疏疏落落寫著九個字母的各種排列組合。他百思不解，拿給艾佛瑞看。

「報紙他根本沒看，」他說：「只玩遊戲而已。」

那天晚上，就寢時間一到，萊澤爾就帶著報紙進房間，偷偷摸摸地像是裡面藏了祕密，只要精心研究，必能解開。

就艾佛瑞判斷，霍爾登對萊澤爾的進展表示滿意。萊澤爾目前為止接受過相當多樣化的訓練，霍爾登與艾佛瑞也能夠更仔細地觀察他。他們發現萊澤爾的弱點，測試他的極限。兩人一面取得萊澤爾的信任，萊澤爾也一面展露出令人卸下心房的坦承態度。他喜歡說出心中話，他是兩人的囊中物；他奉獻出一切，而他們也會趕緊存起來，就像窮人一樣。他們知道軍情科有教導過該如何應用他的力量：萊澤爾就像是一名性欲異於常人的男子，對新東家懷抱一份愛意，而這份愛意，他會以自己的天賦來表達。他們看得出來他喜歡接受命令，以自身的氣力回報，像是滿足之後以此表達敬意。他們甚至知道，或許在萊澤爾眼中，他們代表的是絕對權威的兩根梁柱，其中一根，即使是嚴格遵守標準的他也只能望柱興嘆；另一根較年輕，好接近，也有著顯而易見的溫暖人情，令人不禁想靠近。

他喜歡跟艾佛瑞聊天。他會聊聊他的女人或二次世界大戰。他認為三十四、五歲的男子（無論結婚與否）感情生活必定多彩多姿。這種假設讓艾佛瑞聽得很煩，卻沒提出其他意見。稍晚時分，兩人會穿上外套，匆忙走向馬路盡頭的那家酒吧，他會將雙肘靠在小桌上，油亮的臉湊上前，鉅細靡遺地講述攻城掠地的經過，一手搭在下巴，細瘦的手指快速開合，下意識地模仿嘴巴的動作。會做出這個舉動不是因為虛榮，而是友誼。是自然流露的真情與告白，無論是真的還是白日夢，都是因為兩人親暱所產生。他從未提及貝蒂。

艾佛瑞很清楚地記得他的臉，這種清晰程度已經與記憶沒有關聯。他注意到萊澤爾的五官似乎隨心情而變來變去，也注意到在辛苦一天之後，他感到疲倦或沮喪時，頰骨皮膚會往上拉，而非向下垂，他的眼角與嘴角向上緊繃，表情立刻變得比較接近斯拉夫民族，較不熟悉。

他從鄰居或顧客那裡學來幾個口頭禪，雖然毫無意義，但聽在外國人的耳裡卻能留下深刻印象。舉例來說，他會用「某種程度的滿意」，也會顧及尊嚴而使用非人稱的句法結構。他也學了各種陳腔濫調，如「莫擔心」、「勿打草驚蛇」、「好狗不擋路」。這些話他老掛在嘴邊，彷彿渴望著追求他一知半解的某種生活方式，而這些口頭禪能替他弄到通關證明。艾佛瑞發現，其實有些說法已經過時。

有一、兩次，艾佛瑞懷疑霍爾登不喜歡他跟萊澤爾太要好；也有些時候，霍爾登似乎將自己已棄置的七情六欲放在艾佛瑞身上，藉艾佛瑞來發揮。萊澤爾習慣在娛樂活動開始前在洗手間待上很久。第二週開始的某天晚上，萊澤爾進了洗手間，艾佛瑞問霍爾登是否不想出去。

「那你要我怎樣？去供奉我青春的聖殿朝聖嗎？」

「我是說，你可能會碰到朋友，就是你還認識的人。」

「要是碰上了，上前打招呼就會不安全。我在這裡用的是假名。」

「抱歉。的確如此。」

「更何況，」他陰鬱一笑。「不是每人對交朋友都很有一套。」

「是你叫我待在他身邊的！」艾佛瑞抗議。

「對，而且你也照做。要是我有什麼怨言未免太過粗暴無禮。你表現得令人激賞。」

「我表現什麼？」

「遵守命令。」

這時，門鈴響起，艾佛瑞下樓應門。在街燈的照射下，他看見軍情科廂型車熟悉的車身停在路上。門階上站著一名矮小不起眼的男子，身穿棕色西裝，外加大衣，褐色皮鞋的腳尖部分擦得特別亮。看來像是來查電錶。

「本人是傑克·強森，」他的語氣有些不確定。「強森公平交易店是我開的。」

「進來吧。」艾佛瑞說。

「我沒找錯地方吧？是霍肯斯上尉對吧？」

他提著軟皮手提袋，小心翼翼放在地板上，裡面像是裝了全部家當。他半收起雨傘，熟練地甩水，接著放在大衣底下的傘架。

「我是約翰。」

強森跟他握手，充滿熱誠地捏緊。

「很高興見到你，科長常常提起。聽說你眼睛非常地藍。」

兩人大笑。

他抓住艾佛瑞的手臂，做出某種像是要談論祕辛的手勢。「你是用真名嗎？」

「對。真名。」

「上尉呢？」

「霍肯斯。」

「蜉蝣這人怎樣？表現得如何？」

「不錯。很不錯。」

「聽說他愛追著女人跑。」

趁強森與霍爾登在起居室談話，艾佛瑞上樓找萊澤爾。

「去不成了，孚烈德，傑克來了。」

「誰是傑克？」

「傑克．強森，負責無線電。」

「不是下個禮拜才開始嗎？」

「這個禮拜是打基礎，先熟悉一下。下樓跟他打聲招呼吧。」

他穿的是黑色西裝，一手拿著指甲銼。

「不是要出去嗎？」

「孚烈德，我說過今晚去不成，因為傑克來了。」

萊澤爾下樓與強森握手，這一握握得短促，沒有正式意味，他彷彿不屑遲到之人。他們彆扭地聊了十五分鐘，後來萊澤爾推說太累，臭著一張臉上樓睡覺。

★

強森提出第一份報告。「他動作太慢，」他說：「此人已經很久沒碰過按鍵。除非他按鍵速度加快，否則我不敢讓他正式上機——長官，我知道，事隔二十年了，不能怪他。不過他真的很慢。長官，是很慢很慢。」他講話時聚精會神，口氣像在唱兒歌，好像時常要陪著孩童。「科長叫我不斷訓練他，任務開始後照練不誤。長官，我知道我們都要去德國。」

「沒錯。」

「這樣的話，我們非彼此熟悉不可，」他堅持。「我是說我和蜉蝣。等我讓他上機後，應該要時常相處。這種東西就像筆跡，非熟悉對方的風格不可。還有時間表，得約定好傳輸接收的時間；以及頻率的訊號圖、安全訊號。兩個禮拜內要學的東西很多。」

「安全訊號？」艾佛瑞問。

「就是刻意出錯的地方，長官；比如某一組出現誤拼的字母，如E拼成A之類。如果他想告訴我們他被逮，是在敵人控制下傳送訊息，就會跳過安全訊號。」他轉向霍爾登，「這東西你懂吧，上尉。」

「倫敦方面有人說要教他使用錄音帶的高速傳輸。後來進展如何你知道嗎？」

「科長跟我提過，長官，我知道以前這樣的器材並不存在。老實講，我懂的也不多。從我那時代起，電晶體化的東西就太多了。科長叫我們繼續用老方法，每隔兩分半變換頻率。我知道近來德國人很會抓方位。」

「他們送來的是什麼樣的機器？要他提著到處跑嗎？看起來很重。」

「是蜉蝣在大戰期間用的那種，長官，精采的地方就在這裡。老的B2機器裝在防水外殼內，如果我們只有兩個禮拜，恐怕沒時間教其他東西。而且他又不是立刻能上機——」

「重量多少？」

「大概五十磅，整體重量。是普通的手提箱型。增加重量的是它的防水外殼，不過，如果他要走荒郊野外，非附上防水外殼不可——特別是在這種季節。」他遲疑了一下。「可是長官，他的摩斯密碼打得很慢。」

「是。但有沒有辦法在期限內讓他達到標準？」

「還不知道。要等真正上機。要到第二階段，等他稍微休個假後。目前我只讓他處理蜂鳴器。」

「謝了。」霍爾登說。

13

頭兩星期的最後，他們放萊澤爾四十八小時的假。萊澤爾並沒有要求休假，所以他們提出時，他似乎一頭霧水。雖然在任何情況下都不能回去自己住家附近，但可以在星期五前往倫敦。他說他寧願星期六出發、星期一上午收假，又說要看情況，可能星期天半夜就回來。他們強調，一定要避免與認識他的人接觸，然而這點竟沒來由地讓他感到欣慰。

艾佛瑞很擔心，便去找霍爾登商量。

「放他出去恐怕不太妥當吧。你叫他別回南園，有朋友也不准去找。這樣他又能去哪裡？」

「你認為他會覺得孤單嗎？」

艾佛瑞臉漲紅。「我認為他會一直想回來。」

「那麼我們也不需要太反對。」

他們以舊紙鈔發給他津貼，有五英鎊，也有一英鎊。他本想拒收，但霍爾登逼他收下，似乎牽涉到某種原則問題。他們主動想替他訂房，但他也婉拒。霍爾登猜他是想去倫敦，他也的確是，像是虧欠他們似的。

「他有個女友。」強森愉悅地說。

他搭正午的火車離開。手上提著皮箱，穿著駝絨外套，式樣接近軍服，鈕釦是皮質的。但只要有點文化的人就絕不會誤認為英國軍官的大衣。

★

他在帕丁頓車站寄放行李，漫步走上普列街。他無處可去。他晃盪了半小時，看著櫥窗、光面告示板上的妓女廣告。現在是星期六下午，有五、六個老人頭戴軟氈帽，身穿雨衣，在色情書刊店與街角皮條客之間徘徊。車流非常稀疏，街上充滿著一種在無望之中追求悠哉的氣氛。

戲院俱樂部索費一英鎊，然後給他一張日期變造過的會員卡以規避法律。他坐在廚房椅上，周圍淨是鬼魂般的人影。電影年代久遠，可能是在政治迫害開始前從維也納偷渡過來的。兩個女孩幾乎一絲不掛，正在喝茶。片子沒有聲音，兩人只是一直喝茶，頂多在交杯時稍微變換一下坐姿。要是這兩人活過大戰，現在也有六十歲了。他起身離去，因為時間已經五點半，酒吧都開張了。經過門口售票亭時，經理說：「我認識一個很愛玩的女孩。非常年輕。」

「不用了，謝謝。」

「兩鎊半。她喜歡外國人。如果你要的話，她也可以裝外國人。是法國來的。」

「滾開。」

「別對我說滾開。」

「滾開。」萊澤爾走回售票亭，小小的眼珠忽然亮起來。「下次要幫我介紹小姐，替我找個英國人，懂不懂？」

空氣變得比較暖和，風勢也減弱，街上人煙稀少，歡樂的氣息如今轉入室內。吧檯後的女人說：「現在沒辦法幫你調酒了，要等人潮退了才行。不信的話，你自己看。」

「我只喝調酒。」

「很抱歉。」

他改點琴酒加義大利苦艾，室溫，沒加櫻桃。因為走路走得好累，他坐在沿牆的長椅上看人射飛鏢。射飛鏢的人彼此沒交談，只是安安靜靜、全心投入，似乎非常在意傳統，簡直像是剛剛的電影俱樂部。其中一人有女友。這兩人招呼著萊澤爾，「三缺一，要不要加入？」

「可以啊。」他說。他很高興有人跟他講話，便站起來，然而，這時有個朋友走進來，叫做亨利，他們反而想找亨利一起玩。萊澤爾本想發怒，又覺得沒有必要。

艾佛瑞也是獨自外出。他告訴霍爾登自己想出去散步，對強森則說他要去戲院。艾佛瑞愛說謊，這習慣無法以理性解釋。他不知不覺走向以前熟知的老地方：特爾區的學院、書店、酒吧和圖書館。學期即將結束。牛津有著一種耶誕氣氛，卻又呈現出一種過分拘謹的貧乏氣息。商店櫥窗用了去年的亮片來裝飾。

他走班貝利路，一直走到他與莎拉結婚第一年住的那條街。那間公寓裡一片漆黑。他站在公寓前，極力想在房子和自己身上擠出些許情緒，可能是情感，可能是愛，或是某種能解釋兩人婚姻的事物。然而他遍尋不著，甚至認為這東西從來不存在。他絕望地搜尋著，希望找出年少時的動機，卻依舊遍尋不著。他盯著空屋，然後快步走回萊澤爾的住處。

「電影好看嗎？」強森問。

「還好。」

「你不是去散步？」霍爾登語氣中有著怨氣，他停下填字遊戲抬頭看。

「我改變心意了。」

「對了，」霍爾登說：「萊澤爾的手槍。我知道他比較喜歡點三八。」

「對。現在改叫九厘米。」

「收假後叫他開始隨身攜帶，到哪裡都帶——當然是不裝子彈。」他瞥了強森一眼。「特別是在開始接受任何規模的傳輸訓練時，一定要二十四小時佩槍。我們希望他沒了槍會有手足無措感。我會幫他申請一把。艾佛瑞，你呢，則會在自己房間找到一把，槍套有好幾種。也許你可以跟他解釋一下，可以嗎？」

「你不自己跟他解釋？」

「你來。你跟他相處得很融洽。」

他上樓打電話給莎拉。她已經搬去娘家暫住，因此對話拘謹而正式。

★

萊澤爾撥了貝蒂的號碼，卻沒人接聽。

他鬆了一口氣，走到車站附近一家廉價珠寶店，那裡星期六下午也營業。他買了一只幸運手環，樣式是馬匹拖著金馬車。他花了十一英鎊，是全部的休假津貼。他請店家掛號寄到她在南園的地址，附上紙條，寫著「兩星期後回家。要乖。」然後簽下名字。他一時不察寫出全名，又劃掉重簽「孚烈德」。

他走了一小段路，考慮要找個小姐。最後他住進車站附近的旅館。他睡得很不安穩，因為車流噪音吵雜。隔天早上，他再次撥了貝蒂的號碼，依然無人接聽。他迅速放下聽筒。其實可以多等一下再掛掉的。他吃了早餐，到外面買幾份週日版的報紙帶回房間，閱讀足球新聞，直到午餐。下午，他外出散步，現在午後散步已成習慣。他直接穿越倫敦，幾乎不清處自己身處何處。他沿泰晤士河走，最遠走到了查令十字路，發現自己置身空蕩的庭園，雨水滴答響。柏油小徑散落黃葉。有個老人孤零零坐在舞臺上。老人身穿黑色大衣，背著綠色網狀背包，像個防毒面具袋。他好像在睡覺，但也可能是在聽音樂。

他等到晚上，免得讓艾佛瑞失望，然後搭末班火車回牛津。

★

艾佛瑞知道巴力歐學院後面有間酒吧，星期天可以讓酒客限時打撞球。強森似乎想玩一局。強森喝的是健力士，艾佛瑞則喝威士忌。兩人不時開懷大笑，畢竟這星期過得相當辛苦。強森比數占上風，因為他相當有條有理地從較小的數字打起，而艾佛瑞則想以反彈球試試一百分的那個洞。

「孚烈德喝的那種我不介意也來一點。」強森竊笑。他打出一杆，一顆白球應聲掉入洞袋。「波蘭人啊，每個都慾火高漲，看到什麼都想上——尤其是孚烈德。他一臉欲求不滿，從走路就看得出來。」

「傑克，那你呢？也跟他一樣嗎？」

「心情好的時候是這樣。老實說，我現在就想把妹。」

兩人又打了兩球，酒酣耳熱之餘，順便陷入肉慾狂想。

「話說回來，」強森語帶感激地說：「我還是寧願當英國人。你呢？」

「一點也沒錯。」

「我說，」強森邊說邊磨杆頭，「我其實不該跟你講這個，好歹你也受過大學教育。約翰，你的階級不一樣。」

「也對。」

兩人互敬一杯，同時想起萊澤爾。

「講那什麼鬼話？」艾佛瑞說：「我們打的不是同一場仗嗎？」

強森把酒瓶裡剩下的健力士全倒進杯裡。他很小心，但仍有一點啤酒冒出杯頂，流到桌面。

「這杯敬孚烈德。」艾佛瑞說。

「敬孚烈德。祝他走好狗運，把妹得手。」

「祝好運，孚烈德。」

「B2這東西不知道他能不能應付，」強森喃喃說：「還有很長的路要走。」

「這杯敬孚烈德。」

「敬孚烈德。他是個好弟兄。對了，伍德夫這傢伙你認不認識？就是找上我的那個人？」

「當然認識。他下個禮拜過來。」

「有沒有見過他老婆小芭？以前她可是嬌嗔到不行。看到誰就獻上……老天！但現在大概不行了。話說回來，那段時光實在很美好，是不是？」

「是啊。」

「敬有得必有失的人一杯。」強森高聲說。

兩人喝了一口。這笑話說偏了。

「她以前是跟行政處的那個吉米．哥頓；他後來怎麼啦？」

「跑去漢堡了。過得很幸福。」

他們在萊澤爾趕回來前回到住處。霍爾登已經就寢。

萊澤爾歸來時已過午夜。他將被雨濡溼的駝絨外套掛在門廳，用衣架吊著，因為他凡事講究，甚至踮著腳尖走到起居室開燈。他以欣賞的眼光看著笨重的家具，見到以回教花紋裝飾得相當華麗的高腳五斗櫥，黃銅把手沉甸甸；他也注視著古董書桌與聖經桌，並以疼愛的眼神再次欣賞那些打槌球的美女、上戰場的俊男、頭戴船工草帽，臉上有輕蔑表情的男孩、度假聖地切爾滕納姆的女孩。這整段漫長的歷史僅帶來令人不快之感，沒有一絲熱情。壁爐架上的時鐘以藍色大理石搭成涼亭的模樣，金色指針花紋富麗華美，令人眼花繚亂，不仔細看還看不出正確的時間。從他走後時鐘就不再移動了，也許，打從他出生指針就沒有再走過，對老鐘而言，這也算一大成就。

他拎起手提箱上樓。霍爾登正在咳嗽，但房裡沒有燈光。他輕敲艾佛瑞的房門。

「在嗎，約翰？」

過了幾秒鐘，他聽見艾佛瑞坐起身。「還真準時啊，孚烈德。」

「沒錯。」

「小姐還不錯吧？」

「辦完事了。明天見囉，約翰。」

「明早見。晚安，孚列德——孚列德……」

「什麼事，約翰？」

「傑克跟我打了一、兩局。可惜你不在。」

「沒關係啦，約翰。」

他緩緩地在走廊上移動，對於肉體的疲倦感到滿足。他走進房間，脫掉夾克，點燃香菸，高高興興躺進扶手椅。椅子很高，很舒適，扶手附有側翼。坐下時，他瞥見某樣掛在牆上的東西，是將字母轉為數字的密碼表。密碼表下方，絨呢床中央擺了一個老式手提箱，有著歐陸花樣，布面深綠，八個角釘上真皮。手提箱是開的，裡面有兩個灰色鋼盒。他站起來，默默盯著看，終於認出那是什麼，便伸手過去，憂心得像是鋼盒會燙人。他轉動轉盤，彎腰細看按鈕旁的說明。這跟他在荷蘭用的那組很像，傳輸器與接收器放在同一盒裡，另一盒則裝了電池組、按鍵以及耳機。晶體整流器有十幾個，放在降落傘那種布料做的袋子裡，頂端有綠色束帶。他以一指試試按鍵，這似乎遠比他記憶中來得小。

他坐回扶手椅，視線仍定在手提箱上。他坐在椅子上，稍嫌侷促，又無睡意，彷彿負責守靈的人。

早餐時，他遲到了。霍爾登說：「你今天整天跟著強森，早上和下午都是。」

「不散步？」艾佛瑞忙著吃雞蛋。

「大概明天吧。從現在起，我們要更注重技術。散步恐怕得往後排了。」

★

週一晚上，老總通常會待在倫敦。他說，只有這天晚上俱樂部才有位子坐。史邁利懷疑他只是藉口不回家陪老婆。

「聽說黑修士路上好多花開了，」他說：「雷科勒克開著勞斯萊斯到處跑。」

「那只是一輛再普通不過的漢柏，」史邁利反駁。「從國防部的車隊調去的。」

「真是從國防部調過去的嗎？」老總問，眉毛揚得老高。「這不是很有意思嗎？黑修士果然贏到了車隊。」

14

「這麼說，這機器你應該很熟囉？」強森問。

「是B2。」

「好。正式名稱是第三型，二號，電源可用AC電流或六瓦特的汽車電池，不過你要用的是主電源，懂嗎？你要去的地方他們調查過了，使用的是AC。這臺使用的電源傳輸時用五十七瓦，接收時用二十五瓦。所以，如果你不幸跑到只用直流電的地方，就只能去借電池來用了，懂嗎？」

萊澤爾沒笑。

「你的主電源電線有附轉接器，適合歐陸所有插座。」

「我知道。」

萊澤爾看著強森架好設備，準備操作。首先，他將傳輸器與接收器以六腳插頭連接到電源組，將雙爪調整至傳輸與接收器。插進機器後，打開電源，將迷你摩斯密碼按鍵連到傳輸器，耳機接上接收器。

「那按鍵比大戰期間用的還小，」萊澤爾表示抗議。「我昨晚試過。手指一直滑掉。」

強森搖搖頭。

「抱歉，孚烈德，大小沒變。」他眨眨眼。「也許變大的是你的手指。」

「好吧，繼續。」

他從備用零件盒取出一捲多絲纏繞的電線，有塑膠外皮，一端連接到天線機。「多數晶體整流器都約莫會是三兆周（megacycle）左右，所以可能不需要更換線圈，只要好好拉長天線，應該就能達到百分之百的效果——尤其是在晚上。現在看我怎麼調整。接好天線、地線、按鍵、耳機和電源組，檢查訊號圖，看看自己的頻率是多少，然後拿出相對應的晶體整流器，懂嗎？」他舉起一小顆黑色膠木，將插頭插進雙孔插座。「把陽極插進這玩意兒裡，像這樣——孚烈德，目前為止沒問題吧？不會太快吧？」

「我有在看。你別問個不停。」

「現在，轉動晶體整流器的選擇鈕，轉到『所有晶體調至基頻』，調整音波，配合自己的頻率。如果你用的是三點五兆周，音波鈕就要調三到四，像這樣。現在，將線圈兩頭插進去，孚烈德，這樣就能產生你要的重疊部分。」

萊澤爾一手撐著頭，拚命想記住這一連串動作。這些動作以前連想都不用想就做得出來。強森的手法像是個天生適合操作這種機器的人。他的嗓音柔和輕鬆，非常有耐心，雙手像是反射一樣從一個鈕跳到另一個鈕，熟悉程度無懈可擊。同時，他的獨白也從未間斷。

「TRS鈕指向T時可調頻，把陽極調諧，天線轉到十。現在就可以打開電源組了，懂嗎？」他指著指針視窗。「應該會指向三百，夠接近了，孚烈德，現在我要來試一試。我把指針選擇開關轉到三，然後轉轉PA調諧，一直轉到獲得最大值為止。現在我轉到六——」

「什麼是PA？」

「功率放大器，孚烈德，你不曉得嗎？」

「請繼續。」

「現在我要轉動陽極調諧，轉到最小值為止——好！指向二的時候，機器是一百，懂嗎？現在，把TRS推向S，孚烈德，S代表傳送，這樣就可以調諧天線。這裡，按這個按鍵——對。懂了嗎？現在數值比較大，是因為你把電通到了天線上，懂了吧？」

他靜靜地執行調諧天線的每道手續，直到指針乖乖指向最後的數值。

「大功告成！」他洋洋得意，高聲說道：「現在換孚烈德上場。這裡——哇，你的手心在冒汗，週末一定玩瘋了，一定是。等等，孚烈德！」他走出房間，回來時帶了一個超大的白色胡椒瓶，小心地在按鍵桿上的黑色菱形物灑下滑石粉。

「聽我一句話，」強森說：「別老是想著女人，好嗎？定下心來。」

萊澤爾看著自己張開的手掌，粒粒汗珠匯聚在掌紋裡。「我睡不著。」

「這是一定的。」他以親和的姿態拍拍無線電盒。「從現在開始，你跟她一起睡。她就是孚烈德夫人，聽到沒？不准劈腿！」他將剛才組合的部分拆解開，等萊澤爾自行組合。萊澤爾的動作慢如像小孩，相當痛苦地重組無線電。這是好久以前的事了。

日復一日，萊澤爾與強森一同坐在臥房的小桌前敲訊號。有時候強森會開著廂型車外出，留萊澤爾獨自一人，兩人分開練習，直到清晨。又或者萊澤爾與艾佛瑞會一同外出（萊澤爾不能單獨出門），一起到費伏德某處租屋打出訊號、編碼、傳送或接收密碼，內容淨是些瑣碎小事，裝成業餘火腿族正相互通訊。萊澤爾的變化很明顯，他變得緊張煩躁。他向霍爾登抱怨過，這樣連續更改頻率來傳輸的手續太複雜，不斷調諧也很困難，時間更是不夠。他與強森的關係一直不好。強森來得太晚，而萊澤爾基於某種原因堅持將他視為外人，不准他擅入這三人的世界。他認為自己與艾佛瑞和霍爾登存在著某種特殊情誼。

有天早餐時，場面十分荒謬。萊澤爾掀開果醬缸的蓋子，向裡面看了一眼，然後轉向艾佛瑞問。

「這是蜜蜂蜜嗎？」

強森一手拿刀，另一手是塗了奶油的麵包。他向前靠。

「孚烈德，我們不說蜜蜂蜜。我們都說蜂蜜。」

「對，蜂蜜。蜜蜂蜜。」

「只有蜂蜜兩個字，」強森強調。「在英國我們只說蜂蜜二字。」

萊澤爾小心地把蓋子放回去，氣到臉色發白。「我怎麼說話用不著你來教。」

原本正在看報紙的霍爾登突然抬頭。「強森，別亂講話，蜜蜂蜜這種說法百分之百正確。」

萊澤爾表現出的禮貌有一種身為僕役的感覺，而他與強森的爭吵似乎別有心機。

儘管發生過這種插曲，他們仍如同每個必須日日合作，進行同一任務的人，那些希望、情緒與鬱悶逐漸出現交集。如果訓練課程進行順利，接下來的一餐飯就吃得開開心心，兩人會以深奧的語彙討論電離層的狀態，或是某一頻率的跨距，又或是在調諧時產生的怪異數值；如果課程進行不順利，兩人話就少了，甚至完全不交談。除了霍爾登之外的人會趕緊吃完飯，因為無話可說。萊澤爾偶爾會問是否可以和艾佛瑞外出散步，但霍爾登搖搖頭，說沒有時間。而艾佛瑞就像心懷罪惡感的情人，並沒有要幫忙他的意思。

當這兩個星期接近尾聲，蜉蝣之家數度有來自倫敦的專業人士拜訪，專門領域不一。其中包括一名攝影教官。高個子，眼眶深陷，他來示範迷你相機的使用方式，附帶可更換式鏡頭；也有一名醫師，他態度和藹，完全沒有好奇心，只是連著聽診萊澤爾的心臟數分鐘。這是總務處的要求，因為涉及賠償問題。萊澤爾宣稱自己沒有需撫養親屬，但仍接受檢查，好讓總務高興。

愈來愈多活動在陸續進行，萊澤爾也從他的手槍上獲得極大慰藉。上週末收假後，艾佛瑞給了他一把手槍。他喜歡把手槍插在肩袋裡（夾克的褶邊將鼓起的部分掩飾得很好）。有時，在辛苦的一天結束後，他會拔出手槍撫摸，垂眼望著槍管，上下舉著槍，像在靶場一樣。「此槍無人能比，」他會這麼說：「這種尺寸最厲害。歐陸型的手槍都沒得比，女人的手槍就跟女人開的車一樣。約翰，聽我的話，點三八手槍是最厲害的。」

「現在改叫做九厘米了。」

圓場的海得來訪時，他對陌生人的憎恨爬升至前所未見的高峰。那天上午的課程進行並不順利，是計時無線電接發訓練，萊澤爾一直忙著轉譯四十組字母，傳輸出去。他的臥室與約翰的臥室如今搭起內線，兩人關著門玩無線電通訊，你來我往。強森教了他幾套國際電碼：QRJ，訊號太弱，無法判讀；QRW，傳輸快些；QSD，輸入狀態不佳；QSM，重複上一個訊息；QSZ，每個字傳兩次；QRU，無事報告。萊澤爾的傳訊表現愈來愈不穩定，強森的評語又玄奧難懂，更令他思緒混雜。最後，他在一氣之下大吼一聲，關掉無線電，悄悄下樓去找艾佛瑞。強森跟在他後面。

「孚烈德，你不能這樣就放棄。」

「別來煩我。」

「孚烈德，你的做法全錯了。我告訴過你，在傳輸訊息之前一定要先傳字母組的總數，怎麼教你都記不住——」

「喂，少來煩我聽到沒有！」他正要接著罵人時，門鈴響起。是海得。他帶來一位胖胖的助理，正吸著某種東西禦寒。

午餐時沒播錄音帶。客人都坐在一起，吃相陰沉，彷彿每天都吃同樣的東西，只是為了吸收卡洛里。海得是一名營養不良、臉色暗沉的男子，他一點幽默感也沒有，讓艾佛瑞聯想到蘇則嵐。他是來給萊澤爾新身分的，帶了些文件請萊澤爾簽名，替他假造身分證件，還有糧食配給卡的表格、駕駛執照、進入特定區域周遭之邊境地要帶的許可證，以及公事包裡的一件舊襯衫。午餐後，他把上述東西擺在起居室的桌上，而攝影教官則架起照相機。

他們幫萊澤爾穿上襯衫，替他拍證件照，依照德國的規定讓雙耳入鏡，然後請他簽名。他顯得很緊張。

「我們打算稱你孚萊澤。」海得說，彷彿事情就此定案。

「孚萊澤？跟我的姓名差不多嘛。」

「正是如此。是你們軍情科的意思。簽名時比較不會出差錯。你簽這些東西前最好先練練字。」

「換個假名比較好，換個比較不一樣的。」

「就用孚萊澤，」海得說：「這件事已經被上級決定好了。」他講話老愛強調被動語態。

現場沉默到令人不舒服。

「我想改。我不喜歡孚萊澤，我想改個不一樣的。」他也不喜歡海得，再過半分鐘他就要說出來了。

霍爾登在此時插手。「你要奉上級命令行事。這事是由軍情科拍板定案。現在想改也改不了。」

萊澤爾的臉色非常蒼白。

「那就叫上級改掉命令。我只是要個不一樣的假名——老天，這麼一點小事都不行？我的要求就這麼一點，改個名字而已，改個好一點的，不是照我的姓名改，弄得這樣半調子。」

「我不懂，」海得說：「只是訓練不是嗎？」

「你沒必要懂！改掉就是了。你算那根蔥？竟敢來這裡命令我？」

「我打電話跟倫敦那裡商量一下，」霍爾登說完上樓。大家等他下來等到氣氛凝重。

「那『哈貝克』。可不可以？」霍爾登問道，口氣中帶著諷刺。

萊澤爾微笑。「哈貝克可以。」他攤開雙手，做出道歉的手勢。「哈貝克就可以。」

萊澤爾花了十分鐘練字，然後在文件上簽名，每次都簽得很花俏，彷彿紙面上有粉塵。海得講述這些文件的用途，時間拖得很長。他表示，在東德其實沒有糧食配給卡，但可透過糧食店登記領糧，而店家會提供證明。他也說明旅行許可證的使用原則，以及在什麼情況下能獲准旅行。他也對萊澤爾耳提面命，無論是購買火車票或投宿旅館，首先必須出示身分證。萊澤爾想抗議，但霍爾登已經打算終止這場說明會了，但海得置之不理。講解完畢後，他點點頭，將舊襯衫折好，收進公事包，當成器材的一部分，然後帶著攝影教官離開。

萊澤爾剛才發的這場脾氣顯然讓霍爾登感到擔憂。他致電倫敦，命令助理葛拉斯東清查萊澤爾的檔案，看看有無孚萊澤這個名字。他查了每一條索引，卻毫無結果。艾佛瑞暗示霍爾登小題大作了，但霍爾登搖搖頭。「我們在等第二誓言。」

海得離開後，每天都有人向萊澤爾介紹他的臥底身分。艾佛瑞與霍爾登不厭其煩，分階段構築哈貝克的背景，替他編造工作、嗜好與休閒娛樂，包括感情生活與交友圈。兩人也合力進入此人虛構身分最無人觸及的角落，賦予萊澤爾本人幾乎沒有的技巧與特質。

伍德夫捎來軍情科的消息。

「科長相當勇往直前。」從他說話的口氣，旁人搞不好會以為雷科勒克正在與病魔搏鬥。「下個禮拜的今天，我們要前往呂北克。吉米．哥頓跟德國前線的人接洽過了，他說那些人相當可靠。我們也點出了沿線的越界點，在呂北克近郊找到農舍。他告訴房東我們是學術人士，想來這裡休息，呼吸新鮮的空氣。」伍德夫用一種要坦白什麼的神態看著霍爾登。「軍情科運作得太棒了。大家都團結一心，士氣很高昂啊！老霍，最近沒有人老在看時鐘了，這裡也沒有階級之分。丹尼森、杉弗德……全隸屬單一團隊。老雷在為可憐的泰勒爭取撫恤金，去找國防部理論，那個樣子還真感人。蜉蝣怎麼樣？進入狀況了嗎？」他壓低嗓音。

「還不錯。他在樓上操作無線電。」

「有沒有出現緊張的跡象？大發脾氣之類的？」

「就我所知目前沒有。」霍爾登回答，好像覺得對方反正不會知道。

「是不是愈來愈坐不住？照情況來看，這些人到這階段都會想找小姐。」

伍德夫帶來幾幅蘇聯火箭的素描，是由國防部製圖員按照研究處的相片描繪出來，放大到二乘三英尺，細心地貼在海報板上，有些蓋上保密等級章。顯眼的特徵都以箭頭指出。術語包括了尾翼、圓錐、燃料艙、彈頭。每支火箭旁都站了一個像企鵝的可愛小玩意兒，戴著飛行員的安全帽，下面以印刷體寫著：「真人大小」。伍德夫將這些海報放在起居室四處，像在展示個人作品。艾佛瑞與霍爾登默默看著。

「午餐後他可以自己看看，」霍爾登說：「現在暫時先收起來吧。」

「我也帶了影片，可以讓他熟悉一下背景。發射、運輸，也講一點有破壞力的東西。科長說，這些東西的功能他應該了解一下，提振他的精神。」

「他才不需要提振精神。」艾佛瑞說。

伍德夫想起了一件事。「噢——你那位葛拉斯東有事找你，說很緊急，不知道怎麼跟你連絡。我跟他說你有時間會回電。我想你是找他幫忙蜉蝣的事。是來真的還是演習？他說等你回倫敦後再告訴你答覆。他這種人是最優秀的士兵。」他瞥了天花板一眼。「孚烈德什麼時候下來？」

霍爾登突然說：「我不想讓你見他，布魯斯。」霍爾登很少直接喊別人的名。「抱歉，午餐你得進市區再吃了。飯錢算在會計處那裡。」

「為什麼不能見他？」

「保密問題。除非真有需要，沒必要讓他認識我們其他人。有圖表就行了，影片也可以說明一切。」

伍德夫深感侮辱，轉身離去。這時，艾佛瑞明白，霍爾登其實是決心維持萊澤爾的誤解，讓他以為本科沒有任何一個蠢材。

課程最後一天，霍爾登計畫進行全面演習，從上午十點延續到晚上八點，綜合演練市內的視覺觀察、祕密攝影，還有聽錄音帶。萊澤爾這天蒐集到的資訊必須寫成報告，晚上做好編碼後以無線電傳給強森。當天早上的歡樂氣氛感染了所有人。強森開玩笑說，拍照時無意漏掉牛津警察管區，萊澤爾則笑聲連連，甚至連霍爾登都願意露出病弱的微笑。學期終了，學生即將返家。

演習相當成功，強森很高興。艾佛瑞表現得興沖沖，萊澤爾則明顯感到欣慰。強森說，這兩次傳輸毫無缺點，孚烈德穩重如山。晚上八點時，大家共進晚餐，穿上最稱頭的西裝。為了加菜，霍爾登端出剩餘的勃艮地葡萄酒，大家舉杯慶祝，還提到未來可以年年舉辦同窗會。萊澤爾穿著深藍西裝，繫上水絲質淡色領帶，顯得十分英挺。

強森喝得很醉，堅持上樓拿萊澤爾的無線電，還多次舉杯致敬，稱呼它哈貝克夫人。艾佛瑞與萊澤爾坐在一起，從上星期開始的分居總算結束。

隔天是星期六，艾佛瑞與霍爾登返回倫敦，萊澤爾則與強森待在牛津，一行人準備在週一前往德國。星期日會有一輛空軍的廂型車過來載手提箱，由專人轉交人在漢堡的哥頓，強森的基地器材也同樣會帶去；接著，手提箱會送到呂北克附近的農舍，即蜉蝣行動的基地。艾佛瑞離開蜉蝣之家前做了一次最後回顧，部分原因是念舊，部分原因是租約由他簽署，擔心設備有所損毀。

回倫敦的路上，霍爾登顯得心神不寧。他似乎仍在等待，等一個連萊澤爾也不知道的危機。

15

同一天的晚上，莎拉躺在床上。她母親帶著她回倫敦。

「如果有事想找我，」他說：「不管妳人在哪裡，我都會趕過去。」

「你是指我快死的時候嗎？」她就事論事地說：「約翰，要我也會。我可以再問一次嗎？」

「星期一的時候。我們有一群人要去。」像是不熟的孩童那樣，各玩各的。

「德國的什麼地方？」

「總之是德國，在西德。去開會。」

「又要去收屍？」

「噢，拜託，莎拉，妳以為我是故意要瞞妳嗎？」

「對，約翰，一點也沒錯，」她直接說：「我認為，如果上級讓你告訴我，你就不會喜歡這份工作了。你擁有的是我無法分享的執照。」

「我只能說，這件事很大，是大型行動。有情報員。我在訓練他們。」

「負責人是誰？」

「霍爾登。」

「是把他跟老婆的私事講給你聽的那個人嗎？我覺得那個人很噁心。」

「不，妳講的是伍德夫。這個人很不一樣。霍爾登有些怪，學術味兒重，但非常厲害。」

「他們全都很厲害，不是嗎？伍德夫也很厲害。」

她母親端茶過來。

「什麼時候能起床？」他問。

「星期一——大概吧。要看醫生怎麼說。」

「她需要靜養。」她母親說完就走開了。

「如果你認為是對的，就儘管放手去做，」莎拉說：「但不要……」她話講到一半就搖搖頭，像個小女孩。

「妳吃醋，妳嫉妒我的工作，嫉妒工作上這些機密。妳不希望我熱愛自己的工作！」

「熱愛……那種工作你想多熱愛就多熱愛。」

兩人有段時間不願正視對方。「要不是為了安東尼，我真的會離開你。」最後，莎拉高聲地說。

「然後呢？」艾佛瑞用一種絕望的口吻問道，然後抓住那個空隙，「別讓安東尼阻止妳。」

「你從不和我聊天，與安東尼也是。他幾乎要認不得你了。」

「有什麼好聊的？」

「噢，老天。」

「我又不能聊工作，妳也知道。我現在跟妳透露的已經超出範圍了。所以妳才老是嘲笑軍情科，對吧？妳不了解它，也不想了解；妳不喜歡軍情科搞得神神祕祕，但我違規說出來時妳卻又唾棄我。」

「別再提這件事了。」

「我不會回來了，」艾佛瑞說：「我下定決心了。」

「這次你會記得幫安東尼帶禮物吧。」

「我有買那輛玩具卡車啊。」

夫妻再度相對無言。

「妳該見見雷科勒克，」艾佛瑞說：「該找他談談。他總是這樣建議，一起晚餐吧……他可能說服得了妳。」

「說服什麼？」

她發現睡衣外套縫線處垂著一片棉花，便嘆著氣從床邊桌子的抽屜取出指甲剪剪掉。

「應該從裡面拉才對，」艾佛瑞說：「亂剪會把衣服剪壞。」

「他們是什麼樣的人？」她問。「那些情報員。他們為什麼要出任務？」

「忠心吧，這是部分原因。部分是為了錢，我猜。」

「你是說你拿錢賄賂他們？」

「噢，閉嘴！」

「他們是英國人嗎？」

「其中一個是——莎拉，別再問了，我不能告訴妳。」他把頭湊近她。「別問了，親愛的。」他拉著她的手，她也任由他。

「全都是男人？」

「對。」

忽然間，她開口說話，態度跟剛才南轅北轍。沒有淚水，沒有嚴厲態度，語氣急促，但帶著感情，彷彿該說的話都已說盡。這是她做的抉擇：「約翰，我想知道——不知道不行。在你走之前，請告訴我。我知道這問題很差勁，非常沒有英國人的風範。但你接下這工作後，我就一直聽你在講，一直說什麼人不重要，我不重要，安東尼也不重要——說什麼情報員也不重要，可有可無。你一直對我說，你找到了終生志業。好，你的志向在哪裡？這是我想問的問題。這是什麼志業？這問題你總是答不出來，所以你才這樣左躲右閃。約翰，你是烈士嗎？你做出一番大事，我該不該佩服你？你做出什麼犧牲了嗎？」

為了閃避她的問題，艾佛瑞淡淡地回答：「不是妳講的那樣。我是在執行任務，我是技師，是一部機器裡的零件。妳想逼我講出自相矛盾的說法，對不對？妳想突顯出似是而非的部分。」

「不對，我要你講的你已經講出來了。你在四周畫了圈圈，不想走出來。那不算什麼自相矛盾的說法，那叫沒有說法。你還真謙虛啊，竟然真的認為自己如此渺小？」

「是妳把我變渺小。別在那邊冷笑，妳現在就把我變得渺小了。」

「約翰，我發誓我不是故意的。昨晚你回家，一副談了戀愛的模樣，好像從中獲得了撫慰。你看起來是那樣自由自在，情緒穩定，我還以為你外面有女人。所以我才問。真的，我才想問是不是全是男人……我還以為你愛上別人。現在你卻說自己一無是處，語氣還那麼神氣。」

他等著，然後露出微笑。是面對萊澤爾時的那種微笑。他說：「莎拉，我實在非常想念妳。待在牛津那段時間，我去看了我們以前的房子——在千度斯路的那棟。還記得嗎？那段時光真美好，是不是？」他捏了她的手一下。「真的很美好。我當時在回想我們的婚姻，在想妳，也想著安東尼。我愛妳，莎拉。我愛妳。我愛妳的一切。我喜歡妳扶養我們兒子的方式。」他大笑一聲。「你們兩人都有那種脆弱特質，有時我幾乎分不出你們。」

她保持緘默，所以他繼續說：「我在想，如果搬去鄉下，買棟房子——我現在有些錢了，雷科勒克可以幫我申請貸款。這樣安東尼就有地方可以跑跑步，只要擴大我們的生活圈就好。我們可以去看看電影，就像我們在牛津念書時一樣。」

她漫不經心地說：「有嗎？搬到鄉下就沒辦法看電影了，不是嗎？」

「軍情科給了我事做，妳不懂嗎？是一份真正的工作，很重要的工作，莎拉。」

她輕輕將他推開。「我媽叫我們去瑞蓋特過耶誕節。」

「可以啊。是這樣的，關於工作，我替他們賣命，現在他們對我有所虧欠，所以用平等的態度對我，也把我當同僚。我成了他們的一員。」

「所以負責人不是你吧？你只是團隊的成員之一，不用犧牲。」兩人又回到起點，但艾佛瑞並沒有發現這點，繼續柔聲勸說：「要不要我告訴他？跟他說妳願意一起吃晚餐？」

「饒了我行不行，約翰。」她動怒，「我又不是你的那些可憐情報員，別指揮我。」

★

此時，霍爾登坐在辦公桌前閱讀葛拉斯東的報告。

在卡許達特區域曾經進行過兩次演習，分別是一九五二年與一九六〇年。第二次演習時，俄國人出動步兵攻擊羅斯托克，協同重坦克支援，卻無空軍掩護。外界對一九五二年的演習所知甚少，只知曾有大軍進駐沃肯鎮，據說肩章是紫紅色。這份報告並不可靠。兩次演習期間，軍方宣布該區為禁區，最遠至北岸。隨後詳細列出主要產業。有部分證據顯示，沃肯以東的高原建起一座新的煉油廠，建築使用的工具來自萊比錫。證據雖來自圓場，但圓場拒絕透露消息來源。可想而知（但可能性不高），建築使用的工具是走鐵路運輸，經卡許達特運走。沒有證據顯示當地民眾或產業發生動亂，也沒有任何事件能解釋為何封鎖該區。

檔案室送來的一封信放在收件匣裡。他想調閱的檔案，檔案室已幫他找到，但有些檔案屬於限閱資料，必須親自到圖書室閱覽。

他下樓打開檔案室鋼門上的號碼鎖，想開燈卻摸不到開關。最後，他摸黑穿過書架，來到建築物後方一間沒有窗戶的小房間，這裡存放狀況特殊或較機密的文件。此處伸手不見五指，他劃了一根火柴，開燈。桌上有兩套檔案：蜉蝣，高度限閱。如今檔案已編纂出第三大冊，限閱名單貼在封面；另一份則是欺敵（蘇聯與東德），在硬殼檔案夾裡收集了許多文字與相片資料，整理得無懈可擊。

他稍微瞥了蜉蝣檔案一眼，然後將注意力放在欺敵的檔案夾上。他翻閱那些令人看了會覺得沮喪的種種惡棍、雙面諜與瘋子，他們散布在地球各個角落，憑著各種能想像得到的藉口，企圖誘騙西方情報單位，並不時得逞。檔案夾裡包含的那些技巧相似到索然無味；也有他們細心重建的微小真相，資料來自報紙及市井傳言；另有追蹤報告，寫得比較不用心，透露出欺騙者對被騙者的輕蔑態度；最後，想像力起飛，便是以狂妄文筆率性地結束一段早被判刑定讞的關係。

在一份報告中，他發現葛拉斯東以姓名縮寫標出之處，上方有謹慎而渾圓的筆跡寫著：「你可能會有興趣。」

根據難民報告，蘇聯在谷斯維勒發起坦克演習，上面註明：「不應發布。此為虛構。」後面有一長串說明，引述這份報告是摘自一九四九年的蘇聯軍事手冊，幾乎一字未改。偽造者顯然是將原文的長寬各放大三分之一，然後以個人巧思加工。文章中附上六張相片，極為模糊，據稱是以長鏡頭從火車上拍攝。相片背面是麥庫洛克小心翼翼的筆跡。「據稱是用Exa二號相機，東德製。廉價相機殼。Exakta伸縮鏡頭。低速快門。由於火車震動，底片非常模糊。可疑。」但依舊無法取得定論，只是同一型的相機而已。他鎖上檔案室回家。雷科勒克說過，證明耶穌生在耶誕節當天並非他的職責。霍爾登也想起，泰勒是否遭人殺害，證據也不用他來調查。

★

伍德夫的妻子在蘇格蘭威士忌裡添了點汽水，濺了出來。與其說是增添風味，不如說是習慣使然。

「睡在辦公室裡嗎？算了吧，」她說：「你有沒有領任務津貼？」

「有，當然有。」

「好吧，那就不是去開會了。開會不算任務，除非啊，」她嗤嗤笑著。「會議開在克里姆林宮。」

「好吧，不是去開會。是任務。所以我才有津貼可領。」

她殘酷地看著他。她身材細瘦，膝下無子，雙眼被嘴裡叼的香菸熏得半閉起來。

「根本什麼事也沒發生，全是你們編出來的。」她開始大笑，笑得無情而虛假。「真可憐，」她說，接著又笑了出來，語氣中帶點斥責的意味。「老雷還好嗎？你們全都怕他對不對？為什麼從來不敢頂撞他？吉米．哥頓以前就常頂撞他；他看透了雷科勒克這種人。」

「別跟我提吉米．哥頓！」

「吉米好可愛。」

「小芭，我警告妳！」

「可憐的老雷。你還記得嗎，」他的妻子一面回想一面問：「他在俱樂部請我們吃晚飯那次。那次他記得是輪我們領福利金。有牛肉腰子派，還有冷凍豌豆。」她啜飲著威士忌。「還有沒冰過的琴酒。」說著她忽然想起來。「他有沒有交過女朋友？」她說：「老天，我怎麼以前從沒想過這件事？」

伍德夫把話題拉回較安全的地帶。

「好吧，的確沒發生什麼事。」他起身，臉上掛著一副傻笑，從桌上取走幾根火柴。

「不准在裡面抽那根臭菸斗。」她反射性地說。

「的確沒發生什麼事。」他用高傲的語氣重複，點燃菸斗抽了起來，聲音非常大。

「老天，我恨你。」

伍德夫搖搖頭，臉上仍有淺笑。「沒關係，」他說：「沒關係。親愛的，這是妳說的，我什麼也沒有說。我不睡辦公室那就一切沒問題，對吧？這樣一來，我也算沒去過牛津，甚至沒去過國防部，晚上也沒有專車送我回家。」

她往前靠，語調忽然變得急促，散發出些許危險氣息。「怎麼樣？」她咬牙切齒。「我有權知道，難道不是嗎？我是你老婆耶！你有事情都對辦公室那些小賤貨講，為什麼不跟我講？」

「我是想派人越過邊界，」伍德夫說。這是他的勝利時刻。「我負責倫敦這邊。現在出現了危機，可能會引發戰爭。這牽扯到一些很敏感的事。」火柴已經熄滅，但他仍在上下甩著，動作很大。他看著妻子，眼神得意。

「你騙人，」她說：「別把我當白痴。」

★

在牛津，街角酒吧的客人只坐滿四分之一。他們獨占了交誼廳。萊澤爾啜飲著雪白淑女，無線電教官強森則拿軍情科公款暢飲最上等的苦啤酒。

「動作放輕點準沒錯，孚烈德，」他親切地說：「最後一次練習時你表現很好。我們一定可以收到，放心。你距離邊界只有八十英里，只要熟記程序，一切都可以輕鬆完成。調頻時動作放輕，不然我們全死定了。」

「我會記得。別擔心。」

「不用擔心被德國佬攔截，反正傳的又不是情書，只是五、六組字母。然後就換新的呼叫訊號，再改變頻率。這樣他們就沒辦法追蹤到，至少你在那邊時他們還查不出來。」

「現在他們說不定已經有辦法了，」萊澤爾說：「也許大戰之後追查的技術會提升。」

「他們已經夠忙的了。有船運、軍隊、飛航管制，還有天知道什麼鬼東西。他們又不是超人，孚烈德。他們跟我們一樣愛打瞌睡。放心啦。」

「我又沒擔心。大戰期間他們沒逮到我——至少不算太久。」

「孚烈德，這樣好了，我們再喝一杯就溜回去，好好操一下哈貝克夫人。不開燈，一片黑。她可是羞得不得了。總之，在交出無線電前徹底弄熟，明天就可以輕鬆一下了。再怎麼說，明天是星期日不是嗎？」他熱切地說。

「我想睡。能不能讓我睡一下，傑克？」

「明天啦，孚烈德。明天就可以好好休息了。」他以手肘輕碰萊澤爾。「孚烈德，你現在算是已婚男子，不能一上床就呼呼大睡。我們以前都說這等於立下了第二誓言。」

「好吧，算了。那你別再講了行嗎？」萊澤爾的怒氣一觸即發。「別再講了。」

「抱歉，孚烈德。」

「我們什麼時候去倫敦？」

「星期一。」

「約翰會在嗎？」

「我們會在機場跟他碰面，上尉也會去。他們希望我們再稍微練習……例行程序之類的。」

萊澤爾點頭，輕輕在桌面用無名指與中指敲著，彷彿正在敲無線電按鍵。

「對了。你週末去倫敦時碰見了什麼樣的小姐啊？說來聽聽吧？」強森問。

萊澤爾搖搖頭。

「沒關係，喝乾剩下半杯，再陪我好好打一局撞球。」

萊澤爾害羞地微笑，忘了剛才的惱怒。「我的錢比你多的，傑克，雪白淑女是很貴的飲料。你別擔心。」

他磨磨球杆尖端，放下六便士銅板。「我輸了賠雙倍，贏家一筆勾銷。」

「喂，孚烈德，」強森輕聲說：「別老想著贏大錢，盡量把那顆紅的打進一百分的洞。打二十跟五十，積少成多，你就贏定了。」

萊澤爾忽然生起氣。他把撞球杆放回去，從鉤子上取下駝絨外套。

「怎麼？孚烈德，現在又怎麼了？」

「看在老天的分上，放我走！不要一副獄卒的模樣。我有任務在身，就跟在大戰期間一樣。我不是坐在牢房裡等著受絞刑。」

「別傻了，」強森輕聲說，一邊拿走他的外套掛回鉤子上。「更何況我們已經不用絞刑了，現在都改說極刑。」

★

凱蘿把咖啡放在雷科勒克前面的桌上。他抬起頭，睜大眼睛道謝。雖然疲倦但仍看得出受過精良訓練，簡直像是宴會到了尾聲時的小孩。

「埃卓恩・霍爾登回家了。」凱蘿說。雷科勒克將視線轉回地圖。

「我往他辦公室裡頭看了一下。沒人道晚安。」

「他從來不道晚安。」雷科勒克相當得意。

「還有沒有需要幫忙的地方？」

「碼要怎麼換算成公尺？這我老是記不住。」

「我也是。」

「圓場說，這道排水溝有兩百公尺長。大概是兩百五十碼，對吧？」

「我猜是這樣。我去拿換算手冊。」

她走到自己的辦公室，從書架上拿來換算手冊。

「一公尺等於三十九・三七英寸，」她朗讀。「二百公尺等於一百〇九碼又十三英寸。」

雷科勒克抄下來。

「我認為應該先發個電報給哥頓，跟他確認一下。先喝咖啡，然後帶妳的筆記進來。」

「我不想喝咖啡。」

「普通急件就行，我不想吵醒老吉米。」他用小小的手迅速梳了一下頭髮。「第一、前進隊伍：

霍爾登、艾佛瑞、強森跟蜉蝣，搭BEA班機編號多少多少抵達目的地，時間是十二月九日幾點幾分。」他抬頭看了一下。「細節向行政處要。第二、全員以真名出差，接著搭火車至呂北克。基於保密原則請勿複述，勿至機場接機，但一行人抵達呂北克基地時，可以私下連絡艾佛瑞；我們不能叫他連絡老霍，」他簡短一笑，說：「那兩人處不來……」他抬高音量。「第三、第二批人——包括科長——於十二月十日早晨搭機抵達。可至機場接機，稍事討論，再送他前往呂北克。第四、你扮演的角色是要在檯面下全程提供建議與協助，期望蜉蝣行動能圓滿成功。」

她站起身。

「約翰·艾佛瑞非去不可嗎？他可憐的老婆已經好幾個禮拜沒見到他了。」

「戰爭造成不幸，」雷科勒克正眼也不瞧她地回答。「人要爬兩百二十碼得花多少時間？」他低聲說：「噢，凱蘿，那封電報裡再加一句話：第五、打得好。給老吉米一點鼓勵，他自己一人在外奮鬥很辛苦。」

他從收件匣裡拿起一個檔案，批判地盯著封面，似乎也察覺到凱蘿的視線還停留在他身上。

「啊。」一個做作的微笑。「一定是匈牙利來的報告。妳去維也納時有沒有碰見亞瑟·費厄丹？」

「沒有。」

「他是好人，會是妳喜歡的類型，是我們最厲害的人之一……他很吃得開。布魯斯告訴我，他觀察過布達佩斯的單位變遷，那份報告寫得非常好。我一定要找老霍去看看。最近事情還真多。」他打開檔案，開始閱讀。

★

老總問：「跟海得談過沒？」

「談了。」

「怎麼樣？他怎麼說？他們那邊有些什麼？」

史邁利遞給他一杯加了蘇打的威士忌。這兩人正坐在史邁利位於水濱街的住宅。老總坐在他喜歡的椅子上，離壁爐最近。

「他說他們得了初夜緊張症。」

「是海得說的？海得會講出那種話？真不尋常。」

「他們在北牛津弄到一整棟房子，情報員只有一個，大約四十歲，波蘭人。他們讓他裝成馬德堡的機械工，好像姓孚萊澤。他們想申辦到羅斯托克的通行許可。」

「另外還有什麼人？」

「霍爾登和那個新人，艾佛瑞。那個人來找我談過芬蘭快遞的事，還有一個無線電教官，傑克・強森。大戰期間我們和他合作過。就這些人。虧他們有一大堆情報員。」

「他們想幹麼？為了一個訓練花那麼多錢；是誰給他們的？我們不是有借他們一些器材嗎？」

「對，一臺B2。」

「什麼鬼東西？」

「戰地無線電，」史邁利語氣惱怒。「你說過只能給這東西。另外還有晶體整流器——何必給他們晶體整流器？」

「只是好心。一臺B2是吧？算了，」老總似乎如釋重負。「憑那種東西也搞不出什麼花樣吧？」

「你今晚要不要回家？」史邁利不耐煩地問。

「我還以為你會幫我在這裡準備一張床，」老總提議道：「老是要趕回家真累。不過是人的問題……那些人愈來愈不行了。」

★

萊澤爾坐在桌前，雪白淑女的滋味仍殘留口中。他盯著手錶的夜光錶面，手提箱打開，放在面前。時間是十一點十八分，分針掙扎著往十二走去。他開始敲按鍵，JAJ、JAJ——記住了嗎，孚烈德，我的姓名是傑克．強森。他轉至接收，果然接到強森的回覆，毫無差錯。慢慢來，強森吩咐過，別魯莽。我們會整晚收聽，時間表還有很多。透過小手電筒的光束，他數了數編碼組的數目。共有三十八組。他關掉手電筒，敲出三和八。數字很簡單，卻拖得很長。他的思緒非常清晰，可以聽見傑克不斷的輕聲叮嚀。短音打太快了，孚列德，短音是長音的三分之一，懂嗎？比你想的還長。孚列德，空檔後別太快接著打，兩個字之間空五短音，兩個字母之間空三短音。前臂維持水平，跟按鍵桿呈一直線；手肘稍微離開身體，就像持刀搏鬥。他邊想邊微笑，然後開始按鍵。孚列德，手指放鬆，放輕鬆點，手腕別碰桌面。他打出第一、第二組字母，空檔稍微快了些，但沒有平常那麼快。接下來是第三組，這裡要加進安全訊號。他敲出S，取消後再敲出接下來十組，偶爾瞥一下手錶。經過兩分半，他關機，摸索著存放晶體整流器的小袋，以指尖找出機器上的雙頭插座，插上去，然後分階段進行調頻，扭動轉盤，用手電筒照著新月形的窗戶，藉著反射的光線查看轉動的黑指針。

他打出第二個呼叫訊號，PRE、PRE，然後快轉至接收。果然又是強森，QRK 4，你的訊號可讀。他又開始傳輸，手的動作雖緩慢卻有條不紊，視線則跟著無意義的字母走，最後他滿意地點點頭，得知強森的回覆：訊號收到，QRU：無事報告。

兩人練習完畢後，萊澤爾堅持出去散個步。外頭寒氣逼人。他們沿著沃頓街走，最遠來到烏斯特的城門，然後途經班貝利路，再度回到位於北牛津那座令人肅然起敬的聖殿，漆黑的蜉蝣之家。

16 出發

吹著同樣的風。是那陣拖拉著泰勒冰封屍體的風，也是將雨水吹落在黑修士路黑牆上的風，更是抽打著牧草港青草地的風。如今，它迎面吹襲著農舍的窗擋板。

農房淨是貓騷味。裡頭沒有地毯，地板鋪了石子，四季皆潮溼。他們一抵達，強森立刻點亮門廳裡貼了磁磚的火爐，然而溼氣卻仍逗留在青石板上，像疲倦的軍隊那樣聚集在凹陷處。暫住在這裡的期間他們連一隻貓也沒看見，但每個房間都聞得到貓騷味。強森在門階放了一片鹹牛肉，十分鐘後便不見蹤影。

這棟房子只有一層，穀倉式的屋頂高聳，磚頭結構，旁邊有一小叢低矮的樹林，上方則是大片的法蘭德斯風格天花板。屋子呈長方形，牛棚蓋在背風處。此地距離呂北克北方兩英里。雷科勒克吩咐不准他們進市區。

有一道梯子通往閣樓，強森在上面設了無線電，從兩根梁柱間拉出天線，然後通過天窗，伸進馬路邊的榆樹枝葉裡。在屋子裡時，他穿著膠鞋，是棕色的軍鞋，身上穿西裝外套，有著飛行中隊的徽章。哥頓事先請人從采勒的軍隊餐飲部送食物過來，用舊的厚紙箱裝著，擺滿廚房地板，收據註明

「哥頓先生之友人」。裡頭有兩瓶琴酒，三瓶威士忌。房裡有兩間臥房。哥頓送來陸軍床，每個房間兩張，也準備了閱讀燈，附上標準綠燈罩。霍爾登對軍床感到極為憤怒。「他一定知會了這一帶所有部門，」他抱怨。「廉價威士忌，軍隊餐飲部的東西，軍床。我看他接下來就要徵用這棟房子了。老天，搞行動搞成這種地步。」

他們抵達時已近傍晚。強森架設好無線電後就在廚房忙了起來。他是個居家型男人，煮飯打掃毫無怨言。他穿著合腳的膠鞋輕巧地走在青石地板上。他煮好罐頭牛肉炒蛋，幫每人泡了一杯可可，加很多砂糖。大夥兒在門廳的火爐前吃飯，講話的人大多是強森，萊澤爾則非常安靜，幾乎沒碰食物。

「怎麼啦？孚烈德，你不餓嗎？」

「抱歉，傑克。」

「在飛機上吃太多甜食，真可憐。」強森對艾佛瑞眨眨眼。「你對空服員使眼色被我看見了。你知道嗎，孚烈德，你不該那麼做，你會傷人家的心。」他對餐桌上每個人皺眉，做出一副不認同的表情來搞笑。「你們知不知道，他那樣色瞇瞇的，把人家從頭到腳全看光。」

艾佛瑞順從地咧開嘴笑。霍爾登則不予理會。

萊澤爾擔心著月亮。所以，晚餐後他們便去站在後門，一小群人湊在那裡發抖看天空。竟然那麼亮，說也奇怪，雲朵如黑煙般浮在空中，低到幾乎與矮林中那些搖擺著的枝椏混成一氣，也半遮住遠方灰色的平原。

「到邊界會更暗，孚烈德，」艾佛瑞說：「那邊地勢較高，丘陵較多。」

霍爾登說大家應該早點睡，所以再喝一杯威士忌後，十點十五分左右，四人就寢。強森與萊澤爾睡一間，艾佛瑞與霍爾登到另一間。房間無人分配，眾人卻都很清楚自己該走往何處。

★

強森進他們臥房時已過午夜。艾佛瑞被他膠鞋的吱吱聲吵醒。

「約翰，你醒著嗎？」

霍爾登坐起身。

「是孚烈德。他一個人坐在門廳，我叫他盡量睡一下，還給了他兩顆藥片，是我母親吃的那種；一開始他甚至不想上床，現在則自己坐在門廳。」

霍爾登說：「別去煩他。他沒事的。該死，風這麼強沒人睡得著。」

強森回去自己的臥房。大約過了一小時，門廳那裡仍無聲響。霍爾登說：「你最好去看看他到底想幹什麼。」

艾佛瑞穿上大衣，經過走廊。兩旁是一些《聖經》名言的刺繡，也有一幅呂北克港的古老複製畫。萊澤爾坐在磁磚火爐旁的椅子上。

「嗨，孚列德。」

他看起來既蒼老又疲倦。

「很靠近這裡，對不對——就是我要越界的地方？」

「大約五公里。科長早上會跟我們說明。他們說這趟很簡單。他會給你所有證件和相關資料，下午我們會帶你去看看地方。倫敦這邊的人花了很多心血。」

「在倫敦，」萊澤爾複誦，但忽然又說：「大戰期間，我也在荷蘭出過任務。荷蘭人心地很好，我們派過很多情報員去荷蘭。女性。全都被抓走了。你那時年紀還小。」

「我有讀過。」

「德軍抓到無線電操作員，我們的人不知道，就再派情報員過去。他們說也沒有別的辦法。」他講得很快。「我那時也是小毛頭一個。他們找我出任務，說要快去快回，因為操作員人手不足。我不會講荷蘭文，他們說沒關係，會有人在跳傘的地方接我。我只需負責操作無線電。那邊會準備藏匿地點。」他的思緒遠颺。「我們飛進去後完全沒動靜，沒人開槍，也沒有探照燈，所以我就跳了。降落後，他們就在那邊，兩男一女。說出暗號後，他們帶我到路邊騎車。沒時間埋降落傘了，那時管不了那麼多。我們找到藏匿地點，他們給我食物。晚餐後，我們上樓，無線電就在樓上，沒有時間表，因為那個時代倫敦整天都監聽。他們給我訊息，我傳出呼叫訊號——『請回答ＴＹＲ、請回答ＴＹＲ』。然後傳出放在我前面的訊息，二十一組，四個字母。」

他停下來。

「結果呢？」

「他們盯著我打出訊息，他們想知道安全訊號放在哪裡——放在第九個字母。如果是C就改打B，如果是B就改打A。他們讓我打完訊息，然後架住我，一個人負責揍我。房裡到處都是人。」

「是誰？孚烈德？他們到底是誰？」

「不能問這種話，因為你怎麼也不可能想出來。事情沒那麼簡單。」

「可是——老天，是誰的錯？到底是誰幹的？孚烈德？」

「誰都可能。怎麼也分辨不出來。你會懂的。」他露出放棄的神態。

「這次只有你。其他人不知道。沒有人知道你會去。」

「是。有道理。」他的雙手交握放在大腿上。他彎腰，瑟縮起來，像是覺得很冷，顯得渺小。

「大戰期間好一點，因為不管情況有多糟，你心裡都會想：總有一天我們會打贏，就算被抓走，你也會想：『他們會來救我，他們會空降一些人，或發動突襲。』其實他們絕不會這樣做。但想像一下總行吧？只要靜靜地幻想一下。可是，這回沒有人會打勝仗吧？」

「情況不同。不過重要性更高。」

「要是我被抓走，你們打算怎麼辦？」

「我們會救你回來的，別擔心，孚烈德。」

「好。怎麼救？」

「孚烈德，我們的單位很大，有很多事情你還不清楚。這邊有線民，那邊也有。無法看清全部的布局。」

「你看得清嗎？」

「孚烈德，不能說是全部，只有科長知道全貌——就連上尉都沒辦法。」

「科長是怎樣的人？」

「他在這行服務很久了，你明天會見到他。他是個非常傑出的人。」

「上尉欣賞他嗎？」

「當然。」

「從來沒聽他提過。」萊澤爾說。

「他從來不提他。」

「我交過一個女朋友，她在銀行上班。我跟她說我要離開。如果出事，我不希望她亂講。她還是個孩子。」

「叫什麼名字？」

一瞬間不信任的表情。「算了，不過如果她出現，盡量別找她麻煩。」

「你什麼意思，孚烈德？」

「算了。」

之後萊澤爾就不說話了。破曉後，艾佛瑞回到自己臥房。

「怎麼回事？」霍爾登問。

「大戰期間他被害得很慘，在荷蘭遭人背叛。」

「然而他卻肯再給我們一次機會。人真好。就像他們說的一樣。」隨後，他說：「雷科勒克今天早上會到。」

他的計程車於十一點抵達。車子還沒靠邊停妥，雷科勒克已經跳下車。他穿著有帽子的粗呢大衣，棕色皮鞋相當厚重，適合荒野健行。他頭戴軟帽，神采奕奕。

「蜉蝣呢？」

「跟強森在一起。」霍爾登說。

「我有床睡嗎？」

「他走後可以睡他那張。」

十一點三十，雷科勒克召開說明會，下午大家準備前往邊界一趟。

說明會在門廳舉行，萊澤爾最後才進來。他站在門口看著雷科勒克，而雷科勒克則以能贏得人心的態度微笑，彷彿相當喜歡眼前的成果。兩人身高相差無幾。

艾佛瑞說：「科長，這位是蜉蝣。」

雷科勒克的雙眼仍停在萊澤爾臉上。他說：「我應該可以稱他孚烈德。你好。」他走上前握手，兩人的態度都很正式，一本正經。

「你好。」萊澤爾說。

「希望他們沒把你操得太慘。」

「我還好，長官。」

「我們都感到相當欽佩，」雷科勒克說：「你的表現非常優秀。」他的口氣像在對選民講話。

「任務還沒開始呢。」

「我一直認為訓練就相當於一場戰役的四分之三。老霍，你說是不是？」

「是。」

大家紛紛坐下。雷科勒克站在稍遠處。他在牆上掛了地圖。可能是因為他的地圖，或他言詞的精準度，也可能是他嚴謹的儀態（綜合了目的性與自制力，令人捉摸不定），在此時此刻，雷科勒克以上述其中一個莫名其妙的方式，讓人回想一個月前他在黑修士路進行說明時的模樣。那懷舊、倡導的氛圍一如當時。他有一種魔術師的天分，無論是提到火箭或無線電傳輸、臥底身分或越界地點，在在暗示著自己對此主題極度熟稔。

「你的目標在卡許達特——」他淺淺一笑。「有名的東西只剩壯觀的十四世紀教堂。」眾人放聲大笑，萊澤爾也是。雷科勒克這麼熟悉老教堂真好。

他帶來越界點的示意圖，上頭以不同顏色的墨汁畫上，邊界線是紅的。畫得很簡單。他說，西邊有個低矮的山丘，長滿荊豆與歐洲蕨，走向與邊界平行，但南端會彎向東，形成一道狹窄的山臂，延伸至距離邊界約兩百二十碼處，正對面有座瞭望塔。瞭望塔距離分界線有一大段，下面有著帶刺鐵絲網的圍牆。據觀察，這層鐵絲網只有單層，鬆鬆地纏在木樁上。分界線與實際邊境間有一長條領土，無人防守，有人曾看過東德衛兵為了過去巡邏而解開鐵絲網。下午時，雷科勒克會指出確切的木樁。他說，越界點距離瞭望塔這麼近，蜉蝣不該擔心，就經驗判斷，衛兵的注意力會集中在遠方。夜間行動十分理想。氣象預測會颳強風，沒有月亮。雷科勒克將越界時間定在兩點三十五分；衛兵在午夜換哨，每人站三小時。合理推斷是衛兵站了兩個半小時後，警覺心會不如剛開始站哨時。而這時前來換哨的衛兵仍未從北邊那個有段距離的兵營出發。

雷科勒克繼續說，他們花了很多心血調查是否有地雷。他細小的手指沿著綠虛線來到邊界對面的山丘末端。從地圖上可看到有條古老步道確實與萊澤爾即將踏上的路線重疊。根據觀察，前線衛兵都避免走這條路，步道以南十碼處另外踩出了一條小路。雷科勒克說，據猜測，步道上埋了地雷，而一旁的區域沒有，是為了方便巡邏。雷科勒克建議萊澤爾走前線衛兵走的小路。

在山腳與瞭望塔之間距離不到兩百碼，萊澤爾應該盡量匍匐前進，將頭壓至歐洲蕨的高度，如此便能躲過瞭望塔的衛兵。雷科勒克接著微笑著說，令他慶幸的是，沒有記錄顯示入夜後在鐵絲網西側會有人巡邏。東德的衛兵似乎擔心自己人會偷偷溜走。

一旦過界，萊澤爾應該避開任何一條小路。鄉間地勢險惡，處處林地，走起來會比較辛苦，但也比較安全。他該往南走。原因很簡單。往南走的話邊界會向西轉，延長約十公里。萊澤爾如果往南，距離邊界就不只兩公里，而是長達十五公里，可以迅速逃離東邊的守衛巡邏區。雷科勒克隨意抽出插在大衣口袋裡的手，點燃香菸，隨時注意著集中在他身上的眼光。他建議萊澤爾往東走半個小時，然後往正南方走，朝瑪連荷斯湖方向前進。湖的東端有間廢棄船屋，他可以進裡面躺幾個小時，吃點東西。這個時候萊澤爾可能就會想喝一杯了（他發出一陣放鬆心情的笑聲）。他會在背包找到一小瓶白蘭地。

講笑話時，雷科勒克有個習慣，他會身體站直，腳跟離地，像是打算將自己的俏皮話發射到高空。

「不能喝點攙琴酒的東西嗎？」萊澤爾問：「我喝慣了雪白淑女。」

現場靜下來，似乎陷入一陣迷惘。

「那可不行。」雷科勒克語氣唐突。他畢竟是萊澤爾的主子。

休息過後，他就要走進瑪連荷斯村，尋找前往休威林的交通。雷科勒克輕聲說，從這裡開始，萊澤爾就要靠自己了。

「從馬德堡到羅斯托克的證件全備妥了。進到休威林後，你走的就是合法路線。而你的臥底身分我不想多說，因為你已經跟上尉討論過。你的姓名是孚烈德．哈貝克，未婚，機械工，馬德堡人，受聘於羅斯托克的國營合作社造船工廠。」他微笑著，無人插嘴。「這些細節，我相信你已經一一討論過了。你的感情生活、薪水、病歷、兵役，以及其他東西。關於這個臥底身分，我只想多說一句。千萬別主動提出訊息。對方不會要你解釋自己的身分，如果被人盤查就見招拆招。盡量貼近事實。關於臥底這件事，」他高聲說出自己最喜歡的座右銘。「不該虛構，而是要當作事實的延伸。」萊澤爾大笑起來，但笑得保守。一副希望雷科勒克能長高一些的模樣。

強森從廚房端出咖啡，雷科勒克急忙說：「謝謝你，傑克。」語氣像是覺得每人各司其所。

雷科勒克將話題轉向萊澤爾的任務目標，一一道出幾個跡象，暗示它們不過是證實了他長久以來的懷疑。他所採取的語調艾佛瑞從未聽過他用過。他也以引申、刻意遺漏及直接影射的方式，全力暗示本科能力高超，財源充足，與其他單位互動良好，在判斷上的權威性無人能置喙，因此享有崇高地位，百毒不侵。這樣不免讓萊澤爾懷疑，如果真是如此，為什麼要大費周章找他來冒生命危險。

「火箭現在放在這區，」雷科勒克說：「要怎麼找，上尉都跟你們介紹過了。我們想知道那些火箭長什麼樣、放在哪裡，最重要的是——由誰來操控。」

「我知道。」

「你一定要使出我們最常用的那幾招，在酒吧聽到八卦，想找失散多年的袍澤。這些東西該怎麼編，你都知道。找到火箭後立刻回來。」

萊澤爾點點頭。

「在卡許達特當地有間工人旅社。」他打開市區圖。「這裡，就在教堂隔壁。可以的話就住在裡面。可能會遇到真正跟……」

「我知道。」萊澤爾重複。霍爾登動了一下，焦慮地朝他瞥了一眼。

「也有可能打聽到以前在車站工作的人，菲利契。他給了我們一些跟火箭有關的細節，然後就消失了。如果有機會，不妨去車站打聽，就說他的朋友……」

出現一段幾乎讓人注意不到的停頓。

「憑空消失了。」雷科勒克又說。這是說給大家聽，不是對自己。他的心思飄到別處。艾佛瑞焦慮地看著他，等他繼續說下去。最後，他很快地開口。「我刻意避開通訊問題不談，」從他的口氣判斷，這場說明會即將結束。「因為我想你已經談過好幾次了。」

「儘管放心，」強森說。「所有接發時間都在晚上，頻率範圍變得非常簡單。他白天不必擔心上機，長官。我們模擬過好幾次了，都很成功。孚烈德，你說是不是？」

「是，非常成功。」

「至於回程，」雷科勒克說：「我們依照大戰時的規定。孚烈德，這次沒有潛水艇，在這類任務裡都不會出現。你回來後，要盡快向最近的英國領事館或大使館報告，報上本名，請求遣送回國。你要表示自己是需要急難救助的英國公民。就直覺來說，你從哪裡進去就從哪裡出來。如果遇上麻煩，不一定要直接往西走。先稍微避避風聲。反正你錢也帶滿多的。」

艾佛瑞知道自己將永難忘懷這天上午的情景。眾人圍坐在農舍的那張桌前，像是一群懶散的弟兄圍坐在特製鐵圓頂屋裡的會議桌，每張緊繃的臉都鎖定雷科勒克，宛如置身肅靜的教堂，聽他為眾人的虔誠祝禱，看他在地圖上移動小手，像手持長燭芯的神父。夢想與現實、動力與任務之間的差距極大，足以致命。這一點在座所有人都清楚，但可能只有艾佛瑞了解得最透徹。艾佛瑞曾與泰勒的幼女說過話，也曾結結巴巴地對領事館的皮爾森說出不夠成熟的謊言，聽見旅館走廊傳來嚇人的腳步聲。結果，在一趟夢魇之旅後回國，他卻發現自己的經驗被雷科勒克那個世界的影像重塑。儘管如此，艾佛瑞、霍爾登其實和萊澤爾一樣，都聽從雷科勒克，帶有些許無神論者的虔敬，內心則覺得這份純淨且神奇的虔誠心意，針對的對象或許真的是老雷。

「對不起。」萊澤爾說。他正在看卡許達特的市區圖。這時的他顯得渺小，好像正指出引擎缺陷之處，車站、旅社、教堂都用綠色做記號，左下角有插圖描繪出鐵路倉庫與廢料間。方位以西景、北景來表示。

「長官，景是什麼意思？」萊澤爾詢問。

「景觀、展望。」

「為什麼要這樣叫？請問在地圖上有什麼意思？」

雷科勒克耐心微笑。「是為了指出方向，孚烈德。」

萊澤爾站起來，細細察看地圖。「教堂在這裡嗎？」

「沒錯，孚烈德。」

「為什麼面朝北方？教堂都是坐東朝西。你把入口畫在東邊，東邊應該是聖壇才對。」

霍爾登靠上前，右手食指停在嘴脣上。

「這只是手繪地圖，」雷科勒克說。萊澤爾坐回座位，挺直上身，腰桿打直。「知道了，抱歉。」

會議結束後，雷科勒克把艾佛瑞拉到一邊。「約翰，還有一件事：不准讓他帶槍。沒有商量餘地，部長非常堅持。也許你可以跟他提一下。」

「不帶槍？」

「我認為刀倒是可以。刀子有一般的用途。我是說，如果出了差錯，可以推說刀子是隨身攜帶的物品。」

★

午餐後，一行人到邊界繞一圈，哥頓替他們張羅車子。雷科勒克帶了一疊筆記，是他從圓場的前線報告摘錄來的，現在正擺在膝蓋上，同時也帶了折好的地圖。

分隔兩德的邊界極北方處與其他地方格格不入，多處地方讓人看了心酸。如果專心去找反坦克路障與防禦工事，可能會大失所望。這裡的地形變化頗大，有山溝與小丘，長滿了歐洲蕨與一座座無人照料的森林。通常東德的軍防設立在遠離分界線的後方，以避免讓西德看見，但稍微能讓人有點想像的也只有前進碉堡、坑坑洞洞的馬路、某間空屋，或偶爾出現的一座瞭望塔。

為了強調，西德這一方則裝飾著醜陋無比的塑像，代表政治無能：布蘭登堡大門的三合板模型荒謬地聳立在無人整理的原野，螺絲已鏽爛；宣傳看板被風雨擊破，立在空曠的山谷間，上頭喊的是十五年前的口號。唯有在夜晚，當探照燈從黑暗中跳出來，搖搖晃晃地指向凍土時，獵物才會感到心寒，如野兔蹲伏在田地一般，等著要衝出掩蔽物，沒命狂奔到跌倒為止。

他們開到山丘頂上的一條泥土路，只要路一接近邊境，他們就停車，從車上下來。萊澤爾披著防水衣，頭戴帽子。這天的氣溫非常低。雷科勒克身穿粗呢大衣，拄著手杖——只有天才知道這玩意兒是從哪裡找來的。第一次下車、第二次下車，到第三次，雷科勒克都悄聲說：「不是這裡。」然而，第四次上車時他宣布道：「下一個保證就是我們的目標。」在大戰期間，人人都喜歡講這種很需要勇氣的笑話。

如果只看雷科勒克的手繪地圖，艾佛瑞認不出這地方。山丘的確是有，向內轉向邊境，然後陡峭地降至下方平原。然而，山後的地勢崎嶇，有部分長出樹林，地平線上點綴樹木。若以望遠鏡觀看，可以分辨出棕色木塔的外觀。「是左邊的三根木樁。」雷科勒克說。當眾人掃瞄地面時，艾佛瑞依稀能看出到處都有舊徑的磨痕。

「有地雷。整條路都埋過地雷。他們的地盤從山腳開始算。」雷科勒克轉向萊澤爾。「你從這裡開始。」他以手杖指出。「你往山脊前進，休息一下，攻擊發起時間一到再動作。我們會提早帶你來這裡，讓你的眼睛適應光線。我們現在最好趕快走，不能引人注意。」

開車返回農舍期間，雨水打在擋風玻璃上，打得車頂隆隆作響。坐在萊澤爾身邊的艾佛瑞陷入沉思。他雖不摻雜個人情感，卻理解到自己的任務雖是以喜劇收場，萊澤爾扮演的角色則都相同，以悲劇收尾。他也理解到自己目睹的是一場失去理智的接力賽，每一棒都比上一棒跑得快又久，但最後到達的卻是自己的毀滅點。

「對了，」他忽然對著萊澤爾說：「你的髮型是不是最好改一改？那邊的人好像不太用髮油，恐怕會洩露身分。」

「不用剪了，」霍爾登觀察一下後說：「德國人信得過長髮。洗一洗就好，把髮油洗掉。約翰，這建議不錯。恭喜了。」

17

雨停了。夜色緩緩降臨，與風搏鬥著。他們坐在農舍的桌前等候，萊澤爾則在自己的臥房中。強森在泡茶，邊保養裝備。無人開口，虛情假意的階段已結束。連最會套用公立中小學口頭禪的雷科勒克也懶得講話。他似乎只是痛恨必須等待，像是參加他不喜歡的朋友的婚禮，而新郎新娘卻遲到了。他們逐漸陷入睏倦而恐懼的心境，猶如潛水艇裡的人，頭上的電燈輕輕搖動。偶爾，雷科勒克會叫強森出去看看月亮出來沒，而強森每次的回報都是還沒。

「氣象報告相當準確。」雷科勒克說，悄悄上閣樓看強森檢查器材。

與霍爾登在一起的艾佛瑞急忙說：「他說國防部不准帶槍。他不能帶槍。」

「是哪個笨蛋叫他去問國防部的？」霍爾登質問，變得怒不可遏。他說：「你得去跟他說這件事就看你要怎麼講了。」

「跟雷科勒克說？」

「不是。你是白痴嗎？萊澤爾啦。」

大家吃了點東西，艾佛瑞與霍爾登帶萊澤爾進臥房。

「我們必須幫你著裝。」他們說。

兩人替他脫衣，一件件暖和、昂貴的衣物陸續脫下：夾克，同樣是灰色的長褲，乳白色的絲質襯衫，沒有鞋尖飾皮的黑皮鞋，還有深藍色的尼龍襪。正當他鬆開花格領帶時，手指觸摸到馬頭的金領夾。他小心地解下來，遞向霍爾登。

「這個怎麼辦？」

霍爾登事先準備了裝貴重物品的信封。他將領帶夾放進其中一個信封，封死，在背後寫字，然後丟到床上。

「頭髮洗過了嗎？」

「洗了。」

「我們弄不到東德的肥皂，抱歉了。等你過去那邊，得自己弄一些。我知道那邊肥皂缺貨。」

「沒關係。」

他坐在床上，一絲不掛，只剩手錶。他彎腰向前，寬厚的臂膀抱住無毛的大腿，白色肌膚因寒冷而紅斑處處。霍爾登打開一只行李箱，從中抽出一堆衣物及六、七雙鞋子。

萊澤爾穿上這些陌生的衣物：斜紋嗶嘰粗布喇叭褲，廉價又鬆垮；快被磨破的灰色夾克，夾克上有拱形褶邊；他也穿上褐色皮鞋，表面的亮光漆晶亮，看來不太健康。穿上這身行頭後，他似乎在兩人面前縮了水，回到他們只能猜想的原狀。他的棕髮沒了髮油後露出縷縷白絲，毫無章法地從頭上垂下。他害羞地看著兩人，彷彿祕密曝光，變成主子面前的莊稼漢。

「我看起來如何？」

「不錯，」艾佛瑞說：「孚烈德，你看起來棒透了。」

「要不要打領帶？」

「會破壞整體感覺。」

他試穿鞋子，先穿左腳，再穿右腳，拚命將穿著粗羊毛襪的腳塞進去。

「波蘭鞋，」霍爾登邊說邊遞給他另一雙。「波蘭人外銷鞋子到東德。最好連這些也帶著，因為不知道要走多少路。」

霍爾登從自己臥房取來一只沉重的錢櫃，打開上面的鎖。

他先取出寒酸的棕色皮夾，中間的膠膜包裹著萊澤爾的身分證。上頭蓋了指紋，也蓋了章。皮夾本身是扁平的，膠膜打開，露出萊澤爾的相片，活像一小張監獄大頭照。旁邊有旅行許可書，也有羅斯托克國營合作社造船廠的聘書。霍爾登清出皮夾的空間，逐一放入相關文件，也逐一解釋。

「糧食登記卡，駕駛執照……黨證。你入黨多久？」

「從四九年起。」

他也放進一個女人的照片，以及三、四封髒兮兮的信。有些還放在信封裡。

「情書。」他簡短地解釋。

接著是工會證，以及馬德堡報紙的剪報，介紹當地工程的生產數據。然後是布蘭登堡大門在戰前的相片、前公司的推薦函（已經破破爛爛）。

他從錢櫃取出一疊鈔票，遞給萊澤爾。萊澤爾依舊順從地站著，像正在接受搜身，手臂稍微自腰間抬起，雙腳微微打開。霍爾登給他什麼，他全數接下，小心收起，然後恢復相同的站姿。他簽收鈔票。霍爾登瞄了簽名一眼，將收據放進黑色公事包，並與其他東西分開，擺在床邊桌上。

接下來是哈貝克可能隨身攜帶的瑣碎物品：一串鑰匙，其中有一把能打開手提箱上的鎖；一把梳子，沾了油汙的卡其手帕，兩盎司的代咖啡，以報紙包起；一把螺絲起子，一段細鐵絲，剛割下的金屬碎片。全是勞工口袋裡會有的毫無意義的垃圾。

「你恐怕不能戴那支手錶。」霍爾登說。

萊澤爾解下金錶帶放進霍爾登的掌心，換來一只東德製的鐵錶，依照艾佛瑞的床邊鐘精準對時。

霍爾登往後站。「這樣就行了。先別走開，摸摸口袋，確定所有東西都放在習慣放的地方。房間裡其他東西別去碰，懂了嗎？」

「這個做法我很清楚。」萊澤爾瞥了一眼桌上的金錶。他接下刀，將黑色刀鞘勾在長褲腰帶上。

「我的槍呢？」

霍爾登扣上公事包扣環，發出啪一聲。像是扣上門閂。

「你不必帶。」艾佛瑞說。

「不帶槍？」

「沒在攜帶清單上，孚列德，上面認為太危險。」

「對誰危險？」

「這可能會導致危險情勢——我是說就政治上。要是派武裝人員進入東德，上面怕會鬧出風波。」

「怕嗎？」

他看了艾佛瑞很久，雙眼在他年輕無皺紋的臉上搜尋著，尋找原本沒有的東西。他轉向霍爾登。

「真的嗎？」

霍爾登點頭。

他突然打開手心，猛地伸出來，圍成杯狀，做出像是窮人乞討的手勢，手指彎曲緊靠，彷彿想接住最後一滴水。他的肩膀在廉價夾克裡顫抖起來，表情向下拉，半是哀求，半是恐慌。

「槍啊，約翰！你們不能派個人卻不給他槍！行行好，讓我帶把槍！」

「對不起，孚列德。」

他的雙手仍未收回。他轉向霍爾登。「你不知道你們做了什麼！」

雷科勒克聽見騷動，走到門口。霍爾登的臉蒼白如石，萊澤爾就算拿拳頭打他恐怕也搾不出一點憐憫。他的音量降到了像說悄悄話的程度。「你們在做什麼？上帝啊，你們到底想做什麼？」他對兩人哭喊出自己的新聲，「你們恨我，對不對！我跟你們有什麼仇？約翰，我跟你有什麼仇？我們不是朋友嗎？」

等雷科勒克終於開口，語氣非常純粹，彷彿要刻意強調雙方之間存在鴻溝。

「怎麼回事？」

「他在擔心手槍的事。」霍爾登解釋。

「抱歉，這也沒辦法。我們不能做主。孚烈德，你一定能了解我們的感受。你一定明白我們只是奉命行事。這是以前習慣的做法，你忘了嗎？」他的口氣生硬，是那種有責任在身、要負責決策的口氣。他接著說：「命令一下來，我無法提出質疑。不然你要我怎麼辦？」

萊澤爾搖搖頭，雙手落在腰間。原本維持的紀律一掃而空。

「算了。」他看著艾佛瑞。

「孚烈德，其實在某些方面來說，刀子比較好用。」雷科勒克以安撫的語氣接著說：「比較沒聲音。」

「對。」

霍爾登拾起萊澤爾的備用衣物。「這些東西我得放進背包。」他邊說邊斜眼看了艾佛瑞一眼，快步離開臥房，帶走雷科勒克。萊澤爾與艾佛瑞默默看著對方。艾佛瑞不忍見到萊澤爾如此狼狽。最後，萊澤爾開口。

「當時只有我們三人。上尉、你和我。那時感覺很不錯。約翰，別擔心其他人了。他們不重要。」

「沒錯，孚列德。」

萊澤爾微笑。「約翰，那個禮拜啊，是最棒的一個禮拜。說來好笑，我們一心想追女人，到頭來最在意的卻是男人。男人才重要。」

「孚列德，你是我們的一分子，一向都是；你的資料卡一直都在，你是我們的一員。我們不會忘記的。」

「卡片長什麼樣子？」

「兩張釘在一起。一張是當年的，一張是現在。放在索引裡……我們稱為活躍中情報員，你的名字擺在第一位。你是我們裡面最厲害的一個。」如今，他能想像出來了。那索引是眾人合作建立的。他可以相信那東西，就如同他信任愛情。

「你說那照字母順序排列，」萊澤爾口氣尖銳。「你說最厲害的情報員排在特別索引裡。」

「重要的放前面。」

「全世界的人？」

「各地都有。」

萊澤爾皺著眉，像是覺得這是一件私事，是必須私下考量的抉擇。他緩緩環視空蕩的臥房，看著粗布夾克的袖口，然後盯住艾佛瑞。最後，他拉拉艾佛瑞的手腕，力道很輕，比較像是觸摸，而非拉扯。他用氣音說：「給我們一些東西——給我一些東西帶在身上。你的東西。什麼都行。」

艾佛瑞在口袋裡摸索，掏出手帕、零錢、以及揉起來的硬紙。他打開硬紙。那是泰勒小女兒的相片。

「是你的孩子嗎？」萊澤爾說。艾佛瑞背對他。他看見了那張戴著眼鏡的小臉蛋。萊澤爾握住艾佛瑞的手。「我希望你可以給我。」艾佛瑞點點頭。萊澤爾把照片放進皮夾，從床上拿起金錶。這只錶的錶面是黑色的，能顯示出月亮圓缺。「這給你，」他說：「留著吧。我很努力要回想一件事，」他繼續說：「我在老家時，那裡有一間小學，大大的中庭就像兵營，只有窗戶和排水管。我們以前午餐後常會去那裡打球。還有道大門，一條小路通往教堂，另一邊有河……」他以雙手比出市區圖與建物的位置。「我們禮拜天會去，走側門，小孩最後才進去。」他露出得意的微笑。「那座教堂朝北，」他高聲說：「根本不是朝東。」他忽然間問道：「約翰，多久了——你加入多久了？」

「這個單位嗎？」

「對。」

「四年。」

「當時你幾歲？」

「二十八。是錄取的下限。」

「你跟我說你今年三十四。」

「呃，他們在等我們了。」艾佛瑞說。

門廳擺了背包與手提箱。手提箱是綠色帆布面，角落貼了真皮。他試背了背包，調整肩帶，讓背包維持在上背部，像德國學童背的書包那樣。他提起手提箱，感覺了一下背包加上手提箱的重量。

「不算太重。」他低聲說。

「已經減到最輕了。」雷科勒克說。他們開始悄聲說話，卻沒人聽得見。他們依序上車。

★

急忙握過手後，他往山丘走去。沒什麼客套話，連雷科勒克都沒開口。簡直像是早就和萊澤爾分道揚鑣。他最後見到萊澤爾的景象是背包上下輕輕晃動，他遁入夜色。他走路時總是有著節奏。

18

萊澤爾趴在山尖的歐洲蕨叢裡看著夜光錶面。再等十分鐘。鑰匙鏈在皮帶上搖晃。他把鑰匙放回口袋，伸出來時，上面的鏈條從拇指與食指間滑過，感覺像基督教的念珠。他讓鏈條留在手中一陣子才鬆手。撫摸時，他備感安慰，像回到童年。聖克里斯多福與眾天使，請保祐吾人免遭車禍。

他前方的地勢陡降，然後逐漸平緩。他已經看過了，心裡有數。然而，現在向下望去，只見漆黑一片。假如下面是沼澤呢？最近下過雨，雨水流進谷地。他想像自己在及腰的泥巴中奮力向前，頭頂手提箱，子彈咻咻射中身周各處。

他想盡可能辨識出對面山丘上的瞭望塔，然而，如果瞭望塔存在，也會淹沒在樹影之中。七分鐘。別擔心會製造出聲響，他們說，北風會把聲音往南吹。風颳得這麼大，他們什麼也聽不見。他跑在小徑南側（也就是右邊），循著歐洲蕨叢中的嶄新步道走。路很窄，不過看得很清楚。要是碰到任何人，就拿出刀來。不過，看在老天的分上，千萬別太靠近那條小路。

他的背包沉重（其實是太重了），手提箱也是。他曾為了重量一事跟傑克爭論過。他不喜歡傑克。「最好還是保險一點，孚烈德，」傑克向他說明。「這些小小的機器跟處女一樣敏感，五十英里還可以，六十英里就跟死羊沒兩樣。孚烈德，最好還是保持安全距離，才不會出差錯。製造這東西的人是專家，真正的專家。」

剩下一分鐘。他們對著艾佛瑞的時鐘調好了手錶。

他好害怕。在一瞬間，他再也無法停止恐懼。也許他年紀太大，太過疲倦，也許他做了太多事情。也許，訓練期間他被操得太累。他覺得心臟狂跳，肉體再也無法忍受；他失去氣力，趴在地上。他對著霍爾登說話：老天啊，上尉，你難道看不出我已經在走下坡了嗎？我一把老骨頭都快散了。你這樣告訴他們吧。分針走完一圈，他待在原地。包袱太重，他無法移動。「我的心臟有問題，累壞了，」他要這樣告訴他們。「上尉，我心臟病發過，我之前沒告訴過你我的心臟很差，對不對？到現在趴在歐洲蕨上，我才又覺得心臟不舒服。」

他起身。好狗不擋路。

他們吩咐要往山下跑，風颳得這麼大，他們什麼也聽不見。往山下跑，因為只有在山腳下，他們才有可能看見人影。他快步穿越被風吹動的歐洲蕨，壓低身體，這樣便能一切平安。跑到平地後，他休息一下，喘個氣，開始匍匐前進。

他像發瘋般拔腿就跑。他踩到某個東西，背包害他跌倒，膝蓋撞到下巴，咬到舌頭，疼痛難耐。他爬起來，手提箱讓他轉了一圈，差點跌進那條小徑，等著眼前閃現地雷爆炸的光芒。他往山下跑，鞋跟插入地面，手提箱像老爺車那樣嘎嘎響。為什麼不讓我帶槍？胸口疼痛如火焰般升起，燒入骨頭之中，燃燒著肺臟。他數著自己跑了幾步，每跑一步就震動一下。他也深深感受到礙事的手提箱與背包。艾佛瑞撒謊。他從頭到尾都在撒謊。而上尉——都咳成那樣了，最好小心點，要去看醫生。那種咳就像肚子裡裝了帶刺鐵絲網。地勢平緩下來，他再次跌倒，然後靜靜趴在那裡，像動物一樣喘著氣。除了恐懼與汗水外，什麼也感覺不到。汗水已溼透羊毛衫。

他將臉貼近地面，弓起身體，一手伸進肚皮下方，勒緊背包束帶。

他開始匍匐上山，以手肘和手掌拉著自己前進，一面將手提箱推在身前，同時不斷注意著不讓背包凸出地面植被。水滲進他身上的衣物，沒多久便開始在大腿和膝蓋上恣意橫流。落葉的霉味充滿鼻孔，小小的樹枝勾住頭髮，好像整個自然界都串連起來要阻止他前進。他抬頭看著前方的山坡，瞥見瞭望塔就在地平線上，旁邊有著黑漆漆的樹叢。瞭望塔上沒有燈光。

他靜靜趴著。太遠了，他絕對爬不了那麼遠。手錶指著兩點四十五分。換哨的衛兵馬上就要從北邊過來。他解下背包，站起來，像小孩一樣把包包摟在腋下。他另一手仍提著手提箱，謹慎地往上走，不去碰到左邊那條小路。他雙眼緊盯瞭望塔的骨架，塔忽然矗立在眼前，猶如怪獸的黑色骨架。

強風颳過山脊，正上方傳來舊木條碰撞的聲音，也能聽見平開窗拖長的吱呀聲。鐵絲網並非單層，而是雙層，但只要拉幾下鐵絲網就會從木樁上脫落。他跨過去，將鐵絲網恢復原狀。萊澤爾盯著前方的森林，即使在這一刻，在這無法言喻的恐懼之中，即使汗珠刺得他難以看清，鼓動的太陽穴掩沒風聲，他仍全心感激著艾佛瑞與霍爾登，對他們掏心掏肺，好像深深知道他們是為了他好才這樣欺騙他。

隨後，他看見衛兵，他們像靶場的黑影標靶，距離不到十碼，背對著他站在舊步道上。他們將步槍掛在肩上，厚實的身體不斷左右搖晃，用力踩踏潮溼的地面，以避免雙腳凍僵。萊澤爾嗅到菸草味，一秒後隨即散去，也聞到了溫煦如棉被的咖啡香。他放下背包與手提箱，憑藉本能走向衛兵，活像是在黑丁頓的體育館。他感覺到手裡的刀柄粗糙，因為上頭有防滑的交叉斜紋。身穿長大衣的衛兵相當年輕——年輕到令萊澤爾咋舌。他急匆匆地刺死他。一刀斃命，就像是亡命之人朝著人群開槍；動作迅速，目的不在摧毀，而在保身。他很不耐煩，因為他必須前進；他冷漠無情，因為那是反射動作。

★

「有看到任何東西嗎？」霍爾登又問。

「沒有。」艾佛瑞把望遠鏡傳給他。「他只是走進了黑暗裡。」

「瞭望塔的燈光看得見嗎？如果被他們聽見，他們會打燈。」

「沒有，我剛才在找萊澤爾。」艾佛瑞回應。

「應該叫他蜉蝣，」雷科勒克在後方糾正。「這下子強森也知道他的真名了。」

「長官，我會忘記這件事。」

「反正他過去了。」雷科勒克邊說邊走回車上。

回程大家默不作聲。

抵達蜉蝣之家時，艾佛瑞發現有人以友善的態度摸摸他的肩膀。他以為是強森，轉頭卻看到霍爾登那張空洞的臉——如今卻出現極大轉變，明顯變得祥和，似乎有種久病痊癒者的青春與安寧，他身上最後一絲痛苦已經流盡。

「我不習慣歌功頌德。」霍爾登說。

「你認為他安全通關了嗎？」

「你表現不錯。」他微笑著。

「也該聽到了吧，是不是？就算沒有聽到槍聲，也該看到燈光了吧？」

「他已經脫離我們的照顧了，幹得好。」他打了個哈欠。「我建議大家早點上床，其他的事情我們反正也無能為力——至少在明晚之前。」走到門口時，他停下來，沒有轉頭直接說：「你知道嗎？這感覺實在不像真的。大戰期間，這些連問都不用問。他們不是願意去，就是拒絕。艾佛瑞，他為什麼要去呢？英國小說家珍．奧斯汀說，不是為錢就是為愛，全世界只有這兩種因素。萊澤爾不是為錢。」

「你自己說我們永遠不會知道。他打電話來的那晚你自己說的。」

「他跟我說是因為仇恨，對德國人的恨。我當時不相信。」

「總之他去了，那才是最重要的。你說你不相信所謂動機。」

「我們都知道他不會為了仇恨而答應。不然你說他是怎麼樣的人？我們向來搞不懂他，不是嗎？他已經接近目標了，死期將近。他會有何感想？如果他現在死去——今晚死去，心裡會想些什麼？」

「你不應該講那種話。」

「啊。」最後，他轉身看著艾佛瑞，臉上的平和仍未褪去。「我們第一次跟他見面時，他是個心中無愛的人。你知道什麼叫有愛嗎？我告訴你，如果有愛，代表你還能背叛某個東西。在我們這一行，活著的我們心中本身就無愛。我們不會強迫別人替我們做事，我們讓他們自己去發現這所謂的愛。結果怎樣？萊澤爾當然發現了愛，是不是？他為了錢委身我們——是可以這麼說的，然後為了愛離我們而去。他立下第二誓言——但是在什麼時候我就不知道了。」

艾佛瑞連忙說：「為了錢是什麼意思？」

「我是說我們給他的是數字，而他給我們的是愛。對了，我有看到你拿了他的錶。」

「我是替他保管。」

「啊。晚安了——雖然應該是早安了吧。」他稍微笑了一下。「竟然這麼快就失去了時間感。」他彷彿在自言自語。「圓場這樣一路幫到底真是怪。不知道是為什麼。」

★

萊澤爾小心翼翼地清洗刀子。刀子弄髒了，非洗不可。在船屋裡，他吃了點東西，也喝了小酒瓶裡的白蘭地。「之後呢，」霍爾登說過。「你就得打野食了，總不能帶著牛肉罐頭和法國白蘭地到處跑吧。」他打開門，到外面用湖水洗手洗臉。

湖水在黑暗中紋風不動，毫無波紋的表面猶如天衣無縫的皮膚，覆蓋著浮動的灰霧薄紗，他能看見沿湖岸生長的蘆葦。隨著破曉時分逼近，風勢漸減，在吹過湖面時觸動蘆葦。湖的另一邊垂掛著低矮丘陵地的陰影。他獲得了充分休息，心情也平靜下來。一直到回想起那男孩，他不禁打起哆嗦。

他將空的肉罐頭與白蘭地酒瓶丟得遠遠。入水時，一隻蒼鷺懶洋洋地從蘆葦叢中飛起。他彎腰撿起石頭，在湖面上打水漂，聽見石頭跳了三下，然後沉沒。他又丟了一顆，卻沒辦法超過三下。萊澤爾重回屋內，拾起背包與手提箱。他的右手臂相當痠痛，一定是手提箱的重量所致。某處傳來牛群的哞哞叫聲。

他開始往東走，順著湖邊小徑去，希望在清晨來臨前盡量多趕路。

他必定走過了六、七座村落。每個村落都沒有人跡，比空曠的馬路還安靜，因為建築物為強風提供了片刻喘息之地。他忽然注意到這裡沒有路標，也沒有新的建築，所以才如此寧靜——是因為沒有任何新事物才產生的寧靜。可能已這個樣子五十年甚至一百年了。此處沒有街燈，沒有酒吧或商店的俗麗招牌。這是一種漠不關心的黑暗，能安慰他的心靈。他走進黑暗之中，一如疲倦的人毅然向大海挺進。黑暗如風吹般冷卻了他，替他灌注新生命，直到他回想起那個男孩。他經過一間農舍，離馬路很遠，有長長的車道連接。他停下腳步，馬路與農舍之間的車道停了一輛摩托車，座椅上鋪了一件防水衣。四下無人。

★

火爐柔柔冒煙。

「你說他第一次發射訊號會在什麼時候？」艾佛瑞問。但他已經問過了。

「強森說二十二點二十分，在一個小時前我們會開始掃瞄。」

「我還以為他會用固定頻率。」雷科勒克低聲說，卻沒有表現出太大興趣。

「他一開始可能會用錯晶體整流器。在壓力之下可能會犯這種錯誤。對方帶了那麼多晶體整流器，基地最保險的做法就是掃瞄。」

「他現在一定已經上路了。」

「霍爾登呢？」

「在睡覺。」

「這種時間怎麼可能睡得著？」

「很快就天亮了。」

「那盆火——你難道不能想想辦法？」雷科勒克問。「煙不該冒成那樣。」他忽然搖頭，彷彿想把水甩掉，然後說：「約翰，費厄丹那裡傳來一份很有意思的報告，有軍隊在布達佩斯那裡移動。也許等你回倫敦……」他說著說著，就忘了自己在講什麼，然後皺起眉。

「你提過了。」艾佛瑞輕聲說。

「啊，對，那你一定要看看。」

「我會的。聽起來很有意思。」

「的確如此，不是嗎？」

「非常有意思。」

「你知道嗎，」他說，似乎在回憶。「他們仍然不願給那可憐的女人撫恤金。」

★

他騎在摩托車上，腰桿打得非常直，手肘向內收，彷彿坐在餐桌前一樣。摩托車發出難聽的噪音，填滿了整個清晨，在霜封的原野迴響，也驚動了窩中的鳥禽。防水衣的肩上附有皮片。摩托車在沒有柏油的路面蹦蹦前進時，防水衣的衣襬在後拍動，打在後輪的輪軸上。日光降臨。

再過不久，他就必須用餐。他不能理解自己為何如此飢餓。也許是肢體操勞吧——對，一定是因為肢體操勞。他想吃飯，但不是在市區吃，時候還沒到。他也不能進餐飲店，因為會有陌生人進進出出。不能進那個男孩去過的餐飲店。

他繼續騎。飢餓感在挑釁他，他無法思考其他事物。他壓著油門，拖著自己那副餓狼般的身軀前進，轉彎進入一條農道，然後停下。

這棟房子很老舊，因為疏於整修而傾頹，有牛車軌跡的車道也長滿雜草，凹凸不平，圍籬都破爛了。此處有個梯田狀的庭園，曾有部分耕作過，如今就像被完全廢棄了似的。

廚房窗戶裡有光。萊澤爾過去敲門，他的手因為騎摩托車而顫抖。無人回應。他再敲，敲門聲讓他自己感到心驚。他認為自己看到了一些臉孔，有可能是那男孩在窗前倒下的陰影，或是搖動的樹枝投射在窗戶上。

他快步走回摩托車，驚恐地領悟這其實與飢餓無關，原因是寂寞。他非找地方躲起來休息不可。他想，這會影響到大腦。我怎麼忘記了？他繼續騎到樹林，停車躺下。壓在歐洲蕨上的臉十分熱燙。

入夜了，原野上仍有光亮，但他躲藏的樹林卻迅速轉暗，一瞬間紅松轉為黑柱。

他撕開黏在夾克上的樹葉，綁上鞋帶。鞋子的足背夾得腳好痛。他沒機會先試穿。萊澤爾不知不覺這樣想：這對他們而言無所謂。他也想起，出任務的人與留守的人、活人與死人之間的那道鴻溝從沒架起過橋梁。

他掙扎著揹上背包。當背包肩帶找到舊的瘀傷時，他再度感激肩膀上那灼熱的痛楚。他拿起手提箱，走過原野，來到停摩托車的地方。此處距離蘭朵恩五公里。他猜蘭朵恩就在山丘後面，是那三個小鎮的第一個。他很快就會碰上檢查哨，也很快就得吃飯了。

他慢慢騎，手提箱放在膝蓋上，不斷向前望著潮溼的路面，拚命睜大眼睛，期望能看到一列紅燈，或一群人，或車輛。他繞過彎道，看見左邊有棟房子，窗裡打出了啤酒的招牌。他走入前院，摩托車的引擎聲將一名老人引到門口。萊澤爾抬起摩托車，踢下腳架。

「我想喝啤酒，」他說：「吃點香腸。這裡有賣嗎？」

老人帶他進去，讓他坐在前面房間的餐桌，萊澤爾可以看見停在院子裡的摩托車。老人端來一瓶啤酒，幾片香腸，一片黑麵包，然後站在桌子旁看著他吃飯。

「你要往哪裡去？」他的瘦臉滿是鬍子。

「北方。」萊澤爾很熟悉這種遊戲。

「你打哪裡來的？」

「下一個鎮叫什麼名字？」

「蘭朵恩。」

「很遠嗎？」

「五公里。」

「有沒有地方可以住？」

老人聳聳肩，並不是因為漠不關心，也並非拒答。而是一種否定，好像他天生排斥所有事物，而所有事物也排斥他。

「路況如何？」萊澤爾問。

「還好。」

「聽說先前要繞道。」

「不用繞道。」老人說。語氣像是覺得繞道是一種希望、安慰，或是陪伴，甚至是足以讓溼氣變暖或照亮房間角落的任何事物。

「你是從東邊來的，」老人高聲說：「從口音聽得出來。」

「我父母是，」他說：「有咖啡嗎？」

老人端來咖啡。喝起來又濃又酸，嚐不出什麼味道。

「你是從溫斯度夫過來的，」老人說：「車牌是溫斯度夫的。」

「有很多關卡要過嗎？」萊澤爾邊問邊盯著門口。

老人搖搖頭。

「車不多吧？」老人仍不發一語。「我有個朋友住卡許達特附近，卡許達特很遠嗎？」

「不遠。四十公里。溫斯度夫附近有人殺了一個男孩。」

「我朋友開餐飲店，在北邊。叫『雄貓』。有聽過嗎？」

「沒有。」

萊澤爾壓低嗓門。「那邊鬧過事情，有人打架。幾個市區來的阿兵哥。俄國人。」

「給我滾。」老人說。

他想付錢，身上卻只有五十馬克的鈔票。

「給我滾。」老人又說。

萊澤爾拎起手提箱與背包。「你這個老蠢蛋，」他口氣粗魯。「你是把我當成什麼人了？」

「你不是好人就是壞人，但不論是好是壞，都很危險。給我滾。」

因為沒有檢查哨，他不知不覺進到了蘭朵恩的中心。天色已暗。在主要街道上，唯一的燈光來自那些關上百葉窗的窗戶，但光幾乎無法照到潮溼的圓石路面。此處沒有車流。他因為摩托車發出的吵雜聲而感到不安，像是按著喇叭在市集廣場招搖而過。萊澤爾心想，大戰期間，居民都會為了保暖而早點上床，也許現在依舊如此。

該丟下摩托車了。他騎過市區，發現一間廢棄教堂，便把車放在聖具室門外。他走回市區，往火車站去。售票員身穿制服。

「卡許達特。一張。」

售票員伸出一手，萊澤爾從皮夾取出鈔票給他。售票員很不耐煩地甩甩鈔票。萊澤爾呆呆地看了他半晌，腦中一片空白。他看著眼前甩動的手指，也看見了鐵窗後那張起疑的憤怒臉面。

忽然間，售票員大喊。「身分證！」

萊澤爾面帶歉意，露出微笑。「難免忘記嘛。」他邊說邊打開皮夾，讓對方看膠膜內的證件。

「從皮夾裡拿出來。」售票員說。萊澤爾看他湊著桌上的燈光檢查。

「通行許可呢？」

「有，當然有。」萊澤爾遞給他文件。

「你不是要去羅斯托克，怎麼又要去卡許達特？」

「我們在馬德堡的合作社要載機器到卡許達特。重型渦輪機和一些加工機械。不安裝不行。」

「這麼遠，你怎麼過來的？」

「搭便車。」

「這裡禁止搭便車。」

「這種時候總得動動腦筋嘛。」

「這種時候？」

售票員將臉貼在玻璃上，向下看著萊澤爾的雙手。

「你的手在亂摸什麼？」他惡狠狠地質問。

「鑰匙，鑰匙鏈。」

「所以機器不安裝不行，那又怎樣？繼續講啊！」

「我可以在半路幫他們安裝。卡許達特那邊的人已經等了六個禮拜，託運的東西遲了。」

「那又怎樣？」

「我們問過……問了鐵路那邊的人。」

「結果呢？」

「他們沒有回應。」

「你要等一個鐘頭。火車六點半才開。」他停頓一下。「你聽說這個新聞了吧？有人在溫斯度夫殺了一個男孩，」他說：「差勁。」他找零錢給萊澤爾。

他無處可去，不敢去寄放行李，也無事可做。他散步了半小時，然後回到車站。火車誤點。

★

「你們兩個都值得獎勵，」雷科勒克邊說邊感激地向霍爾登與艾佛瑞點頭。「你也是，強森。從現在起，不管是誰都無能為力，全要看蜉蝣的表現。」他特別對著艾佛瑞微笑。「約翰，你呢？怎麼一直不講話？從這次經驗裡，你有沒有得到什麼收穫？」他大笑一聲，接著說，希望得到另外兩人的共鳴。「希望我們不會害得你離婚，一定得讓你回家抱抱老婆。」

他坐在桌子邊緣，小手緊握著放在膝蓋上。當艾佛瑞無言以對時，他又用響亮的聲音宣布：「凱蘿跟我打過小報告，老霍，我們可不能破壞年輕人的家庭。」

霍爾登微笑，彷彿覺得此概念相當有意思。「我確定不至於如此。」他說。

「他也讓史邁利大為讚賞。可要把他看緊一點，免得被挖角！」

19

火車抵達卡許達特後，萊澤爾等其他乘客離開月臺才下車。一名年邁的守衛過來收票。他看來和藹可親。

「我來找一個朋友，」萊澤爾說：「一個姓菲利契的男人。他以前在這裡上班。」

守衛皺皺眉。

「菲利契？」

「對。」

「名字呢？」

「我不知道。」

「年紀多大？大概幾歲？」

他亂猜。「四十。」

「菲利契？在這裡上班？在這個火車站？」

「對。他住在河邊一棟小房子裡。單身。」

「整棟房子？他在這個站上班？」

「對。」

守衛搖搖頭。「從沒聽過。」他望著萊澤爾。「你確定嗎？」他說。

「是他告訴我的。」他似乎回想起某件事。「他十一月寫信給我……抱怨民警關閉車站。」

「你腦袋有問題。」守衛說：「晚安。」

「晚安。」萊澤爾回話。他走開時，一直感覺到那人凝視他的背影。

大街上有間小旅社，名叫「老鐘」。他在大廳櫃檯前等，卻沒人來招呼。他打開一扇門，發現自己置身一個大房間，另一端很暗，有個女孩坐在桌前，桌上擺了一臺舊的留聲機。她彎身向前，頭埋在臂中聽音樂。她頭上亮著一盞燈。唱片轉完，她就再放一遍。頭也不抬，只是一手伸過去放唱針。

「我想住房，」萊澤爾說：「我剛從蘭朵恩過來。」

這裡四處都掛著鳥類標本，有蒼鷺，雉雞，也有魚狗。「我想住房。」他又說。留聲機裡播放舞曲，年代久遠。

「去櫃檯問。」

「櫃檯沒人。」

「其實這裡什麼也沒有，上頭不准他們留客。教堂附近有間旅社，要住就住那裡。」

「教堂怎麼走？」

她誇張地嘆口氣，停下唱盤，萊澤爾知道她只是很高興找到一個聊天的對象。

「被炸壞了，」她高聲說：「只是還叫做教堂，但只剩那個塔了。」

最後他說：「他們應該有床位吧？這地方很大。」他把背包放在角落，坐在她旁邊的桌前，一手梳過既粗又乾燥的頭髮。

「你看起來好累。」女孩說。

他的藍色長褲仍黏著在邊境沾上的泥巴，現在已經乾了。「我整天趕路。趕路很累人。」

她站起來，似乎相當注意對方的看法，然後走到房間盡頭。那裡有個向上的木梯，通往一絲光線。她大喊著，卻沒有人下來。

「杜松子酒嗎？」她在黑暗之中問。

「好。」

她端來一瓶啤酒和一只酒杯。她穿著棕色的舊防水衣，軍服樣式，肩膀方正，附有肩章。

「你是哪裡人？」她問。

「馬德堡。我要往北走。我在羅斯托克找到工作。」他到底要講多少次？「妳說的那個旅社，可以讓我住下嗎？」

「如果你想的話。」

因為光線不良，他一瞬間無法分辨她的長相。她漸漸變得活潑。女孩年約十八，體型粗壯，臉蛋相當漂亮，可惜膚質欠佳。她年齡跟那男孩相同，或許再大一點。

「妳是誰？」他問。但她沒回答。「妳是做什麼的？」

她拿起萊澤爾的酒杯喝酒，從酒杯上緣以一副早熟的姿態望著他，彷彿自己是個絕世美女。她緩緩放下酒杯，仍然望著他。她摸摸頭髮一側，似乎認為這個手勢很重要。萊澤爾又開口。

「住這裡很久了嗎？」

「兩年。」

「妳做什麼的？」

「你覺得是什麼就是什麼。」她口氣熱切。

「這裡熱鬧嗎？」

「一點也不。這裡什麼都沒有。」

「沒有男孩嗎？」

「有時有。」

「軍隊呢？」停頓一下。

「偶爾啦。這種事不准拿來問的。你難道不知道？」

萊澤爾再從酒瓶倒杜松子酒。

她接過酒杯，隨意地碰他的手指。

「這地方究竟怎麼搞的？」他問。「六個禮拜前我一直想過來，他們就是不肯放行。卡許達特、蘭朵恩、沃肯，全部封鎖——他們說的。那時到底發生什麼事？」

她的指尖在他手上撥弄。

「是怎麼回事？」他又問。

「沒有封鎖啊。」

「少來，」萊澤爾大笑。「我跟妳說，他們完全不讓我靠近這地方啊。這裡有檢查哨，在沃肯的路上也有。」他心想，現在是八點二十。距離第一次傳輸只剩兩小時。

「沒有封鎖什麼啊。」她忽然接上話。「所以你是從西邊來的——走馬路過來。他們要找的就是你這種人。」

他起身想走。「我最好去找找這間旅社。」他在桌上留下錢，女孩悄悄地說：「我有自己的房間，在和平廣場後頭，新公寓。那裡是工人區，他們不會介意。你要我做什麼我都可以。」

萊澤爾搖搖頭。他拿起行李向門口走去。女孩仍望著他，他知道女孩心存懷疑。

「再見。」他說。

「我什麼都不會說的。帶我走。」

「我喝了杜松子酒，」萊澤爾低聲說：「我們根本沒聊天，妳一直在聽唱片。」他們恐懼不已。

女孩說：「對。我一直在放唱片。」

「從來沒封鎖——妳確定嗎？蘭朵恩、沃肯、卡許達特？六個禮拜前？」

「幹麼封鎖？」

「連火車站都沒封鎖？」

她很快回答。「火車站我就不清楚了，十一月時，這一帶封鎖了三天。沒人知道原因。俄國軍人留了下來，大概有五十人。他們借住在市區。約莫十一月中旬。」

「五十人？有帶裝備嗎？」

「軍用卡車。謠傳在更遠的地方有演習——今晚陪我，留下來陪我嘛！讓我跟你一起走，去什麼地方都行。」

「肩章是什麼顏色？」

「我不記得了。」

「他們從什麼地方來的？」

「是新兵。有些是列寧格勒來的，有一對兄弟。」

「他們往哪裡去？」

「往北。我告訴你，不會有人知道。我不會亂講話，也不是長舌婦。你想要什麼我都給你。」

「往羅斯托克去嗎？」

「他們說要去羅斯托克，叫我不能告訴別人。黨那邊來叮嚀過。」

萊澤爾點頭。他正在流汗。「再見。」他說。

「明天怎樣？明天晚上好不好？你想做什麼都行。」

「大概吧。別告訴任何人，知道嗎？」

她搖搖頭。「我不會告訴他們的，」她說：「因為我不在意。我就住在和平廣場後面的公寓大樓，十九號。隨時都可以過來，我會幫你開門。門鈴按兩下，他們就知道是找我的。你不用付錢。祝你平安，」她說：「到處都有人。有人在溫斯度夫殺了一個男孩子。」

他走到市集廣場。因為周遭那些事物不斷逼近，他又挺直腰桿。萊澤爾尋找著教堂的高塔及旅社。在黑暗中，那些瑟縮的身影走過身邊，有些穿著制服，是大戰期間戴的軍便帽及長外套。偶爾，在街旁店家的微光中，他會瞥見這些人的臉孔。在他們深藏祕密、視而不見的五官中尋覓著他所痛恨的特質。他會自言自語地說「我痛恨這個人——因為他年紀夠大了。」但他並未心浮氣躁。這些人不算什麼。也許，若是換成其他小鎮或其他地方，他會找出那些年紀夠大的傢伙來痛恨一番，但在這裡不行。這些人年紀夠大，卻什麼也不是，只是一些孤苦的窮人，跟他一樣。高塔漆黑空蕩，讓他忽然想起邊境的瞭望塔，也想起修車行十一點後的情景，以及他殺害衛兵的那一刻。他只是個小毛頭，跟他在大戰期間沒兩樣。甚至比艾佛瑞還年輕。

★

「他現在應該到了。」艾佛瑞說。

「沒錯，約翰，他是該到了。只剩一個鐘頭，再過一條河就到了。」他開始哼歌，但沒人與他唱和。

他們面面相覷，無言以對。

「你知道隱名俱樂部嗎？」強森忽然問。「在維略斯街上？很多老弟兄喜歡聚在那邊。回國後，你應該找個晚上過去坐坐。」

「謝了，」艾佛瑞回應。「我會的。」

「在耶誕節期間那裡的氣氛很棒，」他說：「我都選耶誕節時去。客人都很不錯，甚至會有一、兩個穿制服的。」

「聽起來滿棒的。」

「元旦那天他們會辦情侶派對，可以帶你老婆一起去。」

「真是太好了。」

強森眨眨眼。「或是帶你女友。」

「我心中只有莎拉。」艾佛瑞說。

電話響起。雷科勒克起身去接聽。

20 回家

他放下背包和手提箱，環視四面。窗戶邊有個插座，門沒鎖，所以他把扶手椅推過去擋住。他脫下鞋躺在床上，想起那女孩的手指放在他手上，還有她緊張時嘴唇顫動的模樣。他記得她用不老實的眼神從陰影中看著他。他想著，不知她會過多久才出賣他。

他回想起艾佛瑞，想到兩人相處時那種溫馨且英國式的拘謹；他也想起艾佛瑞年輕的臉孔在雨中閃耀、他擦乾眼鏡時瞇著眼的模樣。他想，他一定是說三十二歲，是我聽錯了。

他看著天花板。再過一小時他就要拉出天線了。

這房間大而空曠，角落擺了一個圓形大理石洗手檯，下面接了一根排水管，通往地板。他向上帝祈禱，希望能接好地線。他放了一些水（是冷水），這讓他鬆了一口氣，因為傑克說熱水管靠不住。他拔出刀，小心地將水管的一邊刮乾淨。地線是很重要的，傑克這麼說過。他說，如果想不出其他辦法，就把地線擺出蛇行的模樣，壓在地毯下，與天線同長。然而，這裡沒有地毯，非利用水管不行。這裡沒有地毯，也沒有窗簾。

他對面有一座沉重的衣櫥，門呈弓狀。此處在過去必定是本地最大的旅館。他嗅得出土耳其菸草的氣味，也聞到陳年的無味消毒劑。牆壁是灰色水泥，溼氣覆蓋其上，形成深色陰影。也因為受到不明的內部構造影響，偶有不規則形狀；天花板則出現一大塊乾燥表面，有些地方的水泥因潮溼而剝落，露出參差不齊的白霉島嶼。有些地方水泥收縮，工人拿黏土補上缺口，在房間角落形成白色河流。萊澤爾的視線仔細沿著白色河流走，一面傾聽著外頭最細微的聲響。

牆上有幅畫，有幾個人在田裡幹活兒，拉著馬犁。地平線上有輛牽引機。他能聽見強森不慍不火的聲音，不斷叮嚀天線的注意事項。「如果在室內就頭痛了，可惜到時要在室內操作。聽好，線路採蛇行從地板一邊拉到另一邊，讓長度縮為原來的四分之一，距天花板下方一英尺。孚烈德，間隔要盡量拉大，不要跟金屬桁梁、電線之類的東西平行。孚烈德，也別對折，不然她會鬧脾氣的，懂嗎？」此人愛講笑話，喜歡以性事影射，以幫助資質中下者牢牢記住。

萊澤爾考慮要拉到畫框，然後再蛇行到另一邊的角落，可以用鐵釘固定在鬆軟的水泥上。他四下找鐵釘或大頭針，發現窗簾盒上有個銅鉤。他起身旋下刮鬍刀柄，刀柄向右轉。若有人對這把刮鬍刀起疑心，隨手向左旋，就會正好與旋紋相反，打不開。這是一項巧思。他從刀柄裡取出纏成結的絲布放在膝蓋上，以粗短的手指細心地壓平。他在口袋找出鉛筆來削，但並沒有從床緣移開，因為不想坐亂絲布。筆尖被削斷了兩次，木屑在他腳邊地板愈積愈多。他開始在筆記簿上寫字，全部大寫，活像一名寫信給妻子的囚犯。每次一句話結束，他都會畫個圈。這是很久以前學過的技巧。

訊息寫好後，他每隔兩個字母畫一條線，然後根據背好的換算表，在下面空白處填上對應的數字。有時他不得不唸出順口溜來幫助自己回想數字。有時，他會記錯，必須擦掉重寫。填好後，他將這一行數字每四個分成一組，依序按照絲布上的分組推算。最後，他將數字轉回字母，寫出最後答案，重新分成幾組，每組四個字母。

恐懼有如長年的病痛，再度盤踞他的腹部。每次他幻想外頭有動靜時，會立刻轉頭看門口，正在寫字的手便驟然停下。但他沒聽見任何聲響，只有老房子的吱嘎聲，猶如大船索具被風吹動一般。

他看著轉譯完的信息，心知拖得太長。如果他更熟練、如果他腦袋好一點，就能更精簡，但目前他想不出辦法了。他也清楚教官有教過，與其模稜兩可，害對方一頭霧水，不如多加一、兩個字，說得明白些。共有四十二組字母待傳。

他把窗前的桌子推過來，抬起手提箱，拿出鑰匙鏈開鎖，內心則不斷祈禱，希望途中沒有摔壞東西。他打開備用零件盒，用發抖的手指打開綠緞帶束起來的絲袋，鬆開緞帶，將裡面的晶體整流器倒在床上的粗布毛毯。每個晶體整流器都有強森的筆跡，註明頻率，下面有個數字表示在訊號圖上的位置。他將晶體整流器排成一列，在毛毯上壓平。晶體整流器是最簡單的部分。他試了試門邊的扶手椅是否牢靠。但手心抓不住門把，椅子也沒有保護作用。他記得在大戰期間，上面會給他擋門用的鐵嵌。他走回手提箱，將傳輸器與接收器連接在電源組上，插進耳機，從零件盒蓋旋開摩斯密碼按鍵。

這時，他才看見。

手提箱蓋內側貼了一張貼紙，上面寫著六、七組字母，每組旁邊是對應的摩斯密碼。那是常用語的國際電碼，也是他怎麼也背不好的東西。

傑克以工整的筆跡寫下這些字母。萊澤爾看見後，感激之淚湧上眼眶。他想著：傑克從沒告訴我，沒說會幫我準備小抄。到頭來，傑克真的很夠意思。傑克、上尉和小艾，能與他們合作真是榮幸。他在心裡想著。運氣不好的人一輩子也碰不到這種哥兒們。他穩住身體，雙手用力壓著桌面，微微顫抖著。也許是天氣太冷吧。溼襯衫緊貼肩胛骨。然而，他覺得快樂。萊澤爾朝門口椅子瞄了一眼，心想，戴上耳機後就算有人來我也聽不見，就跟颳風時那男孩聽不見我一樣。

接著，他接上天線與地線，讓地線垂下水管，再以黏土將兩條線固定在清過的表面上。他站在床上，將天線拉到天花板另一邊，共拉出八截，依照強森的指示以蛇行走向拉好，盡可能將兩邊固定在窗簾滑軌或水泥牆上。固定好後，他回到無線電旁，將波長調整到第四格。他知道所有頻率都在三兆周的範圍內。他從床上拿來排在第一位的晶體整流器，插進無線電最左角的位置，然後開始調傳輸器，每進行一個步驟就低聲自言自語。他把晶體選擇器調整至「所有晶體調至基頻」，插進線圈；陽極調諧與天線對應控制轉到十。

他遲疑了一下，盡量想起下一步驟。他的腦袋頓時迷糊。「PA——你不曉得PA是什麼嗎？」他把指針轉到三，以判讀功率放大器的柵極電流；TSR鈕轉到T，表示調諧。慢慢地，他回想起來了。指針選擇轉到六，以確定總電流。然後調整陽極至極小值。

現在，他將TSR鈕轉到S來傳送，簡短地按下按鍵，看了看數值，動了一下天線對應控制，讓數值稍微提高，快速重調陽極。他重複這道手續，最後讓他如釋重負的是，他看見指針在腎臟狀的白色指示盤往下滑動，便知道傳輸器與天線都調諧正確，表示他能跟約翰和傑克通話了。

萊澤爾往後坐，悶哼一聲表示滿意。他點燃香菸——希望是英國菸——如果有人現在進來，是哪一國的品牌就不重要了。他看著手錶，上緊發條，擔心發條會鬆、會失靈。他的手錶跟艾佛瑞對過時間。雖只是件簡單的事，卻讓他感到一陣安慰。這感覺就像是分隔兩地的情侶正看著同一顆星星。

他親手殺了那個男孩。

距表訂時間還有三分鐘。他從零件盒扭下摩斯按鍵——固定在盒蓋上他無法正常操作。傑克說這樣沒關係，他說過這不要緊。他必須用左手按住底部，以免操作時亂滑，但傑克說，每個操作員都有個人癖好。他很確定這個按鍵比大戰期間的按鍵小——他非常確定。拉桿上仍附了些滑石粉。他收緊手肘，打直腰桿。右手無名指彎曲，放在按鍵上。他心想，ＪＡＪ是我的第一個呼叫訊號，我姓強森，大家叫我傑克，這樣應該很好記。ＪＡ是約翰．艾佛瑞；ＪＪ是傑克．強森。接著，他開始按。一短音三長音。短長，一短三長；腦子則不斷思考，就跟在荷蘭那棟房子裡一樣。不過這次他身邊沒人。

孚烈德。發兩次，然後中止。他轉到接收，將那張紙推向桌子中央，才發現傑克發話時他沒紙可做筆記。

他站起來，四處尋找筆記本和鉛筆。他背上冒汗。到處都找不到。他趕緊四肢著地，在床下厚厚的灰塵裡摸索——找到了鉛筆。接著他要再找筆記本，卻徒勞無功。他起身時聽見耳機傳出沙沙聲。他跑向桌子，用耳機一邊貼住耳朵，同時盡可能握緊那張紙，讓自己能在角落寫東西，就寫在待發訊息旁邊。

「QSA3：聽得很清楚。」對方如此報告。「穩住，老兄，要穩住。」他低聲說，然後湊近椅子坐下，轉到傳輸，看著自己編碼的訊息，打出四二：因為總共有四十二組字母。他的手覆蓋一層灰塵與汗水，右手臂弓起——也許是提了手提箱後太累，又或者是跟那男孩扭打時造成。

強森說，你的時間很充裕，我們會一直在這裡聽。你不是在考試。他從口袋取出手帕，擦掉雙手的汗漬。他累壞了。倦意一如肉體感覺到的絕望，像做愛前一刻的罪惡感。強森說要分成四個字母一組。孚烈德，罵人用的是四字經，字母組也是；孚烈德，沒有必要一次發完，想休息的話，中間停一下也無所謂。第一個頻率發兩個半分鐘，第二個頻率再發兩個半分鐘，照這樣進行。我很確定哈貝克太太會乖乖等待。他用鉛筆在第九個字母底下畫出粗線，因為安全訊號在此。關於安全兩字，他不敢多想。

他雙手捧臉，拚命集中最後一絲注意力，然後將手伸向按鍵開始按。他手放輕鬆，食指與中指置於按鍵上，拇指放在按鍵邊緣下方。孚烈德，手腕不准碰到桌子；孚烈德，正常呼吸，這樣有助放鬆心情。

老天，他的手為何動作這麼慢？他一度移開了手指，無奈地凝視自己的手心；也一度以左手擦過額頭，防止汗水流進眼裡。結果，他感覺到按鍵溜到桌子另一邊。他的手腕太僵硬了。那就是他殺害男孩的手。在這期間，他不斷自言自語。短音、短音、長音，然後是K（這個他一向很清楚），兩長音之間一短音。他的嘴唇也不斷拼出字母，但這手硬是不受控制，像口吃一樣，愈急著講愈講不清楚。在他腦中，那男孩的影像揮之不去。他淨想著那男孩的事。也許他比自己以為的速度更快，他失去了時間感。汗水流進了眼中，再怎麼擦也止不住。他不停默唸著長音、短音，他知道強森一定會生氣，因為他不應該用長短音來思考，應該要用滴答的音樂來思考。就像專業的無線電發訊人員那樣。然而，那男孩又不是強森殺的。他心跳的速度快過按鍵，手似乎愈來愈沉重，但他仍持續發訊，因為就只剩下這件事了，在他身體不支之前，就只剩下這項任務。他正在等他們，希望他們闖進來——帶走我、帶走我吧。他期望能聽見腳步聲。約翰，來助我們一臂之力。

最後，他終於按完了。萊澤爾回到床上，幾乎不帶感情。他瞥見毛毯上那排晶體整流器，碰都沒有碰過，靜靜等著派上用場。從左邊依號碼排列整齊，它們平躺著，宛如死去的衛兵。

★

艾佛瑞看著手錶。十點十五分。「再過五分鐘他應該會上機。」他說。

雷科勒克忽然宣告。「剛才是哥頓打來的。他收到國防部傳過去的電報，他們顯然有消息想轉告。他們派了快遞。」

「會是什麼消息？」艾佛瑞問。

「應該是匈牙利那件事。費厄丹的報告。我可能得回倫敦。」他滿意一笑。「不過，我認為就算沒有我在，你們也能搞定。」

強森戴著耳機，彎腰坐在廚房搬來的高背木椅上。深綠色的接收器輕輕從主電源變壓器的方向傳來嗡嗡響；調頻轉盤的內部有小燈，在半亮的閣樓裡微微放光。

霍爾登與艾佛瑞不太自在地坐在長椅上。強森面前放了一本便條紙與鉛筆，他拿起耳機，對著坐在旁邊的雷科勒克說：「長官，我會陪他做完所有的傳接，也會盡量跟你報告狀況。對了，我也在錄音，以防萬一。」

「我了解。」

大家默默地等待。忽然間（這是眾人相當神氣的一刻）強森直挺坐好，一面對著其他人猛點頭，一面按下錄音機。他微笑著，快速轉至傳輸，開始按鍵。「快回答啊，孚烈德，」他大聲說：「我聽得很清楚。」

「他辦到了！」雷科勒克用氣音說：「他成功在望！」他興奮到雙眼整個亮起來。「聽到了沒，約翰？你聽到了沒？」

「安靜一點行不行？」霍爾登說。

「來了，」強森說。他的語調平穩，十分節制。「四十二組。」

「四十二！」雷科勒克說。

強森的身體一動也不動，頭稍微傾向一邊，全副注意力都集中在耳機上。他的臉孔在微光之中沒有絲毫表情。

「請各位安靜點。」

約莫兩分鐘時間，他細心的手在便條紙上快速移動，偶爾會喃喃說著一些聽不見的話，悄聲說一個字母，或搖搖頭，直到訊息似乎傳得愈來愈慢，他才停筆。但他仍持續傾聽，最後是字母一個接一個地記，謹慎到讓人覺得很痛苦。他看了一下時鐘。

「快一點，孚烈德，」他催促道。「快啦，換頻率，將近三分鐘了。」然而，訊息仍持續傳來，字母一個接一個，而強森那簡單的臉孔則露出警覺的表情。

「怎麼回事？」雷科勒克質問。「他為什麼不換頻率？」

但強森只是說：「中止，拜託你，孚烈德，快中止。」

雷科勒克很不耐煩地碰碰他手臂。強森拉開一邊耳機。

「他怎麼不換頻率？為什麼講個不停？」

「他一定是忘記了！受訓時他從來沒忘記過。他動作慢我又不是不知道，不過——老天！」他仍持續做著筆記，「都五分鐘了，」他低聲說：「已經過了五分鐘，快換那該死的晶體整流器！」

「不能跟他講嗎？」雷科勒克大吼。

「當然不能。要怎麼講？傳輸和接收又不能同時進行！」

眾人或坐或站，情況混亂到嚇人。強森轉向其他人，語氣中有著懇求意味。「我告訴過他——講十幾次了。他在搞什麼？這簡直是自殺行為！」他看看自己的手錶。「都要六分鐘了。這傢伙真是笨！笨到極點。」

「他們會怎樣？」霍爾登說。

「你說如果訊號被他們偵測到嗎？他們會呼叫另一個警察局，去找方位。像他這樣傳得這麼久，被逮到是遲早的事。」他無奈地雙手用力拍桌，指著無線電，彷彿受到侮辱。「連小孩都可以查到，拿個指南針就查得出來。老天啊！快點啊，孚烈德，我拜託你，快點！」他又寫下幾個字母，然後丟開鉛筆。「反正有錄音。」他說。

雷科勒克轉向霍爾登。「我們怎麼可能就這樣束手無策？」

「別出聲。」霍爾登說。

訊息停了。強森發出收到的訊號。他打得很快，散發出某種恨意。他將錄音帶倒帶，開始轉譯。強森將密碼表放在前面，毫無間斷地努力了大約十五分鐘，偶爾在肘邊的草稿紙上做簡單的算術。期間無人開口。最後，等他轉譯完成，便站起來表示敬意。他差點忘記了這個禮節。「訊息內容如下：卡許達特區十一月中封鎖三日，五十名身分不明蘇聯士兵進入市區。無特殊裝備。謠傳蘇聯在此以北演習。據信，軍隊移防羅斯托克。卡許達特火車站無人，重複，無人認識菲利契。前往卡許達特路上無檢查哨。」他將紙扔到桌上。「後面還有十五組我解不出來。我覺得他編碼編到全搞混了。」

★

羅斯托克的民警巡佐拿起話筒。他已經上了年紀，頭髮花白，但心思縝密。他聽了一下對方的報告，開始撥另一支電話。「一定是小孩，」他邊說邊撥號。「你剛說是什麼頻率？」他把另一支話筒貼在耳朵上，複誦該頻率三次。他說得很快。他走進隔壁的小屋。「威特瑪等下會報告，」他說：「他們正在查方位。你現在還聽得見那個人嗎？」下士點頭。巡佐拿起備用的耳機聽著。

「不可能是業餘火腿族，」他低聲說：「總之違反規定。但這是為什麼？情報員如果腦袋正常，絕不會發出那種訊號。相近的頻率是什麼？軍方還是平民？」

「比較靠近軍方。非常近。」

「那就怪了，」巡佐說：「一切都符合？是不是？就是他們大戰期間用的頻率。」

下士凝視著緩緩轉動的錄音帶。「還在傳輸。一組四個字母。」

「四個？」巡佐在記憶中搜尋著在很久以前發生的事。

「讓我再聽一次——聽聽看那個笨蛋傳的！慢得跟小孩一樣。」

他一聽之下，的確勾起回憶——那拖長的空檔，短音短到只比隨手一按稍長。他敢發誓，這種手法他遇過……在大戰期間……在挪威。但沒有這麼慢。他沒碰過這麼慢的手法。不是在挪威……還是法國？也許只是想像力作祟。對，是他想像力太豐富。

「又或許是個老頭。」下士說。

電話鈴響。巡佐聽了一會兒，然後拔足狂奔，盡全力地跑，經過小屋，來到柏油路對面的軍官伙房。

一名俄國上尉正在喝啤酒，夾克掛在椅背，看起來相當無聊。

「有什麼事嗎，巡佐？」他裝出一副意興闌珊。

「他來了——就是通報的那個人。殺了那男孩的凶手。」

上尉趕緊放下啤酒。

「聽到他了嗎？」

「我們剛查過方位——和威特瑪。一組四個字母，打得很慢。在卡許達特區。很接近我們用的其中一個頻率。內容錄下來了。」

「老天啊。」他悄聲說。巡佐皺起眉。

「他想搞什麼鬼？他們為什麼派他過來？」巡佐問。

上尉扣上夾克。「問問萊比錫那些人。他們說不定知道。」

21

夜深了。

老總的爐火燒得很旺，但他仍手持火鉗戳啊戳，隱隱表現出不滿。他討厭在晚上加班。

「上頭找你，」他煩躁地說。「三更半夜的，實在是太糟糕了。才禮拜四，大家為什麼要這麼激動？這樣會把週末搞砸。」他放下火鉗，回到辦公桌。「他們恐慌起來了。有某個白痴報告池塘出現水波——夜晚對人造成的影響還真不是蓋的。我最憎恨電話了。」他面前就有幾具。

史邁利請他抽菸，他看也不看就拿了一根，好像不需為自己做出的動作負責。

「哪個部？」史邁利問。

「雷科勒克那個部。到底發生什麼事？你有沒有概念？」

史邁利說：「有——你不知道嗎？」

「雷科勒克這人很粗俗——我得承認我覺得他粗俗。他還以為我們在跟他競爭，他那堆爛透的民兵我怎麼看得上？不過是在歐洲亂晃，找流動式洗衣店。他以為我想併吞他。」

「你沒想過嗎？如果是這樣，我們為何要吊銷那本護照？」

「那個蠢材。愚蠢又粗俗。霍爾登怎麼會被他騙得那樣一愣一愣？」

「他曾經有良心。他跟我們所有人一樣，學會了睜一眼閉一眼。」

「噢，你這是在挖苦我嗎？」

「國防部想做什麼？」史邁利高聲問。

老總舉起一些文件甩了甩。「柏林傳來的，你看過沒？」

「一個鐘頭前就送到了。美國人查過方位，一組四個字母，是原始的字母密碼。他們說來自卡許達特。」

「那什麼鬼地方？」

「在羅斯托克以南，訊息以同一頻率傳輸了六分鐘。他們說，聽起來像業餘火腿族首次嘗試傳訊，是大戰期間的老機器。他們想知道是不是我們的。」

「你呢？怎麼回答？」老總連忙問。

「我說不是。」

「希望如此。感謝上帝。」

「你好像不是很擔心？」史邁利說。

老總似乎回想起很久以前的事。「聽說雷科勒克去了呂北克。那個小鎮真美，我喜歡呂北克。國防部希望你馬上過去，我說你會去。要開個什麼會。」他以很刻意的熱切口吻繼續說：「喬治，你非去不可。我們已經變成世上最蠢的傻瓜。東德每家報紙都登了；他們嚷嚷著什麼和平會議和暗中破壞。」他指著某具電話。「國防部也是。老天，我真討厭公僕。」

史邁利懷疑地看著他。「我們本來可以阻止他們，」他說：「我們那時知道的已經夠多了。」

「我們當然可以，」老總淡淡地說。「那你知道我們為什麼不這麼做嗎——你知道嗎？因為我們秉持身為基督徒既純又蠢的愛心，讓他們玩玩這場演習。你最好快去。噢對，史邁利……」

「怎樣？」

「下手輕一點。」他像在裝傻似的。「我跟以往一樣羨慕呂北克人。那邊不是有間餐廳，叫什麼名字來著——就是湯瑪斯·曼❺以前常去的那間。實在是很有意思。」

「他從來沒去過，」史邁利說：「你講的那地方被炸掉了。」而他仍未動身。「我懷疑，」史邁利說：「你永遠也不會告訴我對不對？我只是懷疑。」他沒有正眼看老總。

「我親愛的喬治，你是吃錯藥了嗎？」

「那是我們親手交給他們的。就是被吊銷的那本護照——一個他們原本根本不會用到的快遞、一臺古老的無線電。文件、前線報告……是誰叫柏林去注意的？是誰叫他們監聽那個頻率？那些晶體整流器甚至是我們給雷科勒克的，是不是？那也算基督徒的愛心嗎？秉持基督徒既純又蠢的愛心？」

老總大感震驚。

「你想說什麼？格調太差了吧。有誰會做那麼下流的事？」

史邁利穿上外套。

「晚安，喬治，」老總先回答，然後換上嚴厲的口吻，彷彿已厭倦了感性訴求。「快去。對了，得保留一點你我之間的差異性，你的國家需要你。『他們』掙扎了這麼久還不死，錯不在我。」

★

清晨降臨時，萊澤爾依然沒睡。他想盥洗一下，但不敢踏進走廊。他連動都不敢動。如果被他們盯上，他知道自己必須在正常時間離去，而不是在清晨之前就衝出旅社。千萬別用跑的。他們從前都這麼叮嚀。要模仿那些人群走路的模樣。他打算六點出發，六點已經夠晚了。他用手背揉揉下巴，下巴粗糙又尖削，在手背的褐色皮膚上留下擦痕。

他肚子很餓，也不知道該怎麼辦，但他仍不願逃跑。

他在床上半翻個身，從長褲腰帶拔出刀，握在眼前。他在發抖。他感覺到額頭熱得不太自然，是發燒的前兆。他看著刀子，回想起他們交談的方式，既純粹又友善。他的拇指在上，刀鋒與地面平行，前臂僵直。「給我滾，」那老人這麼說：「你不是好人就是壞人，但不論是好是壞，都很危險。」

---

❺ Thomas Mann（1875-1955）。德國文學家，一九二九年獲頒諾貝爾文學獎。

有人以那種口氣對他說話時，他該怎麼握刀？就像他對付那男孩那樣嗎？

六點一到，他站起來，雙腳沉重且僵硬，肩膀仍因背包而痠痛。他也發現自己的衣物有松樹與落葉發霉的氣味。他拿掉長褲上半乾的泥塊，穿上第二雙鞋。

他走下樓找人付錢，新鞋在木階上唧唧作響。有個老婦人身穿白色連身衣，正在撿扁豆放進碗裡。她一邊對貓講話。

「要多少？」

「先填表格，」她語氣尖酸地回應。「那是你該做的第一件事。進來時就要先填了。」

「對不起。」

她突然喃喃地責罵起他，但不敢提高音量。「來到鎮上過夜卻沒有先跟警察報備，這是違法的，難道你不知道？」她看著他的新鞋。「難不成你是錢太多，可以這樣懶得報備？」

「對不起，」萊澤爾又說：「表格給我，我現在就寫。我不是什麼有錢人。」

老婦人不再說話，專心撿著扁豆。

「你是打哪裡來的？」她問。

「東邊。」萊澤爾說。但他指的是南邊，來自馬德堡；或西邊，來自溫斯度夫。

「昨晚就該報備了，現在太遲了。」

「要付多少錢？」

「不能付，」老婦人回答。「算了，你又沒有填表。被他們逮到時你要怎麼回答？」

「就說我跟一個女孩睡在一起。」

「外面在下雪，」老婦人說：「好鞋子可得小心點穿。」

硬硬的雪片在風中孤單落下，積在黑色圓石縫，在房屋的灰泥上徘徊著，它們屬於那些單調而無一是處的白雪，落下之後旋即消失。

他走過和平廣場，看見一棟新的黃色樓房，有六、七層樓高，矗立在一塊廢地上，旁邊有間嶄新的豪宅；陽臺上晾了衣服，沾到雪片；樓梯間有著食物與俄國汽油的氣味。公寓在三樓，他聽見小孩的哭聲，也聽見收音機的聲音。一時之間，他忍不住想轉身就走，因為他會為這些人帶來危險。她打開了門，仍半睡半醒，她在棉質睡衣外披上防水衣，拉緊領口，以避寒風。她看見他時遲疑了一下，不知如何是好，彷彿他捎來了壞消息。他一句話也沒說，只是站在門口，手提箱在一旁輕輕晃動。她點頭示意，他則尾隨她進入走廊，進到她房間，在角落放下手提箱與背包。牆壁上貼了旅遊海報，有沙漠、棕櫚樹、月亮掛在熱帶海洋上空。兩人上了床，她臃腫的身體壓住他，微微顫抖著。因為她感到害怕。

「我想睡，」他說：「讓我先睡一覺。」

★

俄國上尉說：「他在溫斯度夫偷了摩托車，還到火車站打聽菲利契這個人。接下來他又想怎樣？」

「應該會照預定時間發出訊號，在今晚，」巡佐回答。「如果他還有事情報告的話。」

「同一時間嗎？」

「當然不是。頻率也不會一樣，也不會從同一個地點。他可能會去威特瑪、蘭朵恩，或是沃肯；甚至可能去羅斯托克，或待在市區，找別的房子借住——也有可能什麼訊號也不發。」

「別的房子？有誰會笨到藏匿間諜？」

巡佐聳聳肩，彷彿在表示他自己也可能會這麼做。上尉被他這麼一激，立刻接著問：「你又是怎樣知道他會在房裡傳輸？為什麼不找個樹林或原野？你憑什麼那麼確定？」

「這訊號非常強，是功率很強的發電機。那麼強的訊號不可能只靠電池；就算是電池，單獨一人也無法抬著四處走。他用的是主電源的電。」

「包圍整個市區，」上尉說：「搜遍家家戶戶。」

「我們想抓活的。」巡佐看著自己的雙手。「你們想抓活的。」

「你倒是說說看我們應該怎麼辦？」上尉追問。

「先確認他有傳出訊號，這是第一點。第二點，讓他留在市區。」

「然後呢？」

「不趕快行動不行。」巡佐說。

「然後呢？」

「派一些士兵進來——能找得到的士兵都行，愈快愈好。不管是裝甲還是步兵都沒關係。製造出一些動靜讓他注意到。不過動作要快！」

★

「我很快就離開，」萊澤爾說：「別留我。幫我泡杯咖啡，我就走。」

「咖啡？」

「我有錢，」萊澤爾說，像那是他僅有的東西。「在那邊。」他爬下床，從夾克裡取出皮夾，從那疊鈔票中抽出一百馬克。

「給妳。」

她接下皮夾，稍微笑了一聲，把所有東西倒在床上。她的動作令人匪疑所思，有點像貓，有種不太理智的感覺，具備了那種文盲特有的明快直覺。他漠然地看著她，手指劃過她裸露的肩膀。她拿起一張女人的相片。看著女子的金髮和圓臉。

「她是誰？叫什麼名字？」

「她不存在。」他說。

她找到幾封信，朗讀其中一封，嘲笑著那寫得溫情洋溢的文字。「她是誰嘛？」她繼續激他。「她是誰？」

「跟妳講過，她不存在。」

「那撕掉也無所謂囉？」她以雙手將一封信舉到他面前，逗弄著他，等他發出抗議。萊澤爾一聲不吭，她撕了一點，仍觀察著他，然後她將整封撕裂，接著撕掉第二封、第三封。

她也找到一張小孩的照片。是個戴眼鏡的女孩，大約八、九歲。她又問，「這是誰？是你的孩子嗎？她存不存在？」

「誰都不是。不是誰的孩子。只是一張相片。」她連這張也撕了，並用誇張的動作將碎片撒在床上，然後倒在他身上，親吻他的臉和頸。「你是誰？你叫什麼名字？」

在他要告訴她時，她推開他。

「不！」她大喊。「不要說！」她壓低聲音。「我要你乾乾淨淨的，什麼也不帶。只有你跟我。我們自己編姓名，訂自己的規則。沒有別人存在，誰也不管，無父無母。我們印我們自己的報紙、通行證、糧食配給卡，製造我們自己的人民。」她耳語著，眼神閃閃發亮。

「你是間諜，」她說，嘴唇貼在耳上。「祕密情報員。你有帶手槍。」

「刀子比較不吵。」他說。她笑起來，笑個不停，一直到發現他肩上的瘀傷才停下。她好奇地摸著，帶有某種敬意，像是孩童觸摸著死屍。

她提著購物籃外出，手仍抓著防水衣的領口。萊澤爾穿好衣服，以冷水刮鬍子，照著洗臉檯上那面扭曲的鏡子，盯著長了皺紋的臉。她回來時已近中午，神情顯得憂慮。

「市區裡到處都是士兵，還有陸軍的卡車。他們來這裡做什麼？」

「可能是在找什麼人。」

「他們不是到處坐著就是在喝酒。」

「什麼軍種？」

「不知道。是俄國人——我怎麼看得出來？」

他走向門口。「我一個鐘頭後回來。」

她說：「你想離開我。」她握住他的手臂，抬頭看他，想要大哭大鬧。

「我會回來的，也許回來得晚一些……也許今晚才回來。不過，如果我回來——」

「怎樣？」

「情況會很危險。我可能必須……在這裡做點事。危險的事。」

她吻了他一下，吻得輕盈又傻氣。「我喜歡危險。」她說。

★

「四個鐘頭，」強森說：「如果他還活著。」

「他當然還活著，」艾佛瑞憤怒地說：「為什麼要說那種話？」

霍爾登插嘴。「艾佛瑞，你別鬧了。他用的是術語：活情報員、死情報員。但其實跟生死無關。」

雷科勒克的手指輕敲桌面。

「他不會有事的，」他說：「孚烈德的命韌得很。他是老手。」日光顯然為他灌注了生命力。他看一下手錶。「那個快遞到底是發生什麼事了？」

★

萊澤爾眨眼望著士兵，像一名剛從黑暗中走出來的人。士兵坐滿餐飲店，逛著商店櫥窗，打量女孩。軍用卡車停放在廣場上，輪胎上附著厚厚的紅土，引擎蓋蒙了薄薄一層雪花。他數了數，總有九輛。有些後頭加上沉重的聯接器，是用來裝拖車的，有些在凹凸不平的車門上有一行古斯拉夫字體，或者印了單位標誌和編號。他記下駕駛士兵制服的軍徽，記下肩章顏色。他突然發現這些士兵來自各種單位。

他走回大街，擠進餐飲店點了飲料。六、七名士兵正鬱鬱寡歡坐成一桌，分享三瓶啤酒。萊澤爾對他們咧嘴笑笑，像是疲倦的妓女正在勾引男客。他舉起拳頭，做出蘇聯人敬禮的動作，士兵看著他，還以為他發瘋了。他喝完酒後走回廣場。一群孩子聚集在軍用卡車四周，駕駛兵一直叫他們走開。

他繞了市區一周，走進六、七家咖啡店，卻沒有人願意跟他聊天，因為他是陌生人。無論到何處，都見到士兵成群、或坐或站，不是抱怨就是一臉搞不清楚狀況，彷彿有人在毫無緣由的情況下驚動了他們。

他吃了一些香腸，喝了一瓶杜松子酒，走回車站，看看有無動靜。同樣一名售票員坐在售票亭裡。這次他沒有表現出疑心，只是坐在小窗口裡看著。冥冥之中，萊澤爾知道（不過知不知道都沒有差別）這人報了警。

從火車站往回走時，他經過戲院。那裡有群女孩正圍著劇照看，他也假裝跟著圍觀。隨後，傳來一陣噪音，是不規則的金屬悶響，滿街都是引擎聲，噗噗嘎嘎，有種金屬和戰爭的感覺。他往後鑽進門廊的布幕內，看見女孩紛紛轉身，女售票員則在亭子裡站起來。一名老人在胸前畫十字。老人瞎了一眼，帽子斜一邊。幾輛坦克開過市區，載著配了步槍的士兵。槍管太長，覆蓋白雪。他看著坦克通過，然後走過廣場。步伐很快。

他進門時她微笑以對，但他喘不過氣。

「他們要做什麼？」她問，並瞥見了他的臉色。「你在害怕，」她悄悄說，但他搖搖頭。「你在害怕。」她又說一遍。

「那男孩是我殺的。」他說。

他走向洗手檯，像被判刑定罪的人一樣仔細檢視著臉孔。她跟過去，從後面抱住他的胸膛，貼在他背後。他轉身抓住她，動作野蠻，毫無技巧地抱住，逼著她走過房間。她反抗，憤怒得像是女兒與父親對峙，狠狠罵他，痛恨著某人，詛咒他，又接受他；全世界都燃燒起來，只剩他們苟活。他們一起哭、一起笑，跌落在地。這對笨拙的情侶拙劣地露出洋洋得意的神態，只知道虛度一半的人生就此圓滿。在這一刻，他們得以暫時忘卻那一整片該死的黑暗。

★

強森探出窗外，輕輕拉動天線，確定仍固定在原位，然後開始檢查接收器，就像賽車手在開賽前的舉動，相當多此一舉地碰碰無線電、調整旋鈕。雷科勒克欽佩地看著他。

「強森，你上次的表現可圈可點——實在是可圈可點。我們欠你一份人情。」雷科勒克表情發著光，好像剛刮過鬍子。在微微的光線下，他顯得出奇脆弱。「我建議再照表接收一次，然後就回倫敦。」他大笑。「你知道嗎，我們有任務在身，可不是來歐陸度假的。」

強森可能沒聽見。他舉起一手。「三十分鐘，」他說：「再過一會兒就可能要請各位安靜一點。」他的語氣像是孩子在聚會中請來的魔術師。「孚烈德這人準時得不得了。」他大聲說。

雷科勒克轉頭對艾佛瑞說：「約翰，你算幸運了，因為你見到了承平時代的軍事行動。」他似乎急著想說些什麼。

「是。我非常感激。」

「沒必要感激。你表現得不錯，我們都看到了。別提什麼感激不感激。你完成了我們這行非常少見的成就；我想你大概並不清楚吧？」

艾佛瑞說他的確不清楚。

「你成功地讓情報員欣賞你。一般來說，情報員與主控者的關係會多一層懷疑，這一點老霍也深有同感。別的不說，情報員往往憎恨主控者，因為主控者不會親自出任務，情報員也會懷疑主控者心懷鬼胎，覺得他不稱職，表裡不一。不過，我們跟圓場不一樣，約翰，我們做事的方法跟圓場不同。」

艾佛瑞點頭。「對，我同意。」

「你跟老霍的做法不同。假如未來有類似需求，我們會用相同手法、相同設施、相同的專業——這就表示是你再加霍爾登。總之，我想說的是——」雷科勒克抬起一手，以拇指與食指輕撫鼻梁，露出英國人罕見的羞怯表情。「你們的這次經驗，讓彼此受益匪淺。謝謝你。」

霍爾登走到火爐邊暖手，輕輕搓著，像是想要磨掉小麥殼。

「布達佩斯那件事，」雷科勒克提高音量繼續說。一方面是因為他正在興頭上，一方面或許是想驅散那種突如其來的親暱氣氛。「是全部重新改組。就這麼簡單。他們將裝甲部隊移防到邊境，就是這樣而已。國防部正在討論前進策略。他們真的非常感興趣。」

艾佛瑞說：「興趣大於蜉蝣的部分？」

「沒有、沒有，」雷科勒克稍微反駁了一下。「那是全局的一小部分。國防部那邊的人野心很大，棋子這邊推一步，那邊下一招，全都要顧及大局。」

「這是當然，」艾佛瑞柔聲說：「我們自己就已經看不出大局，不是嗎？我們無法看到全盤計畫。」他想讓雷科勒克寬心。「我們沒有遠瞻的能力。」

「約翰，回到倫敦後，」雷科勒克建議，「你一定要跟我吃頓晚餐，帶你老婆一起來。我一直很想邀你們。就去我常去的那家俱樂部吧。女士聚會廳的晚餐很不錯。你老婆會喜歡的。」

「你有提過，我也問過莎拉。我們覺得很榮幸。現在丈母娘搬來跟我們住了，她可以帶小孩。」

「真不錯。那別忘了。」

「我們很期待。」

「不邀我嗎？」霍爾登靦腆地問。

「開什麼玩笑，老霍，你當然要一起來。四人一起，多棒啊。」他的語氣出現變化。「對了，在牛津租的那棟房子，房東來抱怨說屋況出問題。」

「出問題？」霍爾登生氣地複誦。

「我們似乎讓電力超載了。有些部分被燒爛，我叫伍德夫去處理。」

「我們應該要有固定的據點才對，」艾佛瑞說：「這樣就不用擔心了。」

「我同意。我跟部長談過，我們需要的是培訓中心。他聽了反應相當熱烈。現在他對這種事是一頭熱。他們發明了個新詞，叫ＩＣＯ：即時澄清任務（Immediate Clarification Operations）。他建議我們找個地方，租六個月。他建議我們跟總務處申請租金。」

「太好了。」艾佛瑞說。

「會非常有幫助的，我們最好別濫用，不要因此讓外人對我們喪失信心。」

「這是當然。」

這時起了一陣風，接著傳來某人謹慎地爬上樓的聲響，閣樓門口出現一個身影。此人身穿昂貴的棕色粗呢大衣，袖子有點過長。是史邁利。

22

史邁利環視四周，先看到正戴著耳機、忙著調整無線電的強森，再移向站在霍爾登背後看訊號圖的艾佛瑞，接著注視站姿如軍人的雷科勒克。只有雷科勒克注意到他。雷科勒克儘管轉過了臉，仍顯得空洞疏遠。

「有何貴幹？」雷科勒克終於開口。「你找我有什麼事？」

「抱歉。是上級找我來。」

「我們全都是上級找我來的。」霍爾登說，沒有任何動作。

雷科勒克的語氣還加入了一絲警告意味。「史邁利，這是我主導的行動，我們沒有預留空位給你們。」

史邁利臉上除了同情外別無其他，語調也只有對精神病患講話時的那種耐心到令人恐懼的口吻。

「派我來的不是老總，」他說：「是國防部。他們叫我過來，而且老總也批准了。是國防部幫我安排的班機。」

「為什麼？」霍爾登詢問，語氣幾乎是覺得有趣。

眾人紛紛騷動，彷彿從同個美夢中醒來。強森小心地將耳機放到桌上。

「那又怎樣？」雷科勒克問。「他們為什麼叫你來？」

「他們昨晚叫我來。」他設法表示他跟他們一樣滿頭霧水。「我不得不佩服這次行動，我佩服你們執行任務的方式——你和霍爾登，從一無所有開始。他們拿檔案給我看過了，整理得有條不紊，不管是圖書室的副本、行動副本、封存的會議記錄，就像大戰期間一樣。真的恭喜你。誠心恭喜。」

「他們拿檔案給你看？拿我們的檔案？」雷科勒克說：「那違反保密規定！違背了兩單位之間的默契！史邁利，你越線了。他們一定是在發瘋。老霍，剛才史邁利說的話你聽見沒有？」

史邁利說：「強森，今晚有排定時間嗎？」

「有，長官。二十一點。」

「老霍，我很訝異，你怎麼會認為那幾個跡象值得發起這麼大的行動？」

「責任不在霍爾登身上，」雷科勒克說得乾脆。「是整體決策。一邊是我們，另一邊是國防部。」他換個語氣。「通訊完畢後，我想知道——史邁利，我有權知道你怎麼有辦法看到那些檔案。」他用了召開委員會時會用到的語調。不但強勢，而且流暢。他第一次展現出這般高傲的姿態。

史邁利朝閣樓中央走去。「出狀況了，這你不可能會知道，萊澤爾在邊界殺了人。他過界時拿刀殺了一個人。地點距離這裡兩英里，在邊界檢查哨。」

霍爾登說：「荒唐！又不一定是萊澤爾。有可能是往西投奔的難民幹的——誰都有可能。」

「他們發現腳印往東，也在湖邊小屋找到血跡，東德所有報紙都刊出來了。從昨天中午，這事就一直在用無線電通報——」

雷科勒克大喊，「我才不信，我不相信是他幹的。一定是老總在玩什麼把戲。」

「不，」史邁利輕聲回應。「你一定得相信我。這是真的。」

「他們殺了泰勒，」雷科勒克說：「難道你忘了嗎？」

「沒忘，當然沒忘。不過凶手是誰、到底是不是謀殺，我們永遠也查不出來，不是嗎？」他趕緊繼續說：「國防部昨天下午通知了外交部，德國人遲早會逮捕他，我們不得不這樣假定。他傳的速度很慢，非常慢。每個警察、每名士兵都在追查他，他們想活捉他。我認為他們打算在大眾面前審判他，讓他公開承認，同時把那些器材拿出來。情況可能會搞得很難堪。就連不搞政治的人也一定會很同情部長。所以，現在的問題是我們該怎麼辦。」

雷科勒克說：「強森，注意一下時鐘。」強森再度戴上耳機，動作卻不是很篤定。

史邁利顯然希望能有別人答腔，但無人開口。所以他若有所思地重複道：「問題是我們應該怎麼辦。就我所說，我們不搞政治，但仍能看出有風險在。一群英國人關在距離命案兩英里的農舍裡，裝得一副學術人士的模樣，向軍方的餐飲部訂飲食，屋子裡堆滿無線電儀器——你懂我的意思吧？」他接著說，「傳輸時用的是單一頻率，就是萊澤爾接收的頻率。這的確有可能鬧得沸沸揚揚。可以想見西德人必定會氣炸。」

霍爾登又搶著說：「所以你到底想說什麼？」

「有架軍機停在漢堡，等著在兩小時後載你們回去，卡車會過來載走儀器，什麼都不准留，連一根大頭針都不行。這是我的指示。」

雷科勒克說：「那行動目標呢？他們難道忘了我們還在這裡？史邁利，他們的要求太過分。實在太過分了。」

「是，目標，」史邁利讓步。「我們會在倫敦開會，也許可以進行跨部會行動。」

「這是軍事目標，我希望國防部能派出代表參加。我們禁止搞大壟斷，這是政策決定，懂嗎？」

「當然。會由你主導。」

「我建議行動所獲可以聯名發表，國防部可以自行決定是否要發派出去。我想，這樣做的話他們的反對會更明顯；你們那邊怎麼想？」

「我認為老總能接受。」

雷科勒克隨意開口，大家都看著他，「排定的通訊時間呢？誰來接手？好歹我們還有個情報員在外拚命。」雖然這一點太不夠重量。

「他得自己想辦法了。」

「就照戰時規定。」雷科勒克得意地說：「我們遵照戰時規矩，他也知道。他受過嚴格的訓練。」

他似乎妥協了。本案到此終結。

艾佛瑞首次發言。「不能丟下他不管。」他語氣平淡。

雷科勒克插嘴。「你應該認識艾佛瑞吧？他是我的助理。」這回沒人伸出援手。史邁利不理他，只是對艾佛瑞說：「那人大概已經被抓走了。這是遲早的事。」

「你們打算留他在那裡等死！」艾佛瑞鼓起勇氣。

「我們要跟他斷絕關係。不管怎樣，這種做法都太難看。他已經等於被逮捕了，你看不出來嗎？」

「不能這樣，」他大喊。「不能因為什麼外交上的爛理由就丟下他不管！」

霍爾登轉身望著艾佛瑞，滿臉怒氣。「在我們之中你最沒資格抱怨！你想要的是信念，你想要第十一誡，用來襯托你自己稀有、珍貴的靈魂！」他指著史邁利和雷科勒克。「好，你想要就給你。你想追求的不變定律就在這裡。恭喜你，你找到了。我們派他進去，是因為有這個必要；我們棄他不顧，是因為情非得已。你景仰的定律就在這裡。」他轉向史邁利。「你也一樣。我覺得你相當卑鄙，你對我們開槍，然後對著這些垂死之人宣教。滾開，我們是技師，不是詩人。滾！」

史邁利說：「好。你是個非常優秀的技師，老霍。你內心再也感受不到痛苦，已經把專業技術當作一種生活方式，像個妓女，讓專業技術取代愛。」他遲疑著。「在地圖上插小旗，從過往的老戰爭中將新的戰爭帶進來——就是這麼一回事，是不是？那個人……他當初一定把你迷得暈頭轉向。老霍，你稍微安慰自己一下吧，當時你身體狀況不佳。」

他直起腰桿說：「英國公民，原籍波蘭，有前科，越界投奔東德。我國與東德並無引渡條款。德國人會說他是間諜，會搬出儀器當證據；我們會說那是他們栽贓，並指出該儀器已有二十五年歷史。我知道他先前的理由是要到科芬特里上課進修。要查出來很容易，因為根本沒有這種進修課程。結論是，他想要叛逃。我們可以暗示此人負債累累。他養了一個年輕小妞——你懂吧——在銀行上班。這樣更符合劇情。那所謂的前科我們也得編造一下……」他對自己點點頭。「如我所言，整個程序不會好到哪裡去。到時我們全都得在倫敦。」

「他會繼續傳，」艾佛瑞說：「但沒人收聽。」

「正好相反，」史邁利以不滿的口氣反駁。「他們會收聽。」

霍爾登問：「我敢說老總也會收聽，對不對？」

「別再說了！」艾佛瑞忽然大喊。「別再說了！拜託！如果一定要說有什麼重要的事，如果還有什麼事是真實的——一定要聽他說！這是為了……」

「為了什麼？」霍爾登冷笑著問。

「為了愛——對！是愛！不是你，霍爾登，是我。史邁利說的對！你逼我替你做事，逼我對他產生感情！你心中早就沒有愛了！我把他帶過來給你，把他留在那房子裡，逼他跟隨你那該死的戰爭音樂起舞！我替他講過話，但現在我口水都講乾了。他是彼得潘的最後一名受害者，霍爾登，最後一個！最後一份愛，最後一曲，都結束了。」

霍爾登看著史邁利。「代我向老總道賀，」他說：「幫我謝謝他好嗎？謝謝他的幫忙，還有他的技術支援。我感謝他的鼓勵，謝謝他教我們這些訣竅，也謝謝他的美言，感謝他派你送鮮花來。做得相當體面。」

雷科勒克似乎對如此細緻的手法感到欽佩。

「老霍，別對史邁利那麼刻薄，他只是盡自己的本分。我們全部都得回倫敦。史邁利，我有份費厄丹的報告想讓你看看。是匈牙利的軍隊配置，有新進展。」

「我可以瞧瞧。」史邁利客氣地回應。

「艾佛瑞，你知道嗎？他說得有理，」雷科勒克說。他的語調相當熱切。「展現軍人氣魄，戰爭的宿命，恪遵規則！在這場遊戲中我們遵守的是戰時規則。史邁利，我欠你一聲道歉——恐怕也欠老總一聲。我還以為宿怨再起。我錯了。」他偏著頭。「回倫敦後，請你務必接受我的招待。我知道，我的俱樂部可能配不上你，不過裡面很安靜，氣氛不錯，非常不錯。霍爾登，你一定要來。老霍，我邀你來！」

艾佛瑞已將臉埋入手中。

「老霍，我還有事跟你討論。史邁利，你不會介意吧，你就等於是我們的家人。此事與檔案室有關。圖書室那些檔案的做法真的趕不上時代了。出國前布魯斯才跟我提過，可憐的行政小姐幾乎忙不過來。我認為解決之道在於多印一些副本，第一副本給個案官員，留複寫副本參考。目前市面上有一種新機器，是直接影印，很便宜，一份三便士半，以最近忙碌的情況來看，似乎相當划算。我回去一定要跟國防部的人商量看看，他們很識貨。也許——」他轉移話題。「強森，我希望你能安靜些，我們仍在執勤狀態，知不知道？」他說起話來像是個時時留心傳統、執意維護門面的人。

強森已走向窗口，靠在窗臺上，用一貫一絲不苟的態度收起外頭的天線。他左手拿著像是繞線管的捲筒，一面收線，一面輕輕轉動捲筒，像個捲著縫衣線的老婦人。艾佛瑞抽噎得像個孩子。但沒人理他。

23

綠色廂型車在路上緩緩前進，橫越車站廣場。廣場上有座已經乾涸的噴泉。廂型車頂上的環形天線左搖右晃，像一隻手在風中亂擺。遠遠跟在廂型車後方的是兩輛卡車。雪終於可以落地不化了。三輛車開著側燈前進，保持二十碼車距，壓著前一輛的輪胎痕。

上尉坐在廂型車後座。旁邊有支麥克風可跟駕駛通話，另一邊則是巡佐，正陷入往日的回憶中。下士彎腰湊進接收器，一手不斷轉動旋鈕，看著小小的顯示螢幕上的線條不住抖動。

「傳輸停了。」他忽然說。

「你錄下了幾組？」巡佐問。

「十幾組。呼叫訊號傳個不停，然後是訊息的一部分。我不認為有人回應。」

「一組四字或五字？」

「還是四字。」

「有沒有關機？」

「沒有。」

「用的是什麼頻率？」

「三六五〇。」

「繼續掃瞄，範圍正負兩百。」

「什麼反應也沒有。」

「繼續找，」他尖聲說：「左右掃瞄。他換了晶體整流器，要花幾分鐘才能調好。」

操作員開始轉動大型旋鈕。他慢慢轉著，看機器中央的綠燈隨著他一站接一站的搜尋忽明忽暗。

「找到了，三八七〇。呼叫訊號不同，不過手法一樣。比昨天更快更熟練。」

錄音機在他肘邊地毫無變化地轉不停。「他現在用了不同的晶體整流器，」巡佐說：「跟他們大戰期間的做法一致，同一種把戲。」他感到尷尬，像是面對過去的老人。

下士慢慢抬起頭。「就是這裡，」他說：「距離為零。」

兩人悄悄下車。「在這裡待命，」巡佐吩咐下士。「繼續監聽。如果訊號中斷——即使只中斷一下子——就叫駕駛閃車頭燈，聽懂了嗎？」

「我會告訴他的。」下士一臉驚恐。

「如果完全停下來，就繼續掃瞄，然後跟我報告。」

「多注意些！」上尉下車時如此警告。巡佐不耐煩地等著。他身後有棟高樓，就矗立在廢地上。遠方被飄雪遮住一半的都是小房子，一排接一排。聽不見聲響。

「這地方叫什麼？」上尉問。

「這裡是公寓街區，工人公寓，還沒命名。」

「不對，我是說後面那裡。」

「什麼也不是。跟我過來。」巡佐說。

每扇窗戶幾乎都發出微弱光線。六層樓。石梯，覆滿落葉，通往地下室。巡佐先下去，以手電筒照亮前方，照在那虛有其表的牆上。上尉差點跌倒。第一個房間很大，卻空氣稀薄，半是磚牆，半是仍未抹灰打底的水泥。最遠處有兩道鐵門，天花板上僅有一顆燈泡在鐵絲籠裡放光。巡佐的手電筒仍開著。他有些多此一舉地照向角落。

「想找什麼？」上尉問。

鐵門上了鎖。

「找工友，」巡佐命令。「快。」

上尉跑上樓梯，帶了個老人回來。老人臉上有鬍碴，正輕聲咕噥著。他手握一串長鑰匙。有些生鏽了。

「電源開關，」巡佐說：「這棟大樓的開關在哪兒？」

老人找著鑰匙，找到後想插進鎖頭，卻卡不進去，所以又試了一支，然後再試一支。

「快點！你這笨蛋！」上尉大喊。

「別催他。」巡佐說。

門開了。他們推開門，進入走廊。手電筒在白牆上舞動，工友舉起一支鑰匙，咧嘴笑著說：「每次都要試到最後一支。」他說。巡佐找到了他要的東西，就藏在門後牆上。那是一個玻璃面的盒子。上尉一手伸向總開關，向下拉到一半，卻被巡佐粗魯地推開。

「別動！到樓梯最上面去，駕駛閃車頭燈時跟我說。」

「看看是誰在發號施令啊？」上尉抱怨。

「照我說的去做。」他打開電源箱，輕輕拉著第一根保險絲。金邊眼鏡下的眼珠眨了眨，他是個心腸軟的人。

巡佐的手指勤奮，有如外科醫生。他戒慎恐懼地扯掉保險絲，彷彿覺得自己會被電到。拉下後，他又馬上裝回去，眼睛轉向樓梯口的身影，再扯掉第二根。此時上尉仍不發一語，外頭靜止不動的士兵注視著這街區的窗戶，見到燈光一層接一層熄滅，但很快又亮起。巡佐試到第四根時，聽見上方傳來興奮的呼聲。「車頭燈！車頭燈熄滅了。」

「小聲點！去問駕駛是哪一樓——但小聲點。」

「風這麼大他們聽不見，」上尉口氣煩躁。過了一會兒，他說：「駕駛說是三樓，三樓的電燈熄滅，傳輸也暫停。現在又恢復傳輸了。」

「派士兵包圍樓房，」巡佐說：「選五個人跟我們走。他在三樓。」

卡車上的民警如動物般悄聲下車，卡賓槍輕握手中，以鬆散的隊形踏著薄雪前進。雪一踩即融。有些士兵來到大樓底下，有些在旁待命，注視著窗戶。有幾名士兵頭戴鋼盔，方方的側影令人聯想起大戰時的情景。當首顆子彈輕輕躍入後膛，咯答聲此起彼落，形成某種微弱的歡呼聲，然後逐漸消散。

★

萊澤爾解開天線，捲回線軸，將摩斯按鍵旋入盒蓋，耳機放回零件盒，將絲布折好，放進刮鬍刀的刀柄中。

「二十年了，」他拿起刮鬍刀，抗議著說：「還是沒有找到更好的地方可收。」

「那你為什麼要用？」

她滿足地坐在床上，身穿睡衣，裹在防水衣裡，似乎覺得這樣能感覺到有人陪伴。

「你在跟誰通話？」她又問。

「沒人。沒人收聽。」

「那幹麼要通話？」

他非得找些話說不可，所以他說：「為了和平。」

他穿上夾克，走到窗口向外望。白雪積在屋頂，狂風呼嘯而過。他瞥了一眼下方的中庭，看看剛才等在那裡的身影。

「誰的和平？」她問。

「剛才我發無線電時，電燈是不是熄滅過？」

「有嗎？」

「時間很短，一、兩秒而已。停電？」

「可能。」

「快關燈。」他一動也不動。「把燈關掉。」

「為什麼？」

「我想賞雪。」

她關掉電燈，他則拉開線頭脫落的窗簾。外頭的白雪映著天空反射淡淡螢光。他們置身在半暗之中。

「你說過我們現在可以在一起了。」她抱怨。

「妳叫什麼名字？」

他聽見雨衣的發出窸窣聲。

「什麼名字？」他語氣變得粗暴。

「安娜。」

「聽好，安娜。」他走向床鋪。「我想娶妳，」他說：「第一次遇見妳時，在那間小旅館，我看見妳坐在那裡聽唱片，那時我就愛上妳了，妳知道嗎？我那時告訴妳我是馬德堡來的工程師——妳有在聽嗎？」

他抓住她的雙臂猛搖，口氣急促。

「帶我走。」她說。

「沒錯！我說會跟妳做愛，會帶妳去妳夢想中的每個地方，懂嗎？」他指著牆上的海報。「到那些小島去，到陽光普照的地方——」

「為什麼？」她低聲說。

「接著，我帶妳回來這裡。妳以為我們要做愛，結果我拔出刀威脅妳。我說，如果妳出聲就拿刀殺死妳，就像——我告訴過妳我殺了那個男孩，所以我也會殺妳。」

「為什麼？」

「我必須使用無線電，我需要使用房子，懂嗎？我必須找個適合操作無線電的地方。因為沒地方去，所以選上妳、利用妳。聽好，如果他們問起，妳一定要這麼說。」

她放聲大笑。她很害怕，無所適從地躺在床上，一副隨時歡迎他取用的模樣，就好像她是他想要的某樣東西。

「如果他們問，記得我剛才講的。」

「讓我開開心心的，我愛你。」

她伸出雙手，將他的頭拉過來。她的嘴唇溼冷，因為太薄，遮不住尖尖的牙齒。他退縮，但她仍抱著他。他豎起耳朵聽是否有風聲之外的聲響，但什麼也沒聽到。

「我們稍微聊聊吧。」他說：「妳寂寞嗎，安娜？妳身邊有沒有人？」

「什麼意思？」

「父母，男友。隨便什麼人。」

她在黑暗中搖搖頭。「只有你。」

「妳聽好——來，扣上外套。我想先跟妳聊聊，我想告訴妳倫敦的事情。我打賭妳一定會想聽。我有一次去外面散步，那天下雨，河邊有個人拿著粉筆在人行道畫圖。妳想想！拿粉筆在雨中作畫？還沒畫好就被雨水打散了。」

「來，快來。」

「妳知道他畫什麼嗎？他只畫狗和鄉間小屋那些，而且，安娜，妳聽我說——竟然有人站在雨中看他作畫。」

「我要你。快抱住我。我好害怕。」

「聽好！妳知道我為什麼去散步嗎？他想叫我去跟一個女孩做愛，他們派我到倫敦，結果我反而來這裡散步。」

她看著他。他能分辨出她的輪廓，她正以他無法了解的某種本能打量著他。

「你也是一個人嗎？」

「對。」

「那為什麼要來？」

「那些英國人都是神經病！妳知不知道，河邊的那個老頭——他們以為泰晤士河是全世界最大的河！那根本不算什麼！只是一條褐色的小溪，有些地方甚至隨便一跳就可以跳到對岸！」

「什麼聲音？」她忽然說：「我知道那是什麼聲音！是槍，是手槍上膛的聲音！」

他摟緊她，希望她能別再顫抖。

「只是門聲，」他說：「是門閂。這地方簡直像紙做的一樣。風這麼大，妳怎麼可能聽見什麼？」

走廊有腳步聲。她嚇得捶打他，甩動防水衣。他們進來時，他就站在她身邊，刀抵喉嚨，拇指在最上方，刀鋒與地面平行。他的腰桿打得非常直，小小的臉孔面對著她，毫無表情，藉由深藏心中的紀律本能維持動作。他再一次成為了一名在意傳統、在意外表的人。

★

農舍躺臥在黑暗之中，既盲且聾。在搖動的落葉松與雲層奔流的天空底下，不動如山。

他們留下一面窗板沒關，現在正隨風勢強弱緩緩拍打著牆，毫無節奏可言。銀雪如灰燼般聚集，然後被吹散。他們走了，帶走一切，只剩漸硬泥地上的輪胎痕跡、一捲電線，以及令人無眠的北風襲擊聲。

勒卡雷 04

鏡子戰爭
The Looking Glass War
（2005年初版，本版為全新修定版）

作者　約翰・勒卡雷（John Le Carré）
譯者　宋瑛堂
總編輯　陳郁馨
主編　張立雯
編輯　林立文
企劃　楊詩韻
電腦排版　極翔企業有限公司

社長　郭重興
發行人兼出版總監　曾大福
出版　木馬文化事業股份有限公司
發行　遠足文化事業股份有限公司
地址　231新北市新店區民權路108之3號8樓
電話　02-2218-1417　傳真　02-8667-1891
email: service@bookrep.com.tw
郵撥帳號　19588272　木馬文化事業股份有限公司
客服專線　0800221029
法律顧問　華洋國際專利商標事務所 蘇文生 律師
印刷　成陽印刷股份有限公司
二版　2014年9月
定價　新台幣300元

ISBN　978-986-359-049-1

國家圖書館出版品預行編目(CIP)資料

鏡子戰爭 / 約翰・勒卡雷（John Le Carre）著；宋瑛堂譯. -- 二版. -- 新北市：木馬文化出版：遠足文化發行, 2014.09
面；　公分. --（勒卡雷；4）
譯自：The looking glass war
ISBN 978-986-359-049-1（平裝）

873.57　　103015930